АВАНТЮРНЫЙ
ДЕТЕКТИВ

Лучшее лекарство от скуки — авантюрные детективы

Татьяны Поляковой:

Мужчине на вид было около сорока. Дорогой костюм, галстук с золотой булавкой. Он рывком ослабил узел галстука, страдальчески морщась. Интеллигентное лицо с аккуратной бородкой, тонким носом и темными гипнотическими глазами сейчас вряд ли можно было назвать приятным. Он нервно шевелил губами, точно произнося бесконечный внутренний монолог. Впрочем, так оно и было. С той самой минуты, как он узнал об убийстве, он не мог успокоиться. А успокоиться было необходимо, чтобы принять решение. Очень важное. Настолько важное, что от него зависит его дальнейшая жизнь.

Именно жизнь, а не карьера и благополучие, как он думал вначале, потому что теперь он вдруг осознал, что карьера для него и есть жизнь. И сейчас, когда он в трех шагах от вожделенной цели...

— Сволочь, — прошептал он, скорее с болью, чем со злостью, сам не зная, кому адресует это обвинение. Наверное, всем, кто посмел встать между ним и его мечтой. — Я никому не позволю, — вновь прошептал он и отчаянно покачал головой, мрачно усмехнувшись. — Не позволю...

Легко сказать, когда все, весь мир против... Ему вдруг сделалось так жаль себя, своих усилий, своих мук, что он едва не заплакал горькими детскими слезами.

— Нет, нет, нет. Надо взять себя в руки. Выход есть. Надо успокоиться, и тогда решение непременно придет.

Он схватил карандаш и принялся катать его по столу, но движения становились все более нервными, резкими. Они не приносили успокоения. В конце концов он сломал карандаш и швырнул на ковер.

Ковер ему подарили на тридцатипятилетие друзья. Ручная работа, шелк. Стоит сумасшедших денег. Его вновь пронзила мысль, принесшая острую боль: а если действительно придется расстаться со всем этим? С привычным комфортом, который стоит больших денег, с уверенностью, дарованной немалой властью.

— Я никому не позволю, — задыхаясь, прохрипел он, а внутренний голос меж тем насмешливо шептал: «Это все эмоции, а надо найти решение». «Взять и напиться до бесчувствия, — трусливо подумал он. — А что? Говорят, утро вечера мудренее».

Он поднялся, пересек кабинет, открыл дверцу бара, налил большую порцию коньяка и даже сделал глоток. Но вкуса не почувствовал. Растерянность, страх лишали всего, даже вкусовых ощущений.

— Это невыносимо, — решил он, вновь скатываясь к слезливой жалости к себе. Аккуратно поставил стакан, хотя испытывал желание швырнуть его в стену, и прошелся по кабинету, сложив руки за спиной, гордо выпрямившись и вскинув подбородок. — Я справлюсь, — монотонно повторял он, печатая шаг. — Я справлюсь. Я найду выход.

Он продолжал вышагивать по кабинету, но мысли в его голове путались: то он видел себя Наполеоном в последней битве, то вновь начинал жаловаться, как жестоко обошлась с ним судьба. Он не считал, что в этом есть его вина. О своей вине он давно и благополучно забыл. Разве не расплатился он за нее годами страха и унижения? Иногда он думал, вспоминая Лидию: «Ей хорошо». Да, да, именно так, точно он по доброте душевной избавил ее от мук.

А сколько пришлось пережить ему? Этот чертов старик, эти проныры-следователи, все они хотели лишь одного: уничтожить его, такого талантливого, рожденного для счастья, богатства, власти... Он понемногу успокоился, вернулся за стол, вытянув руки, разглядывал свои нервно дрожащие пальцы. Манжет белой рубашки выглядел несвежим, он с раздражением натянул на него рукав пиджака. Сегодня у него не было времени даже для того, чтобы принять ванну и переодеться. За это он тоже винил этот мир, где все, все, все против него.

— Выход есть, — с решимостью отчаяния произнес он. — Можно обратиться к начальнику охраны. Андрей — решительный парень и вряд ли особо обременяет себя вопросами морали. За приличные деньги он наверняка согласится решить мою проблему.

Но тут же все в душе воспротивилось этому. Андрею придется все как-то объяснить. И что? Вместо одного типа, держащего его за горло, он получит другого. И снова липкий пот при мысли о том, что в один прекрасный день... «Андрей не годится, — решил он. — Никто, никто не должен знать об этом. Я должен сам...» Плечи его передернулись, точно в ознобе, он не представлял, что и как «сделает сам», но уже знал, что просить об услуге никого не будет. «А может, старик все врал? — явилась спасительная мысль. — Что у него могло быть? Он просто сам что-то видел (безусловно, видел, в тот свой визит он описал происходящее так, что это не оставляло сомнений). Пока он был жив, то есть пока был жив свидетель, он, безусловно, представлял угрозу, но теперь его нет. Следовательно, нет и угрозы».

Мужчина с горечью покачал головой. Он помнил тот визит в мельчайших деталях, точно это было вчера. Он тогда удивился, узнав, что старик решил его навестить. Слегка удивился, но даже особенно не утруждал себя мыслями на тот счет, зачем старику понадобилось приезжать сюда. «Встретимся, и объяснит». Так он подумал тогда, не подозревая, какой сюрприз готовит ему судьба. Какой чудовищный сюрприз. Ведь он в самом деле успел забыть и только ночью, в кошмарах видел Лидию. Просыпаясь в холодном поту, он поспешно гнал мысли о ней.

Старик тогда с улыбкой протянул ему руку, устроился в кресле, хозяин кабинета начал светский разговор, но гость внезапно перебил его. Сухо и деловито изложил свои требования. Потом поднялся и, пока он пребывал в прострации от только что услышанного, прошел к двери, обернулся и серьезно сказал:

— И вот еще что, молодой человек, если вы вдруг решите избавиться от меня... мои показания, подпись на которых заверена нотариусом, лежат в ячейке банка. Так что... не советую, одним словом.

Тогда он так же, как и сейчас, долго не мог прийти в себя. А потом... потом принял решение. И несколько лет исправно платил.

Они даже подружились. Довольно странная дружба, если учесть обстоятельства. Наверное, их сблизила общая тайна, а еще то, что принято называть родством душ. В сущности, они оба мерзавцы.

Когда ты знаешь о себе такое, это весьма неприятно, но, когда рядом твой двойник, в голову приходят утешительные мысли, что все мы не без греха и все под богом...

В один из вечеров, когда они благодушествовали у камина, он решился завести со стариком разговор. Он пытался придать и своему голосу, и своим словам некую иронию, чтобы в любой момент обратить их в шутку. Но старик ответил совершенно серьезно:

— Вам не о чем беспокоиться. Я обо всем позаботился. Если я умру, своей смертью, разумеется, бумаги будут уничтожены.

Теперь и он стал серьезным, напускная ирония мгновенно исчезла.

— Я вам верю. И, честно скажу, я вам даже признателен, как ни странно это звучит. Но есть ведь еще несчастные случаи. Никто не застрахован...

Старик засмеялся, сначала тихонечко и язвительно, потом громко, раскаты его хохота сотрясали гостиную. Смех оборвался так же неожиданно, как и начался. Старик подался вперед и, глядя ему в глаза, сказал:

— Я очень осторожный человек. А в ваших интересах позаботиться, чтобы никакого несчастного случая со мной не произошло.

После того разговора он даже некоторое время подумывал об охране старика, но потом отмел эту мысль как бредовую. Старик жил затворником, и вероятность несчастного случая представлялась ничтожной. А такая чрезмерная забота о безопасности старика кое-кому показалась бы подозрительной и не преминула вызвать живой интерес у его многочисленных врагов. «А может, не было никаких показаний? — вновь вернулся он к спасительной мысли. — Старик просто пудрил мне мозги. Или, возможно, были, но потом он их уничтожил, поняв, что я готов платить и впредь». Он даже подумал: «Мы ведь были друзьями», — и сам рассмеялся абсурдности такого утверждения. Похоже, ему ничего не остается. Если бумаги в банке, они вскоре будут переданы в руки правоохранительных органов. И тогда...

— Следует позаботиться о хорошем адвокате, — очень медленно произнес он.

Он наблюдал за ней, делая вид, что читает газету. Наблюдал с какой-то брезгливой отстраненностью, точно смотрел от безделья надоевший фильм. Он отмечал все: располневшую фигуру, сеточку морщин возле глаз, начавшую отвисать кожу на подбородке. Все это признаки утраченной молодости... Теперь было трудно понять его безумства, дикую, испепеляющую страсть, которая охватывала его при виде этой женщины. Страсть, которая заставила его пойти на преступление, которая перечеркнула всю его жизнь, исковеркала, сломала, разрушила.

Иногда ему казалось, что от его жизни ничего не осталось, она оборвалась, давно, много лет назад, а теперь он просто ожидает, когда закончится отведенный ему срок. Иногда он называл это чистилищем.

— Ты будешь чай? — спросила жена, стоя у плиты.

— Нет, спасибо, — поспешно ответил он и сделал вид, что читает газету. Разговаривать с ней сделалось для него настоящей пыткой. Иногда за весь день они не произносили и десятка слов.

На смену отстраненности вдруг пришла отчаянная злость. Она никогда не любила его. Никогда.

Это он, дурак, верил, что она полюбит его, непременно полюбит. Как же иначе? Когда поймет, что все, все он делал из-за любви к ней... Но ей было на это наплевать. Он потратил жизнь впустую, и все из-за ее стойкого нежелания любить его.

Он знал, что мог бы быть счастлив. Даже сейчас. Потому что она все еще красива... Нет, на самом деле она очень красива, ей всего тридцать пять, и мужчины до сих пор смотрят ей вслед. Но теперь, через столько лет, уже нечего надеяться, что она полюбит его.

Женщина неслышно вышла из кухни, а он с облегчением вздохнул, отбросил газету и стал смотреть в окно.

— Жизнь прошла, — сказал он с печалью. На мгновение мелькнула мысль: бросить все и уехать. У него есть деньги, много денег. Наконец-то он сможет их потратить так, как ему вздумается. Но он знал, что никуда не уедет. Даже для того, чтобы спастись. Апатия и безразличие. «Просто надо дожить», — так думал он, глядя в окно, прекрасно осознавая, что это неправда. Инстинкт самосохранения в нем никуда не исчез, в чем он недавно мог убедиться.

Просто он знал, что она никуда не поедет. Она точно привязана к этому проклятому месту. Несколько раз он видел ее там, она стояла под деревом больше часа, стояла, сложив на груди руки, ни разу не шелохнувшись. Должно быть, сукин сын тоже застал ее за этим занятием и заподозрил неладное. Не сама же она рассказала? На это не хватит даже ее глупости.

Она никуда не поедет, а он не сможет уехать без нее. Сколько бы он мысленно ни называл ее старой бабой, сукой и дрянью, жизнь без нее лишается последнего смысла.

Он усмехнулся, решив, что это звучит совершенно по-дурацки: «последний смысл». В первый год они не могли покинуть это место, чтобы не вызвать подозрений. Но тогда он еще питал иллюзии и любил мечтать о том, «как прекрасно мы заживем». Она слушала с безразличием, мечты потихоньку таяли, а они продолжали жить здесь. Сначала он утешал себя тем, что действительно разумнее остаться еще на некоторое время, потом решил, что если его место займет другой, то ненароком сможет докопаться до истины, пока наконец не понял, что его, как и ее, тянет к этому месту точно магнитом.

Лет пять назад они поехали в Турцию, наконец-то выбрались отдохнуть. В первую же ночь ему приснилось, что его тайна раскрыта. Он едва удержался, чтобы не улететь ближайшим рейсом. После этого о путешествиях они больше не заговаривали и об отъезде тоже.

Он мог бы сбежать за границу. С деньгами везде хорошо, так говорят. Там ему станет безразлично, узнает кто-то его тайну или нет. Хотя бежать придется далеко, скорее всего, на край света. Он знал, как настойчивы они могут быть, когда захотят. Но она не поедет. Его здесь держит страх, а ее проклятая любовь к тому ублюдку, а может, ненависть к мужу, что более вероятно. Он отнял ее любовь, а она жестоко отомстила своей нелюбовью и равнодушием к нему. Они обречены быть вместе в несчастье и страдании.

«Скованные одной цепью, — невесело усмехнулся он. — Будем жить долго и умрем в один день».

Он притормозил у обочины. Лариса остановила свою машину в двух метрах от его «Лексуса». Он вышел, оставив дверь открытой, сделал несколько шагов и замер, разглядывая открывшуюся отсюда картину.

Лариса устало провела рукой по волосам, не спуская с мужчины взгляда. Он стоял, широко расставив ноги, сунув руки в карманы брюк. Ветер трепал его волосы, заставлял щуриться.

Мужчину трудно было назвать красавцем. Ничего общего с физиономиями глянцевых журналов: дерзкое лицо с хищным носом, в глазах то ли насмешка, то ли презрение, темные, довольно длинные волосы он убирал со лба обеими ладонями, медленно, точно выполнял ритуал или хотел избавиться от чего-то, по его мнению, лишнего, стряхнуть с себя.

Она сама удивилась, что успела за это короткое время изучить каждый его жест. Почему-то ей казалось, это важно. Если она что-то разглядит в нем, поймет, он останется с ней.

Он достал из кармана пиджака темные очки, спрятал за ними глаза, и теперь ему очень бы подошло определение «мачо». Этому способствовала любовь к дорогим костюмам, которые, надо признать, он умел носить. Высокий, широкоплечий, он неизменно притягивал к своей особе внимание женщин. Только вряд ли этим дорожил. Скорее его это смешило. Может быть, развлекало, чуть-чуть. «Глупые, глупые женщины, точно мотыльки летят на свет, — невесело усмехнулась Лариса. — Не понимают, как это опасно. Он опасен, — подумала она, продолжая наблюдать за ним. — Он очень опасен». Но это ничего не меняло. Она могла думать только о нем, говорить только о нем, она хотела быть рядом с ним, чего бы ей это ни стоило, но уже знала, вряд ли он это позволит.

Он появился в ее жизни всего десять дней назад, а теперь она не могла поверить, что столько лет жила без него. Прошлая жизнь казалась бессмысленной. Благополучная сытая жизнь, которой многие могли бы позавидовать. Иногда она самой себе завидовала, удивляясь, как благоволит к ней судьба. И когда он появился, она решила — это ее самый роскошный подарок, что называется, под занавес.

Он пришел в ее риелторскую фирму, когда рабочий день уже подходил к концу. Ее сотрудники редко засиживались в офисе, и в тот раз она была одна. Звякнул колокольчик, она обернулась и увидела его. Он поздоровался, снял очки и с любопытством огляделся. Она ответила с видом женщины, знающей себе цену, вежливо, уверенно, с едва угадываемой иронией. Вошел, посмотрел, а дальше что?

— Я хочу снять дом, — сообщил он и улыбнулся.

Почему-то тогда ей показалось, что прозвучало это издевательски, но она ответила все так же вежливо:

— Что вас конкретно интересует? Прошу вас, присаживайтесь.

Он прошел, сел и коротко и четко изложил свои требования, и вновь улыбнулся ей, точно спрашивая: «Ну что, справишься?»

— В этом месте не так много домов. Что, если ни один из них не сдается?

— Надо постараться. — На этот раз улыбка едва тронула его губы.

— Но...

— Я заплачу вам за хлопоты, — кивнул он. — Цену назовете сами.

— Но... что, если мы немного расширим территорию поисков? Вот здесь прекрасное место... — Она торопливо достала карту, разложила на столе, но он покачал головой, не удостоив ее взглядом.

— Я уверен, что достаточно ясно изложил свои требования.

— Да, — кивнула она, глядя на него во все глаза. Сердце вдруг часто-часто застучало возле самого горла. — Я постараюсь.

— Вы найдете дом или мне следует обратиться в другое агентство? — поднял он брови. От ее женской гордости ничего не осталось, и она поспешно ответила:

— Я очень постараюсь. — Испугалась, что он сейчас уйдет, и сказала: — Я найду.

Она начала что-то говорить, объяснять, то и дело повторяясь, но ей было все равно, только бы удержать его здесь хоть на лишнюю минуту. «Господи, пусть мне повезет», — молилась она.

Он глядел на нее с ласковой усмешкой, словно читал ее мысли, потом перевел взгляд на часы, и она замерла, боясь, что все ее надежды вмиг рассыплются.

— Довольно поздно, — сказал он. — Ваш рабочий день наверняка закончился. Я прав?

— Да. Но...

— Что, если нам вместе поужинать? — перебил он, абсолютно уверенный в том, что ему не откажут.

Если бы кто-то другой вел себя подобным образом, она бы здорово разозлилась. Она и сейчас разозлилась, но проглотила и это. Улыбнулась и просто ответила:

— Да.

Офис они покинули вместе, в трех шагах от двери стоял серебристый «Лексус». Он распахнул его дверцу и помог ей сесть.

В ресторане он предпочел отдельный кабинет, и она безропотно согласилась.

— Как тебя зовут? — спросил он, на мгновение оторвавшись от меню.

— Лариса, — ответила она, хотела съязвить на тему стремительного перехода на «ты», но промолчала. — А вас? Тебя?

— Кирилл, — ответил он и вновь уткнулся в меню.

«Какой-нибудь богач, свихнувшийся на своем могуществе», — решила она, но тут же простила ему и этот тон, и уверенность, непоколебимую уверенность, что именно так она и поступит. Впрочем, он оказался очень милым собеседником. Кирилл умел быть внимательным, заботливым и не скупился на комплименты.

— Одна живешь? — спросил он, когда они перешли к десерту, и вновь она просто ответила:

— Да.

Он кивнул.

— Тогда поедем к тебе.

Бабочка, бабочка, летящая на огонь. Как только они вошли в ее квартиру, она оказалась в его объятиях, а дальше... дальше все перестало иметь значение. Он был рядом, и она уже знала, что сделает все, чтобы удержать его. Страх и беспокойство сменило ощущение сумасшедшего счастья. Все, о чем она только могла мечтать, вдруг обрушилось на нее точно весенний ливень, и она беспричинно смеялась и плакала, будто глупая девчонка.

— Господи, я счастлива, — пробормотала она, не открывая глаз.

И услышала:

— Я рад. Так приятно сделать кого-то счастливым.

Он принес вина и теперь сидел на кровати вполоборота к ней. Протянул бокал и улыбнулся. Она погладила татуировку на его плече и совершенно отчетливо поняла, что все ее догадки о нем не имеют ничего общего с действительностью. Боль острой иглой вонзилась в ее сердце. Она вновь погладила орлиные крылья на его плече и не удержалась от вопроса:

— Откуда это?

— Ерунда. Сделал на память в Иностранном легионе.

— Ты служил в Иностранном легионе? — нахмурилась она, решив, что он шутит.

— Ага. Там не отказываются от заблудших овец, нашлось место и мне.

— Давно это было?

— Давно. Я успел забыть.

— Что было потом?

— Много чего. Это я тоже успел забыть. Я поживу у тебя, пока ты не найдешь мне дом, — добавил он как само собой разумеющееся, и она вновь безропотно согласилась:

— Конечно. — Потом собралась с силами и спросила: — Зачем тебе этот дом?

Он повернулся и с минуту молча смотрел на нее. Она поежилась под его взглядом и уже хотела пойти на попятный, сказать с улыбкой: «Не хочешь, не отвечай», но в этот миг он ответил:

— Хочу убить одного типа.

Она сразу же поверила. То, как он это сказал, не оставляло никаких сомнений.

— Ты... — медленно бледнея, начала Лариса, но он перебил ее:

— Нет, я не киллер. Просто старый долг.

И в это она поверила сразу и безоговорочно и сказала то, что никак не могла ожидать от самой себя:

— Я могу чем-то помочь?

— Можешь, — улыбнулся он и весело добавил: — Найди мне дом. Я действительно заплачу, сколько скажешь.

Больше они не возвращались к этому разговору. И все последующие дни она была абсолютно счастлива, как только может быть счастлива женщина, вдруг нашедшая того самого, единственного мужчину.

Он встречал ее с работы, они ужинали в ресторане, а потом любили друг друга. Иногда к ней подкрадывалась мысль, что счастье ее продлится недолго, до того дня, когда она снимет для него дом. Но она поспешно гнала эту мысль. Только однажды спросила:

— Кирилл — твое настоящее имя?

— Какая разница? — удивился он, и вновь боль острой иглой вонзилась ей в сердце, но она еще надеялась.

И вот этот день пришел. Кирилл смотрел на озеро, дома внизу, и вряд ли в его мыслях нашлось место для нее. Он резко повернулся и пошел к ней. Открыл дверь ее машины и сказал:

— Дальше я поеду один. Спасибо тебе. — Наклонился и поцеловал ее в губы.

— Мы увидимся? — жалко спросила она.

Просто входить она не умела. На мой взгляд, сестрица все и всегда делала с избытком энергии. Она старше меня на четыре года, и когда-то это доставляло мне массу неприятностей, потому что сестра с воодушевлением воспитывала меня.

В детстве я ее не особенно жаловала и даже завидовала тем девчонкам, у кого не было ни сестер, ни братьев. Все изменилось, когда я в пятнадцать лет впервые влюбилась. Сестрица, обратив внимание на мою кислую физиономию, тут же взяла быка за рога, точнее, меня за руку, отвела в комнату, которую мы вынуждены были делить с ней, и сказала:

— Давай колись: кто он?

Посвящать ее в свои сердечные дела я не собиралась, но, как говорится, от черта молитвой, а от Таньки ничем, пришлось в конце концов все ей рассказать. Вот тут я и поняла, как это здорово — иметь старшую сестру. С того момента мы стали неразлучными подругами, к большой радости наших родителей. Знали бы они, о чем мы беседуем по ночам, не спешили бы радоваться.

Фамилия наша Ларины, родители проявили оригинальность и назвали дочку Татьяной, а когда родилась я, выбор был ограничен до одного имени, поэтому я звалась Ольгой. Таньку в семье считали умной, а меня красавицей. От девочки моей внешности ума никто не ждал. Мужчины непременно мне улыбались, а потом говорили какую-нибудь глупость. Бороться с этим было бесполезно, и я смирилась.

Танька, которой приписывали большой ум, вовсе не была дурнушкой, даже наоборот. Высокая, очень уверенная в себе, черноволосая и синеглазая, она любила «строить» мужиков, оттого мама справедливо опасалась, что мужа ей не видать как своих ушей без зеркала. Меня хоть и зачислили в дуры, при этом были уверены, что я непременно «сделаю блестящую партию». В устах моей мамы это звучало дико и могло означать все, что угодно. В семье бытовало мнение, что без родительской опеки я непременно пропаду. Мол, не найду булочную и умру от голода. Мама твердо сказала: «Ты не сможешь жить одна», — что и предрешило выбор моего учебного заведения: из двух университетов и трех институтов, что имелись в нашем городе. Танька поехала учиться в Питер, жила в свое удовольствие, кое-как сдавая сессию на тройки, что не поколебало уверенности семьи в ее уме. Я закончила университет с красным дипломом, но это семью не впечатлило.

В девятнадцать лет Танька обзавелась бойфрендом, весьма близкие отношения с которым и не думала скрывать от родителей. Любой парень, с которым я отправлялась в кино, подвергался тщательному изучению, как микроб под микроскопом. Ближе к двадцати я поняла, что раз не могу исправить ситуацию, следует ею воспользоваться, в том смысле, что если уж я не знаю, где булочная, значит, вопрос о том, кому идти в магазин, даже не встает.

— В магазин сходит папа, — голосом прокурора изрекала мама. — А ты лучше книжку почитай.

Как видно, мама искренне считала, что сие для меня труд непосильный и требующий колоссального физического напряжения.

— Хорошо устроилась, — весело хихикала Танька, наблюдая за тем, что происходит в родных пенатах. Университет она закончила, но в Питере не осталась, вернулась в родной город, устроилась в очень приличную фирму, сняла квартиру и дома появлялась только в субботу на семейный ужин. Родители и это скушали, глазом не моргнув.

— Таня знает, что делает, — было любимым маминым изречением.

Когда я, закончив худграф университета, намекнула... лучше бы мне этого не делать. Маме вызывали «Скорую», папа обошелся валерьянкой. Но тут на помощь мне пришла Танька.

— Перестаньте с ней носиться, точно она дитя малое, — «построила» она родителей в очередную субботу. — Эдак девка до пенсии проживет, чай не научившись заваривать.

— Чай прекрасно заваривает папа, — подала голос мама, но как-то неуверенно, суровость и бескомпромиссность умного ребенка произвели на нее впечатление.

— Про папу я все знаю, — еще больше посуровела сестрица, — а Ольгу надо приучать к самостоятельности. Пусть поживет одна, а я за ней присмотрю.

На глазах мамы выступили слезы, она перевела трагический взгляд на папу, но тот, по его выражению, «в женские дела никогда не лез» и предпочитал заваривать чай.

Мама осталась в меньшинстве, и вскоре я перебралась в квартиру, которую помогла мне подыскать Танька, при этом она умело пресекла поползновения родителей ежедневно навещать меня в ней. В конце концов родители свыклись с мыслью, что мы теперь живем отдельно, папа увлекся рыбалкой, а мама записалась в женский клуб. Семья была счастлива.

Теперь впереди маячило историческое событие: Танька собиралась замуж. Мама успела обежать все магазины для новобрачных и обзвонить все рестораны. Я составлять ей компанию не торопилась, хорошо зная свою сестрицу. Я подозревала, что белое платье может ей и не пригодиться и «собирать бог знает кого в мой светлый день» она, скорее всего, тоже не станет. При этом «Скорая» маме вряд ли понадобится, обойдется любимой фразой: «Таня знает, что делает».

— Убираешься? — спросила Танька, чмокнула меня в нос, потопталась, сбросила туфли, опять потопталась, заглянула в кухню, сделала еще несколько лишних движений и в конце концов устроилась в кресле.

— Здравствуй, — сказала я.

— Привет, — кивнула она. — Что с работой? Все в порядке?

— Конечно, раз я уволилась.

— Так это же здорово, — замерев на мгновение, изрекла Танька. — И отпрашиваться не надо. Поедешь со мной.

— Куда? — вздохнула я, пристраиваясь по соседству, но все-таки не слишком близко. Танька любила размахивать руками и ненароком могла зашибить.

— Витька наследство получил, — шмыгнув носом, сообщила она. — То есть вот-вот получит.

— Большое?

— Хрен знает. Какой-то дядя у него нарисовался, вроде бы даже знаменитость. Я о нем сроду не слыхивала, и вдруг такое счастье... Зинаида Петровна (это, кстати, мать Витьки) пребывает в недоумении и легком восторге.

— В чем? — насторожилась я.

— Говорит, дядя есть, то есть был, и вроде жутко богатый, но характер у него чрезвычайно скверный. Поэтому если он и вправду решил что-то оставить, так наследство может и впечатлить — оттого восторг, но не буйный, потому что дядя известный пакостник и хорошего от него ждать не приходится.

Странно, что он вообще о племянниках вспомнил. Оттого и недоумение.

— А-а, — невнятно промычала я. — И что дальше?

— Дальше так: собирают родню, тех, кого в завещании упомянули, в доме почившего старца, всем сестрам по серьгам, и все такое прочее...

— Ну... так это хорошо, — подумав, изрекла я.

— Вот уж не знаю, — вздохнула Танька.

Чтоб она да чего-то не знала... Быть такого не может! Разумеется, я насторожилась.

— Витька поехать не сможет.

— Что так?

— Он в Англию улетает на три месяца.

— А как же свадьба? — забеспокоилась я.

— Да мы уже расписались, — отмахнулась Танька и, заметив мои выпученные глаза, пояснила: — Надеялись, что я смогу с ним отправиться, какое там... уперлись как бараны. Крохоборы хреновы, а еще фирма приличная. Скажи на милость, почему богатеи такие скупердяи?

— Потому что гладиолус, — напомнила я детскую присказку, сурово сдвинув брови. — Не отвлекайся.

— Ага. Короче, мы расписались, но я все равно не еду. А свадьбу сыграем, когда Витька вернется. Свадьба — это вообще несовременно. Набежит ватага родственников... тоска. У меня пока никаких идей.

— Можно сыграть свадьбу под водой, — сообщила я. — Все в аквалангах и...

— А пить как?

— Можно периодически выныривать.

Танька задумалась.

— В принципе, занятно. Надо будет с Витькой посоветоваться. Но ты же знаешь, он ужасно консервативен, просто удивительно, за что я его полюбила. — Эта мысль увлекла Таньку, и она на некоторое время замолчала, разглядывая ковер под ногами, что позволило мне его допылесосить. — Ладно, убирайся, — несколько неожиданно произнесла сестрица, направляясь к двери. — Не буду тебе мешать.

Мы поцеловались и даже успели проститься, но тут Танька хлопнула себя ладонью по лбу.

— Блин, совсем памяти нет. Я чего пришла-то...

— Чего?

— Того. — Танька вновь сбросила туфли и на сей раз устроилась на диване. — Витька наследство получил, надо ехать, а он не может. Оттого ехать придется мне.

Я кивнула, соглашаясь: с моей точки зрения, все логично.

— Ты совершенно свободна, — продолжила она. — Так что вполне можешь поехать со мной.

— Мне-то зачем? — удивилась я.

— Для поддержания во мне бодрости духа, — подняв кверху указательный палец, изрекла Танька. — Послушать Зинаиду Петровну, так меня там вполне могут скушать дорогие родственники.

В общем-то, и это меня не удивило. Если наследство приличное, действительно могут. Я о таких случаях читала. К примеру, у Агаты Кристи.

— Думаю, будет лучше, если с тобой поедет Зинаида Петровна. Она человек опытный, в смысле кого-либо скушать. И родню свою лучше знает.

— Это не ее родня, — вздохнула Танька. — Это родня ее мужа, почившего, как тебе известно, пять лет назад после долгой продолжительной болезни под названием алкоголизм. Зинаида Петровна родню мужа в принципе не жалует, а тех, кто там намерен затусоваться, в особенности. Ее послушать, все как один воры и разбойники. Ехать наотрез отказалась, говорит, никакого наследства не надо.

Такая щедрость со стороны Танькиной свекрови, признаться, настораживала.

— Сама не едет, а тебя посылает.

— Наследство дядя оставил племянникам, следовательно, надо ехать Витьке, а уж коли нет у него такой возможности, значит, мне как законной, так сказать, супруге. Но одна я ехать побаиваюсь, оттого убедительная у меня к вам просьба, Ольга Александровна, поддержите сестру в трудную минуту.

— Далеко ехать? — нахмурилась я.

— В пригород.

— Что ты дурака валяешь? Возьми с собой Вальку, он адвокат, ложку мимо рта не пронесет.

— Ты не поняла. Дядю будут поминать исключительно родственники, для этого все на три дня приглашены в дом.

— Покойным?

— Одной из племянниц, которая с ним в этом доме жила. Похоже, у гражданки с головой проблемы: все в лучших английских традициях, и все такое. Оттого я и зову тебя с собой: как бы чего не вышло.

— То, что твоя Зинаида Петровна родню видеть не желает, — понятно. И то, что кто-то с удовольствием сыпанул бы ей в компот мышьяка, тоже удивления не вызывает.

— Помягче о родне, помягче, — попросила Танька, растянув рот до ушей.

— Однако, — продолжила я, — она слишком увлеклась своими фантазиями.

— Я бы решила так же, зная добрый нрав и незлобивый характер этой замечательной женщины, — вздохнула сестрица, — но тут есть нюансик. Дядя скончался не просто так.

— А как? — скривилась я.

— Отравили бедолагу. Именно это решили родственники.

— А милиция что решила? — поинтересовалась я.

— Не поверишь, но милиция практически с ними согласилась.

— Нельзя ли поконкретнее?

— Можно. Дядя умер от приступа удушья, ибо страдал аллергией, не помню на что. Короче, доброжелатель сыпанул старичку дряни, на которую у него аллергия. Это спровоцировало приступ удушья, в результате которого он и скончался.

— А такое правда бывает? — не очень-то поверила я. Оказалось, напрасно.

— Бывает, — совершенно серьезно кивнула Танька. — Он астматик, а аллергия была на двадцать одно наименование. Ты не поверишь, оказывается, можно укокошить человека, дав ему шоколад, если у человека на него аллергия.

— Он что, дурак — шоколад жрать, зная, что копыта отбросит? — разозлилась я, решив, что Танька морочит мне голову.

— Можно в коньяк сыпануть, разумеется размельчив перед этим. Или в кофе. Да куда угодно можно. Думаешь, болтаю? Ничего подобного. Я вчера с Марком консультировалась, и он подтвердил: вполне.

Марк работал патологоанатомом, но особого доверия у меня не вызывал. Такого навыдумывает с серьезной миной и околонаучными терминами... Уши распустишь, подбородок отвалишь, потом чувствуешь себя дура дурой.

— Он скажет, — пробормотала я, на что Танька резонно заметила:

— Иногда и он дело говорит. Короче, не знаю в деталях, что там, но, похоже, дедулю отравили. По крайней мере, менты там суетятся. А они, ты знаешь, просто так утруждать себя не любят. Выходит, если дело не темное, то и не совсем светлое. А так как, по словам Зинаиды Петровны, там все как один отравители, отправляться я туда опасаюсь.

— Так, может, и не стоит? — внесла я, на мой взгляд, здравое предложение.

Сестрица скривилась:

— Интересно же. Что оставил, да и вообще...

— Это конечно, — вынуждена была согласиться я.

— Поедешь? — спросила Танька с надеждой.

— Само собой, — кивнула я. Конечно, у меня были другие планы, но сестры для того и существуют... чтобы портить жизнь и не давать расслабиться. — Когда? — спросила я, очень надеясь, что ехать придется не скоро, а там, глядишь, все как-нибудь утрясется и ехать вообще не понадобится.

— Сегодня, — ответила Танька, убив мою мечту в зародыше.

— Почему сегодня? — шмыгнув носом, поинтересовалась я.

— Потому что время икс наступает сегодня. Адвокат прочтет нам завещание.

— Сегодня вполне мог поехать твой Витька.

— Ты мне сестра или кто? — разгневалась Танька.

— Я практически готова, — поспешно сообщила я.

Но сразу мы, конечно, не поехали. Попили чаю, поговорили о свадьбе. Мысль праздновать ее под водой Таньку увлекла, и я забеспокоилась. Оно бы и ничего, пусть бы ныряли на здоровье, но ведь избежать приглашения мне не удастся, и если для папы с мамой возможны поблажки, то для меня... Когда сестра умная, а у тебя самой мозгов самую малость, лучше так не шутить.

— А можно столы накрыть где-нибудь в парке,

а приземлиться на парашюте, — озарило сестрицу. — А что? Выглядит. Как считаешь?

— Думаю, в парке приземляться не очень удобно, можно зацепиться за дерево. А вообще мысль. Гости тоже будут прыгать?

— Конечно.

— Тогда достаточно накрыть маленький столик, и затрат практически никаких. Небольшой оркестр, который сыграет Мендельсона и, если понадобится, Шопена.

— А еще лучше приземлиться на крышу, — озарило Таньку. — И там столы накрыть. Супер.

— Тогда Мендельсона не надо, один Шопен.

— Почему?

— Зачем понапрасну инструменты истязать?

Танька выдала еще несколько гениальных мыслей, чему я не препятствовала, увлечется, и мы, возможно, никуда сегодня не поедем. Но тут сестрица взглянула на часы, бойко вскочила и гаркнула:

— Погнали.

— Как считаешь, мне понадобятся какие-нибудь вещи? — подала я голос.

— Ага, — кивнула Танька. — Собери что-нибудь... и мне прихвати самое необходимое. Я о вещах не подумала, а едем все же на три дня.

Я, не особенно торопясь, собрала сумку, уже не веря, что удастся избежать поездки, и мы покинули квартиру.

День был восхитительным, солнце светило, завтра обещали двадцать пять градусов, и у меня, конечно, были планы... Я тихо вздохнула, боясь, что Танька услышит и уличит меня в отсутствии сестринских чувств.

Возле подъезда стояла «Альфа-Ромео», принадлежащая Витьке. На ней вот уже полгода ездила сестра. Я тоже мечтала о машине, сгодились бы и старенькие «Жигули», но пока и на них денег не хватало, а занимать я не люблю. Как известно, берешь чужие, а отдаешь всегда свои. Однако, когда Танька возила меня на своей машине, сердце мое переполнялось гордостью и восторгом.

— Красавица, — не удержавшись, прошептала я.

— Кто? — навострила уши Танька.

— Машина.

— А-а... мне «тэтэшка» больше нравится. Вот если отвалят нам наследство, куплю себе «аудюху», Витьке «Хаммер», а тебе эту подарю.

— Зачем Витьке «Хаммер», он и на этой ездить боится.

— Может, на «Хаммере» бояться перестанет. Все-таки ты всех давишь, а не тебя. Как думаешь?

— Витьке лучше ездить на велике и по тротуару.

— Согласна, — кивнула Танька, которая трезво оценивала шансы возлюбленного.

Она плюхнулась на сиденье, завела мотор и сразу же закурила. Курить она себе позволяла даже в присутствии родителей, которые являлись сторонниками здорового образа жизни.

— Курить — здоровью вредить, — пискнула я, не особенно надеясь, что мои слова произведут впечатление. «Таня лучше знает, что делать со своим здоровьем», — ответила мама и на следующий день купила пепельницу. На этом моя борьба с вредными привычками сестры закончилась. Табачный дым я не выносила, но так как Таньке было на это наплевать, просто открыла окно.

— Поехали, — кивнула она, а я пристегнула ремни, в машине с сестрой, как в самолете, правилами лучше не пренебрегать.

Через пять минут я вжалась в кресло, через десять зажмурилась, но потом пообвыкла и стала смотреть на мир с оптимизмом.

— Слушай, — нарушила молчание Танька. — Надо бы венок купить.

Я от неожиданности поперхнулась, но через минуту смогла спросить:

— Зачем?

— Ну, вроде к покойнику едем.

— Ты ведь говорила, что будут и живые.

— Точно. Но дядька-то помер, и тут без венка никак.

— Его похоронили?

— Само собой.

— Тогда какой венок? Давай купим цветов.

— Спятила? У него что, день рождения?

— Я уважаю твой ум, но могилы посещают с цветами, а не с венком.

— Ты уверена? — нахмурилась сестра.

— Абсолютно.

— Тогда ладно. Но венок как-то солиднее, сразу видно, что мы скорбим и для покойника денег не жалеем.

— Если мы приедем в дом с венком в руках, то будем выглядеть по-дурацки, — упрямилась я

— Не пижонь. Надо выглядеть естественно, — не унималась Танька. Я хотела спросить, что она имела в виду, но быстро одумалась.

— Венок так венок, — вздохнула я.

Хотя сестрица и сказала, что едем мы в пригород, данное утверждение было не совсем верно. Мы миновали стелу с названием нашего славного города, далее начинались садовые участки, и я с тоской подумала: а что, если в наследство Витька получит один из этих теремков за окном? Не видать Витьке «Хаммера», а мне «Альфа-Ромео». Я вздохнула, но голос подать не решилась.

Тут Танька свернула, но ясности это не внесло, потому что в той стороне никакого пригорода тоже не было. Справа возник хлебозавод, потом еще какие-то сооружения, а сестрица произнесла:

— Надо было через мост ехать, получилось бы ближе.

— А куда едем? — не выдержала я.

— В Дубровку.

Назвать Дубровку пригородом могла только Танька, село находилось километрах в двадцати от города. Но место это облюбовали люди не бедные, и я вновь взглянула на машину с вожделением. Правда, тут же себя одернула. Богатые люди жили возле озера в заповедной зоне (почему в заповедной, вопрос не ко мне, а к нашему губернатору). Сам поселок был довольно большим, в нем даже фабрика имелась. Соответственно жили там и люди небогатые, и дома тоже были разные. Наследством может оказаться деревянная избушка с палисадником и козой на привязи. Травить дядю из-за такого счастья, на мой взгляд, неразумно, но о вкусах не спорят.

За окном мелькнуло кладбище, затем указатель «Дубровка». Только я с облегчением подумала: «Как хорошо, что Танька о венке забыла», как она резко затормозила, а взгляд мой уперся в кирпичную коробку с надписью «Ритуальные услуги».

— О, — удовлетворенно кивнула сестра. — На ловца и зверь.

Мы вышли из машины и направились к дубовой двери, гостеприимно распахнутой. Толстая тетка сидела за стойкой. По тому, как радостно она вскочила, увидев нас, стало ясно: народ здесь жил крепкий и хоронили, должно быть, редко.

— Здравствуйте, — запричитала она. — Чем интересуетесь?

— Да нам бы это... венок, — после непродолжительной душевной борьбы изрекла Танька. Я закатила глаза и отошла к окну. На соседней кирпичной коробке красовалась надпись: «Бар». Напротив весело подмигивала полуголая девица на фасаде, вокруг ее головы поблескивали буквы.

— Кафе «Версаль», — прочитала я и вздохнула.

— Венки у нас свежие, — суетилась тетка. — Вот, посмотрите...

В углу стоял необъятных размеров венок, искусственные цветы по полю из лапника.

— Иголки будут по всей машине, — прошипела я, в мечтах успев увидеть «Альфа-Ромео» своей. О том, как мы появимся на людях с этим страшилищем, даже думать не хотелось.

— Великоват, — задумчиво изрекла Танька.

— А вот, смотрите, — заскользила тетка вдоль стены, рекламируя свой товар. Я напомнила себе, что спасение утопающих дело рук их самих, и решительно шагнула вперед.

— А есть у вас что-нибудь натуральное?

— Вот елочки, посмотрите. На любой могилке смотрятся прекрасно.

— Может быть лучше цветы?

— И цветы есть.

Тетка метнулась в соседнее помещение, куда вела арка, и тут же возникла с розами из белой бумаги, сплетенными в венок.

— Живых цветов нет? — загрустила Танька, пытаясь сделать нелегкий выбор между елками и бумажным шедевром.

— Живых не держим. Вянут быстро. А этот до зимы пролежит, а может, и больше. И не украдут, если чем-нибудь к памятнику прикрутите. А в живых цветах какой толк? Раз — и нет их. Берите, не пожалеете.

Тетка так проникновенно улыбалась, с мольбой протягивая руку с веночком, что Танькино сердце дрогнуло.

— Давайте, — вяло согласилась она, а я порадовалась: эту гадость можно незаметно выкинуть, все лучше, чем страшилище в углу.

Мы расплатились. Слегка раздосадованная Танька не придумала ничего лучшего, как водрузить венок себе на голову, и спросила:

— Ну, как я тебе?

— «Весна» Боттичелли.

— Не выражайся. Уж если ты младшая, будь добра относиться к сестре с уважением.

— Боттичелли — это итальянский художник, — начала оправдываться я.

— Чем у тебя только голова забита? — посетовала Танька, сняла венок, повертела его в руках и вздохнула: — Убожество и никакого художества. В приличный дом с ним могут и не пустить.

— Надо было купить букет...

— Ну нет здесь цветов, нет... — Тут сестра замерла, приоткрыв рот, а я пожала плечами. Метрах в десяти от нас в теночке сидели старушки в количестве четырех человек и торговали розами. Цветочки были как на подбор и радовали глаз разнообразием оттенков. — Вот видишь, никаких проблем, — обрадовалась Танька и зашагала к старушкам. Мы немного попререкались на тему, четное или нечетное количество роз следует покупать. Старушки внесли в наш спор ясность, мы обзавелись букетом и направились к машине.

Вдруг раздался душераздирающий треск, который стремительно приближался, и через мгновение в облаке пыли очам нашим предстала шестерка затянутых в кожу мужчин на мотоциклах. Бог знает откуда их принесло. Но они вознамерились остановиться возле бара, что и сделали, а наш путь как раз пролегал мимо.

Шестерка выглядела колоритно. Черные кожаные штаны и рубахи в двадцатипятиградусную жару сами по себе впечатляют, прибавьте высоченные сапоги с заклепками и прочую атрибутику, а теперь вообразите, какой от этой кавалькады шел запах, если учесть, что пиво ребята уважали, а баню, скорее всего, нет. Романист назвал бы это крепким мужским духом, Танька выразилась проще:

— Господи, воняет-то как.

Густая растительность на головах мужчин была собрана в хвосты и косы (шлемами, естественно, пренебрегали), нижнюю часть лица скрывали банданы, должно быть, парни боялись задохнуться от пыли, а может, и от собственного запаха. Банданы были разноцветными, но имели одну общую особенность: все невероятно грязные.

Когда в трех шагах от тебя оказываются подобные типы — это всегда тревожит, но особых пакостей от судьбы я все-таки не ждала, место хоть и малолюдное, но обитаемое, и старушки, скорее всего, в обиду не дадут, а до машины всего ничего.

В общем, я с избытком оптимизма двигала вперед. Оптимизму особо способствовал тот факт, что ближайший ко мне парень стянул бандану с лица, и тут выяснилось, что он не юное прыщавое создание, а мужчина лет тридцати. В таком возрасте, по моим представлениям, у людей в голове начинают преобладать здравые мысли и к кому попало на улицах цепляться лень.

Мотоциклы у всех выглядели роскошно, несмотря на пыль, и я решила, что прибывшие абсолютно не опасны для юных красавиц. Остальные пятеро тоже стянули банданы, выглядели они моложе первого, но тоже вполне сносно. Ну тут один из них протяжно свистнул, после чего воскликнул:

— Какие девочки!

Второй тут же подхватил:

— Ангелочек, давай подружимся.

Третий заблеял:

— Красотка, познакомь меня с подружкой.

«Нормальные придурки», — решила я, стараясь смотреть в сторону. Мотоциклы они не покинули, а расстояние до машины еще сократилось.

— Привет механизаторам, — весело ответила Танька. Этого ей показалось мало, и она продолжила: — Как колхоз? Продолжаем разваливать?

— Я чего-то не понял, — вновь заблеял парень, глядя на друзей, как будто всерьез рассчитывал, что те начнут что-то объяснять.

— Попробуй со второй попытки, — предложила сестрица.

— Может, тебе по башке дать? — в свою очередь предложил парень. Я пихнула Таньку в бок, предлагая заткнуться, но она была далека от этого.

— Лучше дружку по яйцам.

Я тихо застонала, парни возвысили голос, причем сразу пятеро, а Танька сделала неприличный жест, демонстрируя свое отношение к чужому возмущению.

Ближайший к нам парень лихо спрыгнул с мотоцикла, а я подумала: «Зря родители считают Таньку умной». Но вдруг вмешался мужчина постарше.

— Угомонись, Чума, — добродушно буркнул он. Скорее всего, Чума — прозвище парня, такие типы обожают дурацкие прозвища, но радоваться я не спешила. Определение «чума» очень подходило и моей сестрице, то есть он мог иметь в виду, что ей стоит вести себя спокойнее, с чем я не могла не согласиться.

Молодой человек повернулся к нему с сожалением во взгляде, и стало ясно, что Чума — это все-таки он.

— Надо бы научить ее хорошим манерам, — заметил он.

Мужчина поморщился и повторил:

— Угомонись.

Только я хотела порадоваться его здравомыслию, как поняла причину такой доброты: на дороге появилась милицейская машина и плавно затормозила прямо возле нас. Чума оседлал свой мотоцикл, а из машины вышел усатый дядька и хмуро спросил:

— Все неприятности ищем?

Я опять-таки подумала, что это могло относиться к сестрице, однако вожак байкеров принял это на свой счет.

— Что ты, Сергеич, просто с девушками знакомимся.

— Разбежался, козел, — ответила неугомонная Танька, но мне уже было все равно, потому что я достигла «Альфа-Ромео» и даже устроилась в кабине.

— Тебе никто не говорил, что везение не бывает бесконечным? — спросила я, когда Танька плюхнулась рядом.

— Чтобы я каких-то уродов боялась? — презрительно фыркнула она.

— Бояться и нарываться — два совершенно разных глагола.

— Да ладно, — отмахнулась сестрица и завела мотор.

Милиционер продолжал о чем-то говорить с парнями, что меня порадовало, но все равно хотелось оказаться как можно дальше от этого места.

Через пять минут мы въехали на главную улицу поселка, и я смогла вздохнуть с облегчением. Танька двигала малой скоростью, присматриваясь к табличкам на домах.

— Название улицы видишь?

— А какая улица нам нужна?

— Озерная.

— Эта Первомайская.

— Да. А где Озерная?

— Откуда я знаю?

— Не занудствуй, — осадила меня сестрица. — Пожалуй, лучше спросить.

Навстречу нам шла женщина с детской коляской. Танька притормозила, а я спросила, открыв окно:

— Не подскажете, как проехать к Озерной?

— Вам вернуться надо, — ответила женщина. — На перекрестке свернете к лесу. Там указатель есть.

Танька лихо развернулась, а я понадеялась, что, возвращаясь, парней на мотоциклах мы не встретим. Дорога была пуста, мы свернули, табличка появилась только через километр. Стандартный указатель с надписью «ул. Озерная» и стрелка. Дорога здесь была узкой, но очень живописной, слева березки, справа начинался хвойный лес.

Навстречу нам попался джип, выглядевший здесь как-то очень солидно. За поворотом дорога расширилась, и впереди мы увидели озеро. Следовало признать, места здесь действительно красивые, заповедные. Ближайший дом по улице Озерной был под стать этим заповедным местам, не дом, а замок Синей Бороды. Не успели мы прийти в себя от эдакого великолепия, как возник второй дом, мы приоткрыли рот от изумления и далее его не закрывали, только успевали поглядывать на таблички, чтобы не пропустить нужный нам дом.

Дорога шла вдоль озера. Мы окончательно обалдели от окружавшего нас великолепия, слева возник очередной замок под номером одиннадцать, дорога пошла в гору, в сторону от пляжа, и на холме нашим очам предстал нужный нам тринадцатый дом. Две башни из серого камня, широкое крыльцо с вазонами. Не скажу, что он был самым впечатляющим из всех увиденных (тут голова шла кругом, сразу и не выберешь, какой из домов я бы предпочла для жительства, если бы меня угораздило родиться миллионершей), но проникнуться мы смогли, а Танька так даже выронила сигарету на коврик.

— Ни хрена себе, — пробормотала она и облизнулась.

— Осторожно, — кашлянула я, имея в виду сигарету, но сестрица отмахнулась:

— Да фиг с ней.

Однако я вновь начала смотреть на «Альфа-Ромео» с вожделением, поэтому поспешила избавиться от сигареты. Может, и вправду Витьке что-то отколется, а мне, соответственно, повезет? Танька слов на ветер не бросала, и, если заполучит «Ауди», я буду раскатывать на ее красавице.

— В гараже такого дома вполне может стоять «Хаммер», — изрекла я, с трудом справившись с одолевавшими меня корыстными мыслями.

— Ага, — промычала Танька. — Это точно тринадцатый?

— Ну... вон табличка.

Танька заглушила мотор, должно быть, ей тоже требовалось время, чтобы привести свои чувства в порядок, а я порадовалась данному обстоятельству: мне хотелось кое-что уточнить.

— Слушай, а кто он вообще — этот дядя?

— Покойник, — ответила сестрица.

— Это я помню. А кем был до того, как им стал?

— Понятия не имею.

— Что по этому поводу говорит Зинаида Петровна?

— Что он жулик, вор и кровопийца.

— Слишком обобщенно. И ничего поконкретнее?

— Еще он коллекционер.

Тут Танька уставилась на меня, а я на нее, после чего она невнятно чертыхнулась, а я возмутилась:

— Фамилия у дяди есть?

— Была. Костолевский Лев Вениаминович. Ты о нем что-нибудь знаешь?

Я пошарила в памяти. Фамилию такую я вроде бы слышала, но ничего конкретно вспомнить не могла. Пришлось пожать плечами.

Тут надо пояснить, что последним местом моей работы был роскошный антикварный салон на Рождественской (центр города, старинные особняки, арендная плата зашкаливает, а мой работодатель умудрился оттяпать триста двадцать квадратных метров в собственность. Представляете, что это за тип?). В салоне я совмещала ряд должностей, точнее будет сказать, все должности, за исключением уборщиц и директора (им был сам хозяин), проводила там двенадцать часов в сутки и от обилия высокого искусства впадала в прогрессирующий столбняк. На самом-то деле не от искусства, а от хозяина, жмота, негодяя и бабника, который искренне верил, что к своим многочисленным обязанностям я должна прибавить еще одну: ублажать его на кожаном диване в стиле русский модерн, который украшал его кабинет. Так далеко моя любовь к искусству не заходила, и мы простились, после чего я поклялась, что мои пути с антиквариатом более никогда не пересекутся. И вот — нате вам.

Впрочем, все не так и скверно. Оценим наследство по достоинству и не позволим запудрить мозги Витьке. Должно быть, такие мысли озарили и Таньку, потому что она пробормотала:

— Как хорошо, что ты поехала со мной. Тут один дом на пол-«лимона», как считаешь?

— Учитывая местоположение, близость от областного центра, высокохудожественность, а также красоты природы, очень может быть... что и больше.

— А если учесть, что он еще и коллекционер... Ой, мама, как я вовремя замуж вышла.

Тут другая мысль посетила меня и заставила нахмуриться.

— А много ли наследников?

— Откуда я знаю?

— Но что-нибудь ты знаешь или пыталась узнать?

— Если честно, не очень-то я ломала над этим голову. Теперь, конечно, понимаю, что не помешало бы.

— Что, вообще ничего не знаешь? — не поверила я. Конечно, Танька у нас в семье самая умная, но не до такой же степени?

— Ну... дядю отравили. Он вроде бы коллекционер. Нет, точно коллекционер. Был женат, жена давно умерла. Святая была женщина, это Зинаида

Петровна утверждает и настаивает на том, что родственники — кровопийцы и воры — ее уморили. Детей нет, оттого наследство отходит племянникам, потому что сестер-братьев, которых вроде бы немало, покойный терпеть не мог.

— Ты вот что, — вздохнула я. — Не торопись сообщать родне, что ты законная Витькина жена, лучше скажи, что вы помолвлены.

— Так они меня на порог не пустят. А почему не торопиться?

— Если в этом семействе такие нравы...

— Думаешь, могут отравить?

— Но ведь дядю отравили? Или это Зинаида Петровна выдумала?

— Дама она с фантазией... но направление твоих мыслей я улавливаю. Если я не жена, то травить меня дело зряшное. Так?

— Так. Вообще травить следует Витьку, пока он не успел жениться. Или уж вместе с супругой.

— Мы о браке помалкивали, и слава богу. Похожу в невестах. Ольга, ты меня нарочно пугаешь или у тебя, как и у меня, от этого домика мороз по коже?

— Присутствует.

— Н-да, — протянула Танька, продолжая разглядывать дом.

На самом деле ничего зловещего в нем не было. Выглядел он вполне симпатично. Два этажа плюс мансарда, но огромным дом не казался, скорее уютным. Перед домом лужайка, ярко-зеленая и ухоженная, стригли траву не реже двух раз в неделю.

Лес начинался прямо за домом. Забор, колючая проволока и прочая атрибутика богатой жизни отсутствовали. Правда, оставались еще минные поля, но я в них все же не верила.

— Ты говорила, он с племянницей жил?

— Ага. Она и звонила.

— Неплохо бы сейчас ей позвонить, сообщить, чтобы встречала нас с оркестром.

— Чего время тянуть? — вздохнула Танька. — Едем. На месте разберемся.

Я пожала плечами, все еще продолжая сомневаться, а Танька завела машину, и мы начали подъем на холм.

При ближайшем рассмотрении дом становился меньше похожим на замок и больше на сказочный домик. Башни теперь выглядели скорее кокетливо, чем грозно. Если это и замок, то из мультика. Обилие цветов вокруг только подчеркивало сказочную атмосферу. Я всерьез ожидала, что из-за ближайшего куста появится олененок, а еще лучше гном...

И он появился.

Из-за угла вывернул человечек, которого я поначалу приняла за ребенка. Он был в оранжевом комбинезоне и в клетчатой рубашке. Темные, очень жесткие волосы торчали в разные стороны, чувствовалось, что никакая расческа с ними не справится. Ростом человечек был со стул, что и позволило предположить, что это дитя шести-семи лет. Однако нечто в его облике настораживало: некая неправильность, если угодно, а еще сигара, которую он держал в левой руке, с удовольствием посасывая.

— Господи, это что такое? — не выдержала Танька, от удивления едва не выпустив руль, и добавила ворчливо: — Дети совершенно обнаглели.

Она затормозила в начале гравийной дорожки, на которую свернула с асфальта, и в нерешительности остановилась.

Дитя заковыляло к нам, и тут окончательно прояснились несуразности в его внешности. Человек оказался взрослым мужчиной, только карликом.

Но это отнюдь не успокоило, потому что карлики у нас еще бо́льшая редкость, чем дымящие сигарой карапузы. Я почувствовала себя Алисой, сунувшей свой нос в лисью нору, и даже подумала: «Начинается...» Впоследствии оказалось, что в тот момент я была даже очень права.

Карлик, уперев руки в бока, наблюдал, как мы выходим из машины. Он ухмыльнулся довольно зловеще и вопросил:

— Любите мертвечину?

— Что? — не поняла Танька и даже растерялась, чего за ней отродясь не водилось.

— Воронье слетается, — хихикнул карлик, сунул сигару в рот и забурчал: — Мертвечины будет много.

— Ах ты, гаденыш! — рявкнула Танька, метнувшись к карлику, и попыталась ухватить его за лямку комбинезона. Он ловко вывернулся и оказался за моей спиной. — Держи гада! — заорала сестрица, в которой проснулся охотничий азарт.

— Оставь его в покое, — посоветовала я и с улыбкой повернулась к нему. Все-таки выглядел он уморительно, но вряд ли испытывал от этого удовольствие.

— А ты здесь зачем, принцесса? — весело спросил он.

— Сама не знаю. Но мне здесь нравится.

— Правда? Чертово местечко.

— Потом расскажешь, если захочешь. Мы могли бы подружиться, как считаешь?

Он церемонно поклонился, сделав шаг в сторону.

— Рад вам служить, принцесса.

— С радостью принимаю вашу дружбу, сэр, — ответила я, присев в поклоне.

— Мне еще не доводилось видеть девушку столь ослепительной красоты.

— Вы заставляете меня краснеть.

— А вы меня беспокоиться. Доброй принцессе здесь не место. Будьте осторожны.

— Обязательно. Я могу рассчитывать на вашу помощь?

— В любое время дня и ночи. И помните, ровно в полночь все, что вы здесь видите, превращается...

— Проклятый урод, — услышала я визгливый голос и от неожиданности вздрогнула.

Карлик, ковыляя, припустился к кустам, весело крича:

— Карета в тыкву, кучер в крысу, а добропорядочные граждане в упырей и оборотней.

— Чтоб ты себе шею свернул, — неслось ему вслед.

Я повернулась и увидела женщину лет тридцати пяти, полную, невысокую, в льняном сарафане с вышитым петухом на подоле, ее волосы были заплетены в две косы. Вздернутый нос, узкие губы, губная помада морковного цвета, которая ей совершенно не шла, светлые глаза поглядывали настороженно. Она быстро оглядела нас с ног до головы и без всякого намека на любезность спросила:

— Что вы хотите? Здесь частные владения...

— Мы ищем дом номер тринадцать по Озерной улице, — сурово ответила Танька, приглядываясь к женщине. — Ведь это тринадцатый дом?

— Да... — Теперь в голосе женщины послышалось недоумение.

— Мы представляем интересы Костолевского Виктора Игоревича. Я его невеста Татьяна Ларина. Это моя сестра Ольга. — Женщина нахмурилась, с подозрением глядя на нас. — У меня есть доверенность. — Танька полезла в сумку, а женщина вроде бы очнулась.

— Что вы, что вы, я вам верю. Вы действительно Ларины, Татьяна и Ольга? — Она улыбнулась, а я сообразила, что ее недоверие скорее всего относилось к нашим именам. — Зинаида Петровна звонила мне. Очень рада вас видеть. Ирина Константиновна. Можно просто Ира. Я жила в этом доме, то есть и сейчас живу. Покойный Лев Вениаминович мой дядя. Идемте в дом. Почти все в сборе.

Подходя к дому, я увидела за кустами стоянку, забитую машинами, все как на подбор иномарки, причем не из дешевых.

— Автомобиль лучше перегнать туда, — сказала Ирина.

Танька вернулась к машине. Мы ждали ее возле крыльца. Я сочла момент подходящим, чтобы кое-что выяснить.

— Гостей в доме много?

— Гостей? А-а... Нет, только племянники. Лев Вениаминович рассорился со всей родней, отношения с племянниками не поддерживал, но когда понадобилось написать завещание... Как он шутил — «из двух зол выбирают меньшее», оттого и завещал все племянникам. У дяди был тяжелый характер, — вздохнула она. — Я прожила с ним много лет и лучше других знаю об этом.

— Много лет? — повторила я, желая продолжить разговор.

— Да. Мои родители погибли, когда я только-только пошла в школу. Лев Вениаминович брат моей матери, другой родни у меня не было. Вот так я и оказалась здесь. — Она тяжело вздохнула, должно быть, воспоминания детства ее отнюдь не радовали.

— А этот карлик, кто он?

Ирина нахмурилась.

— Сосед, то есть это брат поварихи в доме Алиевых. Живет в поселке. Злобное, мерзкое существо, которое везде сует свой нос. Впрочем, понятно: с чего бы ему быть добрым. Лев Вениаминович по неизвестной причине очень к нему благоволил. У людей искусства бывают довольно странные фантазии. После того что случилось, Леопольд бродит возле дома, все что-то вынюхивает.

— Леопольд его настоящее имя?

— Представьте, да. Ничего нелепее и придумать невозможно.

К нам присоединилась Танька, и интересную беседу пришлось прервать. По широкой лестнице мы поднялись к наполовину застекленным дверям. Они бы органично смотрелись где-нибудь в Америке, но в российской глубинке выглядели довольно нелепо. Наши люди предпочитают дубовые двери, а если учесть, что покойный Костолевский был коллекционером, выбор и вовсе странный. Мы оказались в просторном холле, который украшали четыре колонны и две огромные китайские вазы в нишах.

— Простите, я не ожидала, что вы приедете вдвоем... — сказала Ирина. — Вам придется пожить в одной комнате.

— Не привыкать, — кивнула Танька, увиденное ей явно понравилось, и мне тоже. Знать бы еще, сколько у дяди племянников, то есть на сколько частей все это надо поделить.

— Я хочу показать вашу комнату, чтобы вы могли умыться с дороги. А потом представлю вас остальным. Надеюсь, Андрей вот-вот подъедет и мы сможем сесть ужинать.

Комната располагалась на первом этаже, в левой башне. Полукруглое окно делало ее романтичной и уютной, вид из окна открывался великолепный. Обстановка комнаты самая простая: шкаф, кровать, диван, два кресла, низкий стол, зеркало в нише над консолью, которую можно было использовать в качестве туалетного столика. Белый тюль с красной каймой на окне и ярко-красное покрывало на кровати.

— В шкафу еще комплект постельного белья и дополнительные одеяла, — сообщила Ирина. — Туалет рядом, там же душевая кабина. Внизу ночевать будете только вы, так что никаких проблем. Располагайтесь, я зайду за вами минут через пятнадцать.

— Ну, как тебе? — спросила Танька, упав на кровать и немного попрыгав на ней.

— Пол-«лимона» как минимум, — удовлетворенно кивнула я. — Место изумительное, а дом как раз в духе «новых русских». Строительство здесь все-таки запретили, так что каждый дом на вес золота. Даже развалюха в поселке и то обойдется в несколько десятков тысяч долларов, а здесь такой дом. — Болтая, я разбирала сумку, Танька слушала, утвердительно кивая.

— А атмосфера? — спросила она, когда я закончила радоваться Витькиному везению.

— Что атмосфера?

— Карлик этот? Что он там болтал насчет мертвечины?

— Ирина сказала, что он вроде бы дружил с покойным, а покойному, как тебе известно, помогли перебраться в мир иной. Сегодня съезжаются наследники. Вот тебе и стервятники, а где стервятники, там и мертвечина. Сплошная аллегория.

— Да? Хорошо, если так. Что-то мне не по себе в доме за пол-«лимона» баксов.

— Как минимум пол-«лимона», — заметила я, уверенная, что сие придаст Таньке бодрости.

— Ага. И дядю действительно кокнули. Так что нам не мешает соблюдать осторожность. С невестой это ты хорошо придумала.

Я закончила разбирать сумку, и мы отправились взглянуть на места общего пользования. Планировка дома, по крайней мере первого этажа, произвела на нас самое благоприятное впечатление. Дом не был особенно огромным, скорее очень уютным. Вкус у покойного дяди был отменный. В коридоре висело несколько картин в дорогих рамах. Танька восторженно метнулась к ним, но я охладила ее пыл:

— Это копии. Кстати, вполне приличные.

— Да? А где оригиналы?

— В сейфах компании «Медиум», — сообщила Ирина, внезапно появившаяся из ближайшей двери. — Дядя не хранил здесь ничего особенно ценного, считал, что не стоит искушать судьбу. Коллекция требует особых мер безопасности, а у нас, как вы видели, даже забора нет. К достижениям техники дядя тоже относился с прохладцей. Здесь нет ни видеокамер, ни сигнализации. Дядя не любил покидать дом, а уж ночевать вне дома точно терпеть не мог. Если вы готовы, мы можем пройти в гостиную.

Гостиная представляла собой комнату метров сорок с роскошным камином, зеркалом в золоченой раме с амурами, колонны на входе, потолок с лепниной и стены расписаны вполне приличным художником. Гирлянды цветов, купидоны, вазоны, рог изобилия и прочее, прочее...

Два комплекта мягкой мебели из белой кожи, легкие шторы на полукруглом окне, паркет вишневого цвета, два шелковых ковра на нем, чья стоимость, скорее всего, тоже впечатляла, в двух углах витрины со статуэтками из фарфора. Все это напоминало парадный зал какого-нибудь дворца. Плоский экран «Сони» на стене с новейшей стереосистемой выпадал из общего стиля, но, на мой взгляд, гостиную отнюдь не портил.

Занятая разглядыванием комнаты, я не сразу обратила внимание на людей, что собрались здесь, а они между тем того заслуживали.

— Знакомьтесь, — громко сказала Ирина и почему-то тяжко вздохнула, точно вынуждена была сообщить нечто неприятное. — Это Татьяна, невеста Виктора. А это ее сестра Ольга. — Она сделала паузу и развела руками. — Прошу любить и жаловать.

Любить и жаловать нас здесь никто не собирался.

— Почему бы Витьке самому не приехать? — презрительно заметила рослая блондинка с капризным лицом. Лицо можно было бы назвать вполне симпатичным, если бы глаза не смотрели так зло.

«Стерва», — мысленно охарактеризовала ее я.

— Он уезжает в Англию, — кашлянув, ответила Танька.

— Сегодня?

— Нет.

— Значит, не удостоил. Тебя прислал. Ну-ну...

— По-моему, вполне дальновидно, — фыркнул мужчина лет тридцати. Он сидел, развалясь, в кресле, светлые брюки и трикотажная рубашка подчеркивали телеса, которыми его наградила природа, хотя скорее это было следствием неуемного аппетита.

— Что ты имеешь в виду? — повернулась к нему блондинка.

— То, что Витька не дурак, знал, что здесь все перегрызутся, вот и предпочел отправить вместо себя любимую девушку. Я называю это дальновидным поступком, а ты?

— Лично я грызться ни с кем не собираюсь, — спокойно сказала дама, сидящая у камина.

Поначалу я решила, что ей лет двадцать семь, но, приглядевшись, поняла, что гораздо больше. Очень эффектная, с умело наложенным макияжем, прекрасной фигурой. Это я смогла оценить, когда она, поднявшись, пошла к нам навстречу.

— Мария, — представилась она, протягивая руку сначала мне, а потом Таньке. — Я сестра Виктора. Двоюродная, разумеется. Мы здесь все двоюродные. И не обращайте внимания на Антона, — кивнула она на толстяка. — К его шуточкам надо привыкнуть. Я, правда, так и не привыкла, меня по-прежнему тошнит от его глупостей.

— Ах, ах, ах, — передразнил Антон и тоже пошел к нам навстречу, Таньке кивнул, а мне поцеловал руку. — Заполучить в родственницы такую красотку просто счастье.

— Идиот, — прокомментировала Мария.

— Машка обожает строить из себя леди, — усмехнулся он. — Выросла в коммуналке, и снобизм у нее в крови.

— А ты вырос на помойке, до сих пор смердит.

— Привыкайте, — засмеялся Антон, обращаясь к нам. — Мы тут все друг друга очень любим.

— Прекратите, в самом деле, — устало попросил мужчина, сидящий в кресле возле окна. — Что о нас люди подумают?

— Это Егор, — сказала Ирина, он помахал нам рукой в знак приветствия. — А это Виталий, муж Маши.

Признаться, это сообщение меня удивило. Более нелепой пары и представить было трудно. Виталий — существо невзрачное, я бы даже сказала, безликое, сидел как-то ссутулившись и на окружающих, похоже, реагировал мало, на нас точно внимания не обратил. Тщедушный, он вряд ли доставал жене до подбородка, его длинные волосы были зачесаны назад в тщетном стремлении замаскировать лысину. Но, несмотря на лысину, он выглядел моложе жены. Очки в золотой оправе, приличный костюм. Должно быть, бизнесмен или подающий надежды чиновник. Иначе невозможно понять, чем он мог привлечь Марию. «Скорее все-таки он чиновник», — решила я. Танька хмуро разглядывала свою будущую родню, не желая скрывать эмоций.

— Примерно так я себе это и представляла, — произнесла она вслух, хотя могла бы и помолчать.

— Не нравится? — подняла брови блондинка.

— Если честно, не очень, — ответила сестрица.

Антон захохотал, Ирина растерянно ахнула, остальные безмолвствовали. Тут Ирина пришла в себя и затараторила, стараясь скрыть неловкость:

— Это наша Верочка, дочка тети Ани. Витя вам, наверное, рассказывал? Маша дочка Петра Вениаминовича, Антон сын Аркадия Вениаминовича...

— Это девушкам неинтересно, — перебил ее Антон.

— Почему же? — возразила я.

— Воспитанность здесь демонстрировать необязательно. Наши родители друг друга не жаловали и терпеть не могли покойного. Кстати, было за что. К нам «добрые» чувства перешли по наследству.

Егор, симпатичный мужчина, старше всех собравшихся, невольно поморщился. Выглядел он очень респектабельно.

— Егор у нас политик, — тут же переключился на него Антон. — Оттого любит наводить тень на плетень. Все должно быть благопристойно, это наше главное кредо.

— Ты о своем кредо подумай, алкаш несчастный, — взъелась блондинка.

— А где, кстати, Андрей? — ничуть не обидевшись, спросил Антон. — Или такие мелочи, как наследство, нас не интересуют?

— Рассчитываешь на чужую долю? — съязвила Верочка.

— Если она будет... Моя маменька утверждает, что ждать добра от покойника — дело бесперспективное.

Дверь за нашей спиной распахнулась, и в гостиную вошли сразу двое мужчин. Первый был блондин, рослый, симпатичный, чем-то неуловимо похожий на Верочку, что и неудивительно: они оказались родными братом и сестрой. Второй очень эффектный мужчина неопределенного возраста, ему могло быть и тридцать, и сорок. Любое женское сердце начинало биться сильнее при одном взгляде на него. Среднего роста, нормальной комплекции, но в походке, во взгляде, в улыбке было что-то волнующее и неотразимое.

Егор, увидев его, вскочил и кинулся навстречу, руку протянул еще метров за десять.

— Александр Петрович, добрый вечер. Рад, очень рад видеть вас.

Появление красавца-брюнета подействовало на всех самым благотворным образом. Дамы заулыбались, Виталий ожил, а Антон притих и вроде бы даже уменьшился в размерах. Чувствовалось, что Александр Петрович гость желанный и всеми уважаемый. Хотя... Ирина, к моему удивлению, повела себя несколько странно, нахмурилась и отошла в сторону, как будто не желая находиться рядом. Впрочем, и она через минуту улыбнулась и даже сказала:

— Милости просим.

Блондин, оказавшийся долгожданным Андреем, расцеловался с сестрой, извинился перед остальными и устроился в кресле. Мне он сразу понравился: добродушный очкарик, застенчивый и милый.

— Встретил Андрея по дороге, — пояснил Александр Петрович.

— Автобус сломался, — пожал тот плечами. — Пришлось идти пешком.

— Когда машину купишь? — все-таки влез Антон.

— Денег нет.

— Бери пример с сестрицы.

— Игорь Николаевич будет с минуты на минуту, — бесцеремонно перебил его Александр Петрович. — Только что звонил, он уже в поселке. — Тут взгляд его упал на меня, он быстро огляделся, точно ища поддержки. — Простите...

— Это Витины родственницы, — затараторила Верочка. После появления Александра Петровича она сделалась как-то проще, мгновенно растеряв свой лоск. — Ой, вы же незнакомы с Витей... сын Игоря Вениаминовича. Это его невеста Татьяна и ее сестра... Ольга, кажется.

— Не хочу показаться банальным, — пропел Александр Петрович, — но ваша красота... прошу прощения у присутствующих дам.

Все дружно засмеялись, а мужчина мгновенно перестал мне нравиться. В самом деле до тошноты банально. Только все расселись, группируясь у камина, как послышались шаги и в гостиную вошел юркий старичок с плешивой головой и портфельчиком под мышкой.

— Приветствую, господа, — руки он пожал только Александру Петровичу и Егору. — Все собрались? Что ж, приступим. Время, как известно, деньги, — он весело хихикнул, положил портфель на каминную полку, извлек оттуда бумаги и замер в театральной позе: одна рука за спиной, в другой бумаги.

— Это тоже родственник? — не удержалась я, вопрос адресовался Антону, который сидел рядом со мной.

— Адвокат, — шепотом ответил он.

— А Александр Петрович?

— Друг старикана. Черт знает почему он здесь. Вполне возможно, что старик ему все и оставил. Вот будет цирк.

— Чему вы радуетесь? Вам что, наследство не нужно?

— Деточка, меня уже никакое наследство не спасет.

— Прошу внимания, — провозгласил адвокат.

Все сурово взглянули на нас, и мы замолчали.

Поначалу я даже заскучала, адвокат читал бумаги, точно первоклассник на конкурсе чтецов: выразительно, наслаждаясь и даже гордясь. Наконец дошли до сути и стало интересно.

— Дом и все имущество, находящееся в нем... — тут он сделал паузу и обвел всех взглядом, подчеркивая остроту момента, — моей племяннице Ирине Константиновне Шевчук в благодарность за ее терпение и преданность.

— Черт, — в гробовой тишине произнесла Мария, но на это никто не обратил внимания, все завороженно слушали, лишь Александр Петрович криво усмехнулся, покосившись на нее.

— В пожизненное пользование, — закончил адвокат.

— Что это значит? — растерялась Ирина.

— Прошу внимания, — повторил адвокат. — В случае вашего замужества или смерти, не приведи господи, — весело усмехнулся он, — дом следует продать, а вырученную сумму разделить между всеми нижеперечисленными родственниками в равных долях.

«А дяденька оригинал», — решила я, поражаясь закрученности интриги.

— Картины из моей коллекции... — далее шел перечень картин, — племяннику Андрею Викторовичу Тарасову. Он лучше всех сумеет ими распорядиться. Все остальное недвижимое имущество продать... а также все мои деньги... племянникам... Виктору... Антону... Егору... Марии... Вере... в равных долях... — Дочитывал завещание он в гробовой тишине. — Племяннице Ирине... пожизненная пенсия в размере трехсот долларов в месяц, а также деньги на содержание дома, для чего открыт специальный счет, который тоже будет аннулирован в случае ее замужества. Самарскому Александру Петровичу бронзовую скульптуру «Искупление» из моего кабинета в память о нашей долгой дружбе. Акварельный набросок Айвазовского к картине «Буря» Молчановой Анне Игнатьевне с восхищением ее красотой и прекрасными душевными качествами. По настоянию покойного завещание оглашается в сороковой день после его кончины. По закону оно вступит в силу... впрочем, — тут он сделал паузу, — некоторые обстоятельства... всем присутствующим известно, следствие по делу о гибели Льва Вениаминовича еще не закончено, так что...

— Я ничего не поняла, — быстро заговорила Ирина, нервно теребя подол сарафана.

— Чего тут не понять? — перебила ее Верочка. — Ты живешь здесь, как и раньше, получаешь свои триста баксов в месяц и еще деньги на содержание дома.

— Да, — кивнул адвокат. — Разумеется, вы не можете тратить деньги на дом как вам заблагорассудится, вы обязаны будете предоставлять отчет о своих расходах в нашу адвокатскую контору.

— Но он сказал, что я не могу выйти замуж, — пролепетала Ирина.

— Можете, — улыбнулся адвокат. — Но в этом случае лишитесь и дома, и пенсии.

— Но как же так...

— Чего ты глаза таращишь? — не выдержала Мария. — Продолжаешь жить как раньше. Замуж ты все равно никогда не выйдешь. Послушайте, — повернулась она к адвокату, — хотелось бы знать поточнее...

— Понимаю ваш интерес, — улыбнулся он. — На счетах Льва Вениаминовича на сегодняшний день восемь тысяч долларов и двести восемьдесят пять тысяч рублей. Недвижимое имущество, назначенное к продаже, это автомобили... — Он достал еще листок, кашлянул и продолжил: — Учитывая, что двое, Ирина и Андрей, в этот список не включены, каждый получит приблизительно по шесть тысяч долларов США.

Антон зашелся от смеха. Танька разочарованно скривилась. Я тоже не смогла сдержать гримасы разочарования: вот тебе и «Альфа-Ромео». Но самое большое впечатление завещание произвело на Виталия, заморыш вдруг вскочил и заорал:

— Да это черт знает что такое... это издевательство...

— В завещании есть еще один пункт, — ласково продолжил адвокат, — на который я предлагаю обратить ваше внимание: в случае, если кто-то из родственников оспорит завещание, все имущество переходит государству.

— Ай, молодец, — продолжал веселиться Антон, охаживая себя ладонями по ляжкам. Виталий нервно бегал по комнате. Егор поднялся и обратился к Ирине:

— В качестве своей доли я хотел бы взять пейзаж, что висел в спальне Льва Вениаминовича...

— Он не стоит шести тысяч, — поспешно сказал Андрей. Он сидел красный как рак и прятал глаза от окружающих.

— Ну и что, — пожал плечами Егор. — Зато он очень нравился моей маме. Но если это невозможно... Я благодарен дяде за его заботу. А теперь, извините, вынужден проститься.

— Подождите, — вмешался адвокат. — В завещании есть пункт, по которому все наследники обязаны прожить в доме три дня с момента оглашения завещания. Если это невозможно, наследника должен заменить кто-то из членов его семьи.

— Очень сожалею, — ответил Егор, — но это совершенный бред. Завтра утром у меня важная встреча. Всего доброго.

— Вы теряете право на наследство, — настойчиво внушал ему адвокат.

— Что ж... придется мне это как-то пережить, — улыбнулся Егор, всем кивнул и отбыл. Перспектива потери шести тысяч долларов его, как видно, не впечатлила.

— Правильно, — громко сказала Мария, как только за ним закрылась дверь. — Что ему эти деньги, эти жалкие копейки.

Тут она осеклась, быстро взглянув на Александра Петровича. Тот поднялся и вежливо раскланялся.

— Думаю, мне тоже пора. Я ведь правильно понял, — повернулся он к адвокату. — Мое присутствие здесь необязательно?

— Да, речь идет лишь о родственниках. Анна Игнатьевна и вы получаете завещанное вам в любом случае.

— Я бесконечно признателен своему другу за его внимание ко мне, — проникновенно сказал Александр Петрович. Выглядел он вполне искренним. — Это моя любимая вещь в его коллекции.

— К сожалению, вы можете ее забрать только по окончании следствия.

— Да-да, конечно. Я понимаю.

Ирина как-то странно взглянула на него, во взгляде была злость, если не ненависть. Маловероятно, что потеря скульптуры так подействовала на нее. Выходит, тут что-то другое.

Александр Петрович еще раз поклонился собравшимся и отбыл весьма довольный. Минут через пятнадцать уехал и адвокат.

Пока адвокат находился в гостиной, родственники в основном пребывали в прострации. Виталий носился по комнате, иногда натыкаясь на предметы, остальные сидели, уставившись кто в пол, кто на огонь камина.

— Кто такая Анна Игнатьевна? — нарушила тишину Мария.

— Живет здесь неподалеку, — отозвался Андрей. — Дядя с ней, кажется, дружил.

— Быть того не может, — нервно хихикнула Вера. — Дядя был способен дружить с женщинами?

— Но этого просто не может быть! — визгливо выкрикнул Виталий.

— О чем ты, дорогой? — повернулась к нему Мария.

— На счетах у него какие-то крохи... Но этого просто не может быть. Он жил на широкую ногу... Этих денег ему вряд ли бы хватило на год.

— Дядя был страшный жмот, — вздохнула Вера. — Вон у Ирки спроси, она знает. Он тратил деньги только на картины...

— Которые теперь достались твоему брату, — съязвил Виталий. Пожалуй, я ошиблась, решив, что он неразговорчивый тип. — С какой стати, интересно? Он же терпеть его не мог.

— Может, скажешь, кого из нас он любил? — усмехнулся Антон. — Если вас интересует мое мнение, дядя сделал правильный выбор, что касается картин, разумеется. С точки зрения дяди, Андрей бессребреник и неудачник, но человек исключительно порядочный. Что будешь делать с картинами? — повернулся он к брату. — В музей отдашь?

— Конечно. Люди должны их видеть. Это же...

— Идиот, — вздохнула Вера, глядя на него с сожалением. — Но ничего...

Андрей поежился, а я решила, что в его жизни грядут испытания.

— Что ж, следует признать очевидный факт, — вновь заговорил Антон. — Мы получили совсем не то, что ожидали, — тут он хихикнул.

— Вот именно, — скривилась Вера. — Ждали смерти богатого дяди, а он оказался совсем не богатым. Шесть тысяч на каждого! Да это смешно. Я собиралась купить квартиру...

— Он мог вовсе не упомянуть нас в завещании, — пожал плечами Андрей.

— Ты лучше молчи, тебе хорошо говорить...

— Боже мой, — простонала Ирина, о которой, похоже, все забыли.

— Ты-то чего убиваешься? — накинулась на нее Вера. — Дом, пенсия, чего еще надо?

— Он не мог так поступить со мной, — забормотала она, глядя на всех с душевной мукой.

— Ты что, замуж собралась? Интересно, за кого? Впрочем, почему бы и нет? Будешь жить без регистрации, а что? Там сказано, «если выйдет замуж». Нет регистрации, нет и замужества, и ты останешься при своем.

— А дядя занятный тип, — продолжал веселиться Антон. — Кажется, он испытывает нас на прочность.

— Что еще за ерунда? — удивилась Мария.

— Может, и не такая уж ерунда, если вдуматься. Здесь собрались люди далекие от нравственности...

— Говори, пожалуйста, за себя, — перебила его Вера.

— Твои нравственные устои вне сомнения, сестренка, — съязвил он. — Не секрет, что у большинства из нас финансовые проблемы.

— У меня нет никаких проблем, — взвизгнул Виталий, чем, признаться, даже напугал меня. — Это слухи, которые распускают мои враги.

— На то и враги, — согласился Антон. — Как вы думаете, с какой такой стати мы должны торчать здесь три дня?

— Чтобы окончательно возненавидеть друг друга? — усмехнулась Маша.

— Само собой, но если учесть, что дядя увлекался детективами... предположим, кто-то из нас вдруг скоропостижно скончается. Доля остальных сразу увеличивается.

— На пару тысяч баксов? — презрительно хмыкнула Маша. — Тебе самое время обратиться к психиатру.

— Для тебя это, конечно, не деньги, а для кого-то... — Тут все взглянули на нас, а Антон захохотал, очень довольный своей шуткой.

— Они приехали на «Альфа-Ромео», — заявила

Вера, как видно, восприняв его слова всерьез. — Такая тачка стоит денег.

— По-настоящему беспокоиться стоит только Ирине, — продолжил добрый братец. — Если она выйдет замуж, сумму, полученную за дом, мы поделим между собой. Такая цифра мне намного симпатичнее. Если у тебя нет жениха на примете, я берусь его найти.

— Что ты мелешь? — не выдержала Вера, а Антон развел руками.

— Ей следует опасаться коварства родственников. Чтобы завладеть денежками, кто-то из нас вполне способен подсунуть ей какого-нибудь афериста, который за небольшое вознаграждение вскружит бедняжке голову. Держи ухо востро, сестрица.

— Антон, ты неисправимый дурак, — покачала головой Мария, но тут в очередной раз меня потряс ее муженек.

— А что там сказано по поводу ее смерти? Если она вдруг умрет, стоимость дома делится на всех поровну? Никешины выставили дом на продажу, просят за него шестьсот тысяч. А их дом хуже расположен...

— Просить можно сколько угодно, — нахмурилась Вера. По выражению лиц остальных было заметно, что все принялись лихорадочно что-то подсчитывать.

— Да, из-за такой суммы...

— Егор уже вне игры, — подлил масла в огонь Антон, явно наслаждаясь ситуацией. — Если кто-то из нас... Доля будет постоянно увеличиваться.

— Нет, ты точно идиот, — покачала головой Маша. — Подумай об Ирке, мы уедем, а ей жить одной в этом чертовом доме, где даже двери стеклянные.

— В самом деле, Антон, — подал голос Андрей. — Твои шутки...

— Я просто имел смелость высказать то, о чем вы думаете. Или будете думать.

Все дружно приготовились возразить, но тут зазвонил Танькин мобильный. Она поспешно достала его из кармана, буркнула «извините» и вышла из гостиной. Вернулась она минут через десять, за это время каждый, за исключением меня, успел высказаться насчет Антона, разумеется, нелицеприятно.

— Витя улетает завтра утром, — сообщила сестрица. — Я бы хотела проводить его. Вы не возражаете, если вместо себя я оставлю сестру? Это не будет нарушением договора?

— Почему же? Будет, — ядовито ответила Вера. — Витька и так ничего не получит, потому что формально вы ему не родственница. Невеста, не жена. И ваша сестрица...

— Она его жена, — с усмешкой заявил Антон. — Я ведь не ошибся?

— Нет, — гордо ответила Танька.

— Адвокату об этом известно, потому он оставил их в игре. Так что формально, — он подчеркнул это слово, с ухмылкой глядя на Веру, — Ольга — Витькина родственница. Золовка, кажется. Так что девушка в деле.

— Что за идиотская манера называть происходящее игрой, — разозлилась Мария. — В конце концов, сегодня сороковой день со дня смерти дяди и это не повод для всяких там выходок...

— Он просто запал на девчонку, — поддакнула Вера. — И хочет, чтобы она осталась.

Про Ирину вроде бы опять все забыли. Она сидела возле камина, где догорал огонь, нервно потирала руки и, похоже, ничего не слышала.

— А что у нас с поминками? — возвысил голос
Антон. — Ужинать будем? Я бы выпил с удовольствием. Ирочка, ты ведь не позволишь нам умереть с
голоду?

Она все-таки услышала, вскочила, пробормотала «да-да, сейчас», потом окончательно пришла в
себя и предложила:

— Идемте в столовую, у меня все готово.

Родственники двинулись в сторону столовой,
а я потянула Таньку за рукав к нашей комнате.

— Ты ведь не рассчитываешь всерьез, что я
здесь останусь? — спросила я, закрыв дверь.

— Витька едет на три месяца. Должна же я его
проводить?

— Конечно, должна. Я понимаю, что получить
шесть тысяч баксов совсем неплохо, но... честно говоря, у меня ни малейшего желания торчать здесь
три дня. Твоя будущая родня произвела впечатление.

— Тебя не отравят, это нелогично, — деловито
заметила Танька. — И меня тоже... тьфу-тьфу.
Я тебя завтра сменю. Честно. Тебе вечер простоять
да ночь продержаться. А я из аэропорта прямо
сюда. Ну?

— Гну, — передразнила я. — Проваливай. А я,
так и быть, продолжу интересное знакомство.

Проводив Таньку, я пошла в столовую, где собралась родня. Я была уверена, что в доме есть по-
мощница по хозяйству, но оказалось, всем заправляла сама Ирина. Похоже, бедняжка прожила все
эти годы в прислугах, заботясь о стареющем дя-
дюшке после смерти его жены. И после своей кончины он ее не порадовал.

Ирина сновала из столовой в кухню, а остальные не видели в этом ничего особенного. Когда

ужин закончился, гости разошлись, Ирина отправилась мыть посуду. Ни Вере, ни Маше не пришло в голову помочь ей. Я же сказать спасибо и смыться, оставив Ирину с горой посуды, не смогла.

— Давайте я вам помогу.

— Нет, нет, что вы...

— Если я буду мыть, а вы вытирать и расставлять, получится вдвое быстрей.

Она все-таки согласилась. Я приступила к работе, недобрым словом помянув дядю, мог бы приобрести посудомоечную машину. Как видно, дядя экономил, решив, что племянница вполне справится и без машины.

Ирина выглядела хмурой и несчастной. С моей точки зрения, ее сестра была недалека от истины, говоря о том, что она может жить как и раньше и даже с любимым человеком, если таковой имеется, просто не регистрируя с ним брак. Да и пенсия в триста долларов тоже очень неплохо. Я за эти триста баксов торчала в магазине с утра до вечера. Должно быть, Ирина, как и все, рассчитывала на большую сумму денег. Интересно, как она намеревалась ее потратить? Впрочем, это не мое дело.

Закончив с посудой, я отправилась в свою комнату, где надолго не задержалась. Пока не стемнело, лучше прогуляться. Я пошла к озеру, вид там открывался прямо-таки волшебный. Я размышляла о семействе, куда меня забросило волей судьбы, и, наслаждаясь прелестями природы, несколько раз подумала, что дом, расположенный в столь благодатном месте, созданный с умом и вкусом, вполне может стоить сумасшедшие деньги, а это значит...

— Потрясающее зрелище, правда? — услышала я, но оборачиваться не спешила. Я и так знала, что за спиной у меня Антон. Как видно, его сестрица оказалась права и моя особа возбудила у него интерес.

— Да, — наконец ответила я после довольно длительной паузы и повернулась. Он стоял в нескольких метрах от меня, толстый, весело ухмыляющийся и вроде бы даже добродушный. Но, приди мне охота вообразить дальнейшее развитие событий в детективном ключе, я легко бы могла представить его в роли главного злодея, то есть убийцы. Хотя на ту же роль идеально подойдет и Виталий, и Вера, и даже Маша. Андрея я почему-то сразу исключила. И тут вот какая мысль пришла мне в голову: Ирину в роли убийцы я не вижу, и вовсе не потому, что считаю ее совершенно на эту роль непригодной, а... я уготовила ей роль жертвы. Невольно поежившись, я запретила себе думать про эти глупости. Мы с Антоном не спеша пошли вдоль берега по песчаной дорожке. Надо сказать, что обитатели Озерной не только следили за порядком вокруг своих особняков, но и с большим трепетом относились к местам общественным. Дорожка была в идеальном состоянии, на берегу ни бумажки, ни прочего мусора, везде завидный порядок.

— Озеро довольно глубокое и большое. Кажется, сорок километров площади. Один из местных богатеев даже завел здесь яхту.

— Зачем яхта на озере? — удивилась я.

— Понятия не имею, я же не богатей.

Мы засмеялись, а потом я спросила:

— А кто вы?

— Вы еще не поняли? Болтун и неудачник.

— Вы это серьезно?

— Насчет болтуна?

— Нет, насчет неудачника?

— Как еще можно назвать человека, у которого в тридцать три года ни семьи, ни собственного дома, ни приличной работы, ни перспектив... Зато масса дурных привычек.

— По-моему, вас это ничуть не тяготит, — позволила я себе возразить.

— А вы проницательны. Не ожидал. Обычно красивые девушки...

— Дуры, — подсказала я.

— На самом деле дураки мужики, которые эту глупость повторяют.

Мы опять засмеялись.

— Здесь есть еще одно небольшое озеро. Точнее, здесь полно озер, но то я считаю особенно красивым. От дома ведет тропинка вон туда, на запад. С одной стороны там поле, с другой лес. В лунную ночь зрелище волшебное. Кстати, сегодня полнолуние.

— Поэтому девушкам лучше сидеть дома. Вся нечисть соберется у лесного озера.

— Вы верите в эти сказки?

— Конечно, нет. Но иногда так хочется поверить.

Еще минут десять мы болтали о подобных пустяках, потом наш разговор неизбежно коснулся сегодняшних событий. Я считала, что имею право удовлетворить свое любопытство, поэтому, когда Антон спросил: «Что вы думаете о нашей семье?» — я ответила смеясь, желая поддержать разговор:

— Любой из вас вполне может убить.

— Из вас?

— Хорошо. Из нас. Хотя ожидать от меня такой прыти из-за денег, которых я, скорее всего, не получу... Сестрица может развестись с вашим братом еще до получения наследства, и я останусь в дураках.

— Да уж, перспектива ужасная, — в тон мне ответил он.

— А если серьезно? Что здесь произошло? Я имею в виду смерть дяди.

— Вы что, не знаете? Дражайшая Зинаида Петровна не поведала вам все в деталях, ею же придуманных?

— Невероятно, но факт, — печально кивнула я.

— А что она вообще сказала?

— Дядя — миллионер, родственники — кровопийцы, ноги ее здесь не будет.

— В принципе правильно сказала, — неожиданно серьезно ответил он. — Да вы и сами видели. Пауки в банке.

— Да бросьте вы. Далеко не худший вариант. Я знаю случай, когда две родных сестры рассорились после смерти матери из-за шубы. Не разговаривали двенадцать лет. А здесь все-таки приличные деньги. Егор даже уехал...

— Он может себе это позволить. Он банкир, причем весьма процветающий.

— Я думала, политик.

— Политик Самарский.

— Александр Петрович?

— Ага. Глава холдинга и по совместительству депутат. Очень серьезный человек, ему прочат большое будущее.

— Они дружили с вашим дядей?

— Да, как ни странно. Хотя дружить с дядей было нелегко. Уж можете мне поверить. Своих братьев и сестер, которых, как вы уже поняли, немало, он терпеть не мог. Те сюда нос не показывали и вообще долгое время с ним не знались. Но когда пошли слухи о его фантастическом богатстве, деток, то есть нас, охотно сплавляли сюда на лето. И тут уж у кого больше выдержки. Я обычно раз пять за лето сбегал. Чемпионкой по усидчивости была Машка, но она всех старше, понимала, что к чему, ну и Ирина, естественно, она жила здесь постоянно.

— Кстати, вам не кажется, что он обошелся с ней жестоко? — спросила я.

— А вам не кажется, что у него на то могли быть причины?

— Наверное, причины были, — пожала я плечами. — И все же... Она много лет жила с ним, готовила, следила за порядком в доме, заботилась о старике...

— Да-да... кстати, как вы относитесь к моей теории?

— Какой?

— Старик предложил нам пожить здесь три дня неспроста.

— Чтобы вы переубивали друг друга?

— Думаю, он бы здорово повеселился. Самый простой способ заполучить большую сумму денег — это избавиться от Ирины.

— Вы не находите, что говорить об этом в ее присутствии довольно жестоко?

— Конечно, нахожу. Но меня, как и вас, очень занимает некая несправедливость по отношению к ней. Конечно, она угробила молодость на этого старика, но ведь не просто так.

— Бедному ребенку некуда было деться, а потом она привыкла.

— А может быть, ждала его смерти и он знал об этом?

— И отомстил. Надо сказать, что у него получилось.

— А хотите еще развития сюжета? Допустим, она устала ждать и решила ускорить события. А старикан об этом догадался. В предчувствии близкой кончины он оставил завещание с весьма странными инструкциями.

— Вы хотите сказать, кто-то из родни способен убить несчастную Ирину из-за большого куска пирога и тем самым отомстить убийце дяди?

— Слушайте, а вы действительно умная девушка.

— Спасибо. Вы кем работаете?

— Менеджер среднего звена в торговой фирме, — развел он руками.

— Талант пропадает. Могли бы детективы писать.

— Я написал, даже два. Но ни одно издательство их не приняло.

— Они сумасшедшие. Значит, по-вашему, Ирина отравила дядю.

— В этом случае я бы считал свою версию безупречной. Однако представить сестру бьющей дядю поленом по голове я все-таки не могу. Поэтому на такой роскошной версии придется поставить крест.

— Какое полено? — удивилась я. — Ведь дядю отравили?

— Если бы. Пробитую голову отравлением считать никак нельзя. Вы что, действительно ничего не знаете?

— Конечно, нет.

— Зинаида Петровна теряет форму.

— Она уверена, что он умер от удушья.

— Приступ удушья имел место. Дядя — астматик, и у него действительно была аллергия. Возможно, что-то ее даже спровоцировало. Но умирать он явно не собирался, хотя...

— Слушайте, вы меня с ума сведете своими за- гадками.

— Хорошо, хорошо. Перехожу прямо к делу. Ирина в тот вечер отправилась к подруге, та живет в поселке. Они заболтались, как это водится у жен- щин, и Ирина засиделась у нее дольше обыкновен- ного. Дядя позвонил ей, сказал, что ложится спать, выпил рюмочку коньяка, а может, две или три, он очень уважал коньяк и на ночь непременно выпи- вал. Но спать не лег, а зачем-то пошел в лес, где его и обнаружил начальник местной милиции. У него дом неподалеку. Дядя лежал на тропинке с проби- той головой. Вскрытие подтвердило наличие аллер- гена в его организме, но голову ему все-таки проби- ли. Так что... Если желаете услышать мою версию, было так: дядя почувствовал себя скверно, вышел прогуляться...

— И встретил на лесной тропе злодея.

— Точно. Правда, злодеи ранее здесь не води- лись. Люди вокруг не бедные, за порядком следят. По ночам вдоль озера разъезжает патрульная маши- на, так что местные чувствуют себя в безопасности.

— Почувствовав удушье, разумнее вызвать «Ско- рую», а не бежать в лес.

— Через лес самая короткая дорога к Михайло- вым. Оба супруга врачи, а «Скорая» приехала бы из города минимум через двадцать минут.

— Вы опять увлеклись или это правда?

— Одна из версий.

— Тогда выходит, убийца не был уверен, что от- равленная им жертва умрет, и схватился за полено?

— А что? Вполне логично. Вместо того чтобы скончаться, дядя трусит по лесной тропинке. Это могло здорово расстроить убийцу, и он перешел к более радикальным мерам.

— Ирину мы из списка исключили, тем более у нее, судя по всему, есть алиби. Кто тогда, по-вашему, убийца?

— Я бы предложил Виталика. Дела у него сейчас из рук вон плохи. Фирма дышит на ладан, он на грани разорения, а с такой женой... Вы же видели сестрицу, он по ней с ума сходит, а она спит с кем попало. Замуж она выходила за богатого человека и сейчас уже подыскивает ему замену. Человек в его положении способен на многое.

— Уверена, милиции это тоже бы пришло в голову. У него есть алиби?

— Само собой. Однако вовсе не обязательно самому махать поленом. Нанял какого-нибудь типа, тот и поджидал старика в лесу. А приступ удушья нужен был для того, чтобы выманить дядю из дома. В половине одиннадцатого в лесу уже темень...

— Тогда у убийцы должен быть сообщник в доме. И убийца должен быть уверен, что старик не вызовет «Скорую», а бросится к соседям.

— Это нетрудно предугадать.

— Но некто в доме подсыпал какую-то дрянь старику, чтобы спровоцировать приступ удушья. Как, по-вашему, наемный убийца может незамеченным проникнуть в дом?

— Не так-то это трудно, как кажется, — пожал плечами Антон. — Вы же видели, двери открыты. А потом... Он мог познакомиться с Ириной, войти к ней в доверие... Она ведь живой человек, и ничто человеческое ей не чуждо.

— На чужака здесь непременно бы обратили внимание.

— А если это кто-то из местных?

— Вам не кажется, что мы чересчур увлеклись? — вздохнула я.

Антон засмеялся.

— Зато вам со мной интересно. Разве не так?

— Более чем. Уже стемнело, и, учитывая мрачность наших фантазий, лучше вернуться домой.

— Слушаюсь и повинуюсь, — шутливо поклонился он и предложил мне руку.

Мы зашагали к дому. Хоть я и считала его слова глупыми бреднями, однако эти бредни здорово меня увлекли. Люди обожают тайны, и я не исключение.

— Если вам интересно мое мнение, — вновь подал голос Антон, — дядя был на редкость скверным человеком. Ирке жизнь искалечил. Когда умерла тетя, она только-только школу закончила, собиралась поступать в институт. Но дядя ей заявил, что она обязана остаться с ним. И даже домработницу уволил, решив, что Ирка вполне справится. Прислуга, над которой можно вдоволь издеваться и которой даже платить не надо.

— Она ведь могла уехать.

— И бросить его? Нет. Не могла. Она дурочка, которая верит в то, что все мы кому-то что-то должны. К тому же она боязлива, бесхарактерна... в общем, не могла. Теперь он навечно привязал ее к этому дому. И про Андрея я говорил серьезно. Он хороший парень, только бесхребетный. Сидит в своем музее, на его работах уже пять человек защитились, а он все в научных сотрудниках. Зная его мамашу, представляю, что теперь начнется. Да и Верка... Вряд ли он устоит. Ни в какой музей картины он не отдаст. Искалечат они жизнь парню, вот увидите. От этих чертовых денег не будет прока. Знаете, что я решил? Завтра с утра сбегу отсюда.

— Не поверите, я предлагала сестре то же самое.

— И правильно. Надо уносить ноги. И ни в коем

случае не брать эти деньги. От дьявола не может быть добра.

Надо сказать, произнес он это так убежденно, что я поверила. И даже подумала, а не вызвать ли такси прямо сейчас, чтобы вскоре оказаться в своей квартире и забыть про эту семейку. Потом я подумала о Таньке и решила, что лучше остаться до утра. Если ей хочется просидеть здесь три дня, ради бога, а меня пусть уволит. Но, когда мы подошли к дому, возникла еще мысль: оставлять здесь сестрицу одну, пожалуй, опасно, а вслед за этим вот какая догадка озарила меня: Антон рассказывал мне все это с одной целью — чтобы я покинула дом, а он в результате получит на две тысячи больше. Короче, разводит, как пчелок, а я... Как видно, моя внешность в очередной раз сыграла со мной гнусную шутку, парень хоть и отпускал комплименты моему уму и сообразительности, но так и не смог поверить, что я не идиотка.

Мы мило простились в холле, я вошла в свою комнату, заперла дверь и прорычала сквозь зубы:

— Ну, ладно.

Конечно, я тут же позвонила сестрице. Нечего говорить, как она была потрясена чужим коварством.

— Ты там держи ухо востро, — напутствовала она меня, и я поклялась, что ни одного причитающегося им с Витькой доллара не провороню.

Чужое пренебрежение к моему уму больно ранило, вместо того чтобы лечь спать, я устроилась в кресле возле окна, уставилась в потолок и принялась размышлять. «Требуется кое-что выяснить об этой семейке», — подумала я и, решив начать с покойного, набрала номер своего бывшего работодателя. Несмотря на то что я считала его подлецом и жмотом, расстались мы не только мирно, но даже дружелюбно, а если учесть, что он мужчина свободный, то ничто не мешало мне позвонить ему в столь неурочный час, сославшись на важное дело. Эдик, то есть Эдуард Васильевич, мне невероятно обрадовался.

— Оленька, солнышко, рад тебя слышать. Чем занимаешься?

— Пытаюсь сохранить сестрице деньги.

— Очень интересно.

— Мне тоже. У меня к тебе вот какой вопрос. Ты был знаком с Костолевским Львом Вениаминовичем?

— Да. Но он умер. Кажется, месяц назад.

— На самом деле его убили.

— Да-да, в новостях что-то такое говорили.

— Ты его хорошо знал?

— Нет. У старика был скверный характер. Пару раз я имел с ним дело, после чего поклялся обходить его стороной.

— А что ты скажешь о его коллекции?

— Что сказать, — вздохнул Эдик. — Коллекция неплохая. Шишкин есть, Айвазовский... Маковский есть... кое-кто из авангардистов.

— То есть он серьезный коллекционер?

— Лева? Побойся бога. Он вообще не коллекционер. Коллекционер — это... это наш Градовский, не ест, не пьет, только думу думает, что и где... Ну, ты поняла. Коллекционер за любимую картину не только деньги, кровь свою до капли выкачает. А Лева так... любитель. Коллекция досталась ему от тестя, тот был каким-то партийным боссом в Министерстве культуры. Ни черта в живописи не соображал, зато цены на рынке знал хорошо. Смог привить любовь к искусству дочке, она училась в Строгановке, где и встретила Левушку. Художник из него такой же, как и коллекционер. Пользуясь покровительством тестя, он делал маленький бизнес, здесь продаст, там купит. Потом тесть умер, и он получил его картины. Это и есть его коллекция. Сам он к ней ничего существенного не прибавил. И практически ничего не продавал. В общем...

— Подожди. На что же он тогда жил?

— Вот этого не скажу. Сам диву давался. В прежние времена он числился экспертом в музее, потом вовсе нигде не работал. Могли быть какие-то сбережения, доставшиеся от тестя, но, учитывая нашу российскую историю, они должны были раз пять сгореть. Думаю, он все-таки провернул какую-то аферу, потому что как-то вдруг разбогател. То жил в обычной даче, в Дубровке, она, кстати, тоже от тестя досталась, ходил во фланелевых брюках и вдруг отгрохал особняк прямо в заповедной зоне. Ты знаешь, сколько там земля стоит? Сказать страшно. — Если уж Эдику страшно, значит, мне и знать ни к чему, чтоб по ночам не кричать. — А у него еще такой дом, каких поискать.

— И откуда на него такое богатство свалилось, ты не знаешь?

— Самому очень интересно. Коллекционеры народ мутный... В общем, последние лет пятнадцать он сидел в своем доме, практически ни с кем из наших не общался, ничего не продавал и очень редко что покупал. У меня купил две акварели. А чем он тебя заинтересовал?

Пришлось объяснить Эдику, что я делаю в доме Костолевского. На него это произвело впечатление.

— Если наследник решит продать картины...

Я обещала ему свое содействие и вновь вернулась к Костолевскому.

— На его счетах денег немного, и это здорово удивило родню. Его ведь считали миллионером.

— Чему удивляться, — вздохнул Эдик. — Коллекционеры живут тем, что постоянно что-то продают, что-то покупают. Разумеется, если нет другого источника доходов. Он ничего не продавал и не покупал. О других источниках его доходов я тоже ничего не слышал. Я уверен, лет пятнадцать назад он провернул какую-то грандиозную сделку или даже несколько сделок, разбогател и потом жил на эти деньги как рантье. Хотя знаешь, слухи о подобных сделках все равно имеют хождение среди нашего брата. Но ни о чем подобном я, признаться, не слышал. Скорее всего, тесть оставил ему килограмм камней или слитки золота, которые он благополучно перевел в наличность. Про тестя говорили, что он в Ленинградскую блокаду был в аппарате Жданова. В Питере в то время было чем поживиться. За кусок хлеба люди не только Шишкина, Рафаэля бы отдали. Имея его возможности...

— А что в народе говорят об убийстве Костолевского?

Эдик опять вздохнул.

— Да ничего не говорят. Был слух, что отравили, но я сам в новостях слышал, нападение. Шпана какая-нибудь. Хотя место там спокойное, как-никак у губернатора дом по соседству, но шпане на это наплевать. А ты думаешь, его из-за наследства тюкнули?

— Не знаю, что и думать.

Мы еще немного поболтали, затем простились. Я вновь задумалась.

Особой ясности разговор в ситуацию не внес. Скорее все еще больше запутал. Спать по-прежнему не хотелось. Я подошла к окну, открыла его и выглянула в сад. Озера из моего окна не было видно, но от открывшейся мне красоты захватило дух. На лужайке росли голубые ели, над ними висела луна, огромная и яркая, рядом кусты жасмина и цветущие розы, в свете луны их бутоны казались почти черными.

— Господи, как прекрасен мир, — прошептала я, устраиваясь на подоконнике. В кустах что-то зашуршало, а через мгновение я услышала:

— Доброй ночи, принцесса.

Я перевела взгляд на землю и увидела Леопольда. Сложив ручки на груди, он смотрел на меня снизу вверх и улыбался.

— Привет, — ответила я.

— Ты еще красивее в этом лунном свете...

— Спасибо. Залезай ко мне, если хочешь. Мы могли бы поболтать. Сестра уехала, спать не хочется, а никто из родственников желания продолжить знакомство не вызывает.

— Ничего удивительного, — согласился со мной карлик. Леопольд мне нравился, и я не прочь была поболтать с ним. При этом я очень рассчитывала разжиться дополнительными сведениями о доме и его обитателях. В общем, я была в меру искренна и в меру корыстна.

Он подпрыгнул, уцепился за подоконник, а я помогла ему вскарабкаться на него. Леопольд устроился поудобнее, опять сложил руки на груди и весело поглядывал на меня.

— Значит, ты осталась.

— Ты знаешь об этом пункте завещания?

— Конечно, я знаю все, — самодовольно ответил он.

— Ирина сказала, что ты дружил с хозяином.

— Ирина, — скривился карлик. — Терпеть ее не могу. Она отравила старика.

— Разве его не убили вон там, на лесной тропинке?

— Она его отравила, — упрямо повторил он.

— Мышьяком? — не удержалась я.

Карлик нахмурился, стало ясно: насмешек он не выносил, впрочем, я их тоже терпеть не могу.

— Арахисом, — серьезно ответил он.

— Вот уж не знала, что арахисом можно отравить.

— Конечно, можно, если у человека аллергия на него. Старик не выносил арахис. Просто не выносил. Однажды эта дура купила пирожных с арахисовым маслом, старик чуть не умер. Хорошо, Ирка додумалась позвонить соседу, он врач, смог спасти старика. Ирка тогда здорово перепугалась. А когда узнала, из-за чего у дяди случился приступ, поняла, как от него проще всего избавиться. И к подруге сбежала, чтобы старику некому было помочь.

— Ты рассказывал об этом следователю?

— Им нужны доказательства. У меня их нет, потому что эта шельма хитрая. Я думаю, арахис она насыпала в коньяк, перемолов орехи в мельнице. На ночь старик всегда выпивал рюмку-другую. Старик ничего не понимал в коньяке. Только делал вид, что понимает. Лишь бы этикетка была красивая. Он во многих вещах ничего не понимал, просто делал вид. Запросто мог выпить, ничего не заподозрив. Ирка не рискнула бы покупать арахис здесь. Но за неделю до этого она ездила в город. К врачу. Бутылку из-под коньяка я не нашел, а мельница была тщательно вымыта. С какой стати? Она сроду ее не мыла.

— Послушай, если бы все это ты рассказал в милиции, их наверняка бы заинтересовало... — серьезно заметила я. После разговора с Антоном сказанное карликом уже не казалось совершенно глупым. Он вдруг захихикал.

— Ты не знаешь, какие у нас здесь дела творятся. Ты думаешь, что рядом ходят люди, а... посмотрела бы ты на родственников в свете луны. Кое у кого видны клыки, а у некоторых и того хуже... — Я невольно поежилась, глядя на лужайку, залитую лунным светом. — Они могут очень искусно притворяться, но я давно вывел всех на чистую воду. Хотя они думают, что это старик.

— Кто думает? — нахмурилась я.

— Все. Все эти уроды. Они считают уродом меня. Потому что я маленький. Вот умора. Где это ты видела людей с хвостом и рогами?

— А кто здесь с хвостом и рогами?

— С рогами почти все, — продолжал хихикать он. — Хвост торчит у Ирки из-под юбки. Она давно спуталась с чертом. Самым настоящим. Старик хотел ее спасти, а она отплатила ему черной неблагодарностью.

Честно говоря, рога и хвосты не очень-то меня впечатляли, я имею в виду в другое время, но сейчас лес, освещенный луной, показался мне зловещим, а слова карлика не лишенными смысла. Однако от мистики я предпочла перейти к насущным вопросам.

— Значит, ты был другом старика? Выходит, он человек хороший. Не стал бы дружить с кем попало. Верно?

Мои слова произвели на него неожиданное впечатление. Леопольд некоторое время смотрел на меня сердито, затем погрустнел, отвел взгляд и вздохнул.

— Ты настоящая принцесса, — наконец изрек он. — А меня считаешь уродцем.

— По-моему, ты довольно симпатичный, — улыбнулась я. — И я не прочь иметь такого друга.

— Правда?

— Конечно.

— Но и ты никогда бы не смогла меня полюбить. Как мужчину.

— Видишь ли, в настоящий момент я мечтаю о прекрасном принце, что совершенно естественно для девушки моего возраста. Но когда я стану старше и мудрее, я, возможно, пойму, что внешность — не главное. К тому же всегда можно вообразить, что ты и вправду принц, только заколдованный, — засмеялась я, и карлик хихикнул в ответ, а потом сказал:

— Старик был скверным человеком. А подружились мы с ним потому, что я в глубине души тоже считаю себя уродом. Ты слышала, что подобное тянет к подобному? — Тут Леопольд вдруг насторожился и сделал мне знак молчать.

С полминуты мы сидели в тишине, нарушаемой лишь невнятными шорохами леса.

— Ага, — сказал карлик. — Кажется, события начинают развиваться. Прощай, принцесса. И будь осторожна.

Он очень ловко спрыгнул с подоконника и устремился по тропинке к лесу, а я на мгновение увидела то, что, должно быть, еще раньше заметил он: силуэт на тропинке, ведущей от кухни. Судя по белому балахону, это могла быть Ирина в своем льняном сарафане, и шла она по той самой дорожке, где убили ее дядю.

Карлик мгновенно растворился в кустах, не произведя никакого шума, а я осталась у раскрытого окна, правда, ненадолго. Любопытство пересилило во мне даже страх заблудиться в незнакомом лесу.

Я спрыгнула с подоконника и побежала по тропе, правда, в отличие от Леопольда, отнюдь не бесшумно. В нескольких метрах от дома две тропинки сходились в одну. Достигнув этого места, я совершенно отчетливо увидела впереди Ирину. Она быстро шла, размахивая руками, но неожиданно остановилась и оглянулась. Я успела растянуться на мокрой траве рядом с тропой, чтобы она меня не заметила. Как я объясню, что делаю здесь, если она меня увидит?

— Кто здесь? — тревожно спросила она. — Кто здесь? Выходите. Я знаю, что вы рядом...

Лицо ее в лунном свете казалось белым пятном с провалами глаз, и я поймала себя на мысли, что карлик, возможно, прав: в полнолуние хозяйка дома выглядит иначе.

— Вы меня не запугаете, — крикнула Ирина, но голос ее дрожал от страха. На мгновение я решила, что сейчас она повернет к дому и мое присутствие здесь станет очевидным, но она резко повернулась и побежала по тропе вперед. Я немного выждала и поднялась.

— Ты принцесса, а топаешь как слон, — услышала я из соседних кустов злой шепот.

— Меня не учили ходить бесшумно, — ответила я.

— Лучше помалкивай, — посоветовал карлик. Видеть я его не могла, но вскоре поняла, что в кустах его больше нет. Поднялась и, стараясь ступать крайне осторожно, зашагала дальше. Теперь Ирину я не видела, чему только поначалу порадовалась: карлик прав, индеец из меня никудышный, так что лучше следовать за ней на приличном расстоянии.

И тут тропинка опять разделилась на две. Я начала беспомощно оглядываться вокруг. Лес с обеих сторон стоял сплошной стеной, не верилось, что я в поселке или совсем рядом с ним. По какой из двух тропинок пошла Ирина, я понятия не имела.

— Леопольд, — тихо позвала я. Но он не откликнулся. Может, его не было рядом, а может, просто не пожелал отозваться. Стало ясно: дорогу придется выбрать самостоятельно. Особо не мудрствуя, я решила положиться на судьбу, применив детскую считалку, и пошла по той, что мне выпала. Я ускорила шаги в надежде увидеть впереди светлый сарафан Ирины и убедиться, что удача сопутствует мне. Между деревьев и впрямь что-то мелькнуло, я припустилась бегом и через мгновение увидела ровную гладь озера. В свете луны оно казалось фантастически прекрасным. Я замерла, пораженная вдруг открывшимся великолепием, забыв и про Ирину, и про карлика, и про загадки, которые он успел мне загадать.

Уходить отсюда не хотелось. Меня охватило желание встать на лунную дорожку и бежать по ней быстро-быстро... Вероятно, я бы и попробовала сделать это, в такую ночь нет ничего невозможного, но тут вдруг услышала женский смех, ласковый, как звон колокольчика. «Неужто русалки? — совершенно серьезно подумала я, начала оглядываться и наконец обратила внимание на машину под деревьями в каких-нибудь двадцати метрах от меня. — Как она здесь оказалась? — удивилась я. — Должно быть, здесь где-то рядом дорога, по тропе на машине не проедешь».

Что могут делать ночью возле озера хозяева машины? Женский смех не оставлял сомнений в правильности моей догадки. Я перевела взгляд на озеро, но никого там не увидела. «Какая все-таки странная ночь», — подумала я, и точно неведомая сила толкнула меня к машине, хотя у неведомой силы есть имя — любопытство. Оно вряд ли понравится хозяевам джипа, но в тот момент я об этом совсем не думала. Очень тихо ступая, я подошла почти вплотную к машине и заглянула в окно.

Кажется, есть такая болезнь: человек любит подглядывать за другими. Не помню, как она называется, но внезапный приступ этой болезни вдруг обрушился на меня, и я стояла как завороженная, наблюдая за тем, что происходит в машине. Смех стих, и теперь женщина тихонько постанывала. Одно это прозрачно намекало на то, что мне следует немедленно убраться восвояси, потому что стоять и таращиться на то, как люди занимаются любовью, попросту неприлично.

Я не могла видеть лица мужчины, но замерла, точно в столбняке, глядя на обнаженную его спину, напряженную, с сильно развитой мускулатурой. Он приподнял голову, женщина взъерошила ладонями его темные волосы, а я внезапно решила, что ничего прекраснее до сих пор мне видеть не приходилось. Так как девушка я разумная и ранее ничего подобного со мной не приключалось, я могу предположить одно: наверное, та ночь и впрямь была колдовской.

Дыхание у меня перехватило. Я вся взмокла и с ужасом поняла, что не смогу и шага сделать. Я смотрела на его спину и думала, как бесчеловечно несправедлива ко мне жизнь, и сердце ныло и готово было разорваться от горя и глупой жалости к себе. Как будто мой возлюбленный, чья любовь мне дороже жизни, изменял мне на моих глазах. Если учесть, что мужчину я видела впервые, да и то лишь спину, вы поймете, какое сумасшествие охватило меня в ту ночь.

К счастью, боль была столь острой, что привела меня в чувство. Я попятилась, а потом побежала, что называется, не разбирая дороги, то есть не соображая, куда и зачем. Наконец я замедлила бег и огляделась. Бежала я вдоль озера и потому быстро сориентировалась. Вон там под деревьями стоит машина. А вот и дорога. Она петляла вдоль берега. Ища уединения, хозяева джипа съехали с нее и углубились в лес. При мысли о джипе, точнее о его хозяине, я зажмурилась и настоятельно посоветовала себе выбросить происшествие из головы и уж точно никогда и никому, даже Таньке, о нем не рассказывать, дабы не умереть со стыда.

— Ужас, — пробормотала я себе в оправдание, в том смысле, что в таком чертовом месте с бедной девушкой может приключиться все, что угодно.

Однако волнение, которое теперь я называла безобразным, не проходило. Хуже того, меня начало слегка трясти, а потом мне захотелось реветь, что уж вовсе никуда не годилось. Так как и Ирина, и карлик, и прочие в этом доме меня волновать перестали, точно по мановению волшебной палочки, я решила: лучшее, что могу сделать для себя, это искупаться. Вода всегда благотворно действовала на мою нервную систему, авось и в этот раз не подведет. Осознавать, что ты относишься к разряду тех людей, что испытывают сексуальное влечение, подглядывая за чужой любовью, мне упорно не хотелось. Эдак начнешь эротику смотреть, журнальчики листать... Я поморщилась, ибо такие занятия считала совершенно недостойными.

Берег озера здесь был покатый, скрытый зарослями кустов, в трех шагах виднелся спуск к воде.

Лужайка выглядела так, точно кто-то специально для меня ее подготовил. От дороги довольно далеко, вряд ли кто появится оттуда неожиданно, и до машины не близко. Впрочем, ее хозяева так заняты друг другом, что, даже если увидят меня, интереса не проявят.

Я быстро разделась и полезла в воду. Я ожидала, что она будет холодной, но вода оказалась теплой, точно на море в разгар сезона. Я начала беспричинно улыбаться, зашла по грудь и поплыла. Это было сказкой. Я легла на спину, раскинув руки, смотрела в темное небо с россыпью звезд и думала: это и есть счастье. От такого открытия захотелось смеяться. Я в самом деле засмеялась, а потом принялась дурачиться, ныряла, плескалась, падала на спину и замирала, представляя себя то дельфином, то неведомым морским чудовищем. Не знаю, как долго это продолжалось, я выбилась из сил и, несмотря на то, что вода была теплая, успела озябнуть. Выбралась на берег и поспешно оделась. Мысли о карлике и его загадках окончательно меня оставили, но тут явилась другая проблема: как я вернусь домой? Возможно, существовала еще дорога к дому, не только та, по которой я попала сюда, но мне об этом ничего не известно. Идти вновь мимо машины мне не хотелось, а плутать в темноте по лесу занятие глупое и бесперспективное, так что выбора, пожалуй, нет. «Надеюсь, они уже уехали», — подумала я. Сердце вновь учащенно забилось. Это вызвало раздражение. Что это такое, в конце концов? А если парочка все еще там? Постараюсь прошмыгнуть незаметно.

Нервничая все больше, я отправилась вдоль озера в обратном направлении. Худшие мои предчувствия оправдались, машина стояла под деревьями. Мотор работал, водительская дверь открыта, мужчина сидел за рулем, а женщина стояла метрах в пяти от машины, ближе к озеру, должно быть, она только что искупалась. Волосы ее были мокрыми, она натянула платье, повернулась. Я узнала Марию и замерла в тени кустов. Мужчина, что был с ней, нимало не походил на Виталия, хотя я и видела его лишь со спины. Значит, дамочка весело проводит время, пока ее супруг занят неизвестно чем.

— Боже, какая красота! — воскликнула Мария, воздев руки к небесам. — Кирилл, — позвала она любовника, — ты только взгляни...

— Дорогая, — ответил он. — Минуту назад ты утверждала, что тебе надо быть дома. — Голос его звучал хрипловато и вновь вызвал у меня незапланированное волнение.

— Ты абсолютно лишен романтики, — хихикнула Мария, потянулась, как кошка, и села в машину.

Джип плавно тронулся с места. Я посмотрела на номер, хотя зачем мне этот номер, скажите на милость? Но в ту ночь все было странно и лишено логики.

Они уехали, а я выбралась на тропинку и поспешно зашагала к дому. Мысли, одна другой глупее, лезли в голову. То я пыталась представить его лицо, то прикидывала, кем он может быть, живет ли в одном из домов Озерной или приехал специально из города? Обратный путь показался мне очень коротким, дом возник как-то вдруг. В своей комнате я оставила свет включенным, а окно открытым. Подумала, что дверь, скорее всего, заперта, а отвечать на вопросы, где меня носит по ночам, не хотелось, так же как и доставлять беспокойство хозяйке, поэтому в комнату я вернулась тем же путем, то есть через окно.

На подоконнике лежала роза. Я улыбнулась, вспомнив Леопольда, наверное, цветок оставил он. В комнате я нашла вазу и отправилась в ванную. Приняв душ и пристроив розу в вазу с водой, я легла спать, оставив окно открытым. Однако вскоре передумала. Ночевать ранее в чужом доме, битком набитом тайнами, мне не приходилось, поэтому окно лучше держать закрытым. Мысли об оборотнях ночью откровенно пугают.

Только я начала засыпать, как услышала тихий стук, стучали в окно и как-то нерешительно. Я вскочила с кровати и отдернула занавеску. За окном все та же фантастическая луна и никакого намека на живое существо. Я вновь подумала о Леопольде и открыла окно, легла на подоконник, но маленького человечка нигде не было. «Показалось», — решила я, выждала минуту и закрыла окно. Вернулась в постель, прислушиваясь к звукам. В доме царила тишина. Лишь где-то скрипнула дверь, но и в этом я не была уверена. За окном тоже тишина, наверное, мне все-таки показалось, что кто-то стучал по стеклу. Я перевернулась на правый бок, прочла молитву, которой давным-давно меня научила бабушка, и почти сразу уснула.

Сон, приснившийся под утро, иначе как издевательским не назовешь. Мне снилось, что в мою комнату, залитую лунным светом, вошел мужчина. В джинсах, босиком и с обнаженной грудью. Темные волосы, а лицо... лицо я упорно не могла увидеть. Он как-то хитро уходил от моего взгляда. Однако я знала, что он улыбается. Хотела спросить, что ему здесь надо, но не стала: глупости спрашивать ни к чему.

— Привет, — хрипло сказал он, садясь на мою постель, я тоже села. Он обнял меня за плечи, привлек к себе, и тут я увидела, что лица у него нет вовсе. Зато из темных волос чуть выше ушей торчат самые настоящие рога... Я завизжала и проснулась.

В комнате было светло. Я взглянула на часы — семь утра. Что за напасть проснуться в такую рань? Полчаса я ворочалась в постели, пока не поняла, что уснуть все равно не удастся. Я встала и направилась к окну. Вид, открывшийся утром, вновь порадовал меня своим великолепием. В раннем подъеме тоже есть свое очарование. Можно прогуляться, потом где-нибудь пристроиться с книжкой, у меня ведь что-то вроде отпуска, следует сполна наслаждаться его прелестями. Возле дома наверняка найдется укромный уголок, где мне никто не помешает.

Я прихватила полотенце и для начала отправилась в душ. Душевая была отделана с шиком, мраморная плитка и зеркало во всю стену. Вот это зеркало и привлекло мое внимание. Точнее, не зеркало, а то, что я в нем увидела. Поначалу я даже не поняла, что это за темные пятна на моих плечах. Подошла к зеркалу почти вплотную, пристально вглядываясь, а потом испытала настоящий шок: на моих плечах темнели синяки, самые что ни на есть настоящие, след чьих-то цепких пальцев.

— Мама дорогая! — ахнула я и тут же вспомнила свой сон.

То, что мне приснился полуобнаженный мужчина, не удивительно: после вчерашнего приключения следовало ожидать эротических видений. Отсутствие у него лица тоже объяснимо: ведь в действительности я лица не видела, а моя буйная фантазия во сне дала сбой. Даже наличие у него рогов вполне понятно: весь вечер я только и делала, что предавалась страхам, местечко для нечисти самое подходящее, да и слова Леопольда не прошли даром. Но синяки... откуда, черт возьми, они могли взяться? А что, если кто-то действительно был в моей комнате ночью? Дверь заперта, окно тоже, выходит, этот кто-то не нуждался в дверях и окнах.

— Не иначе как прошел сквозь стены, — пробормотала я, крайне озадаченная.

Еще минут десять я пялилась на себя в зеркало, но разумного объяснения синякам так и не нашла. «Смываться отсюда надо подобру-поздорову», — мудро рассудила я и наконец покинула душевую, хотя имела в виду вовсе не ее, а дом Костолевского и данный поселок в придачу. «Существуют явления, неподвластные человеческому разуму, — утешала я себя, двигая по коридору. — Будем считать, что это одно из них». Но лучше от этого мне не стало. Если честно, стало даже хуже.

Вдруг я услышала шорох. Он исходил от противоположной стены, там стояла кадка с фикусом. Я собралась было взвизгнуть, но тут из-за кадки показался Леопольд и прижал палец к губам, умоляюще глядя на меня.

— Это ты? — спросила я, не придумав ничего умнее. Конечно, он, кто же еще?

— Пожалуйста, тихо, принцесса, — прошептал Леопольд. — Ты поднимешь весь дом.

— Что ты тут делаешь? — возмутилась я, внезапно решив, что он как-то причастен к появлению синяков на моих плечах.

— Ищу клад, — серьезно ответил он, сидя на полу и скрестив на груди короткие ручки.

— Ах ты, маленький негодяй, — пробормотала я. — Немедленно вылезай оттуда. — Я попробовала ухватить его за шиворот, но он оказался очень ловок, увернулся и выскочил по другую сторону кадки.

Раздались шаги, кто-то из родственников спускался по лестнице. Ловкий бесенок пулей пролетел в мою комнату, я попятилась вслед за ним. В этот момент в коридоре появился Виталий. Выглядел он хмурым и даже злым.

— Что это вы здесь шумите? — спросил он без всякого намека на любезность, забыв поздороваться.

— Извините, что побеспокоила вас, — ответила я, тоже не особо стараясь выглядеть любезной.

— Идиотизм какой-то, — буркнул он и убрался восвояси.

— Интересно, что он имел в виду? — пожала я плечами и заторопилась в свою комнату, опасаясь, что за это время карлик успел сбежать, воспользовавшись окном.

Он сидел в кресле, поджав ножки, и улыбался.

— Спасибо, что спасла меня, принцесса, — сказал он и поклонился. Выглядело это очень комично.

— Я думала, ты мне друг, — заметила я ворчливо и надула губы, демонстрируя большую обиду.

— Конечно, я твой друг, — кивнул он, изобразив в свою очередь обиду на мое недоверие.

— Ты был здесь ночью? — быстро спросила я.

— В доме?

— Разумеется, в доме, — ответила я, хотя поначалу имела в виду свою комнату, но тут же поняла, что это прозвучит глупо: как карлик мог попасть сюда, если я сама закрыла окно и дверь?

— Был, — ответил он. — Но ночью искать клад неудобно. Темно. А с фонариком опасно. Поэтому я вернулся утром. Обычно здесь раньше восьми встает только Ирка, но сегодня все не так. Я едва не попался.

— Расскажи мне про клад, — предложила я, устраиваясь на полу рядом с Леопольдом. — Старик прятал деньги в доме?

— По-твоему, он дурак? — хихикнул карлик.

— Тогда о каком кладе ты болтаешь?

— Клад — это кое-что получше денег.

— Что может быть лучше: золото, бриллианты?

— Побрякушками старик не интересовался. Его занимали более серьезные вещи.

— Например?

— Отгадай. Ты же большая, значит, должна быть умной. Так что ценнее денег?

— Власть? — сказала я наугад.

Карлик весело захихикал.

— Рад, что не ошибся в тебе, принцесса. Кто найдет клад, тот получит власть.

— В масштабах всей планеты или старик был скромнее?

— Зря смеешься, принцесса, — вздохнул карлик, понаблюдав за мной. — Знаешь, мне очень будет не хватать его. Я хотел бы продолжить игру, но у маленьких людей маленькие возможности.

Пока я думала, что на это ответить, он взгромоздился на подоконник и был таков. А я покачала головой и неопределенно протянула:

— Да-а... — Взяла книгу и вышла из комнаты. Навстречу мне по коридору шел Антон.

— Доброе утро, — поздоровался он. — В такую рань и уже с книгой в руках. Вы редкая девушка, — заметил он не без яда.

— А вы собрались уезжать? — в тон ему ответила я.

— Чуть позже, — заявил он, нахмурившись. — А вы намерены погостить?

— Я намерена дождаться свою сестру.

— А сейчас вы решили прогуляться? Не возражаете, если я составлю вам компанию?

— Не возражаю.

— Странно, что Ирина еще не встала, — заметил он, когда мы выходили из дома. — Я бы не отказался от чашки кофе.

— Она запрещает хозяйничать на кухне?

— Кто, Ира? Нет, просто я терпеть не могу что-то делать сам.

— Хорошая привычка, — заметила я и подумала, что от чашки кофе и я бы не отказалась.

Мы не спеша шли по тропинке друг за другом, разговаривать так было неудобно, оттого мы молчали. Антон шагал впереди. Мы миновали развилку, где вчера я потеряла из виду Ирину, прошли чуть дальше, но теперь по той тропе, что шла левее, то есть скорее всего именно здесь проходил маршрут Ирины и Леопольда. И вдруг Антон сбился с шага, а потом и вовсе замер, точно столб. По инерции я сделала еще шаг и едва не ткнулась физиономией в его спину.

— Что это? — жалобно произнес он.

Я сошла с тропинки и в первое мгновение ничего не увидела. Потом проследила взгляд Антона и обнаружила возле куста что-то белое. Присмотревшись, я поняла, что это кусок ткани, зацепившийся за ветку. Любопытство быстро сменилось беспокойством, потому что Антон тоже сошел с тропы и вдруг вскрикнул, по-детски, беспомощно. Я сделала шаг в том же направлении и поняла, что кусок ткани — это сарафан Ирины, подол действительно зацепился за цепкие ветви ежевики. Едва я задалась вопросом: «Что здесь произошло?», как поняла: сарафан здесь не сам по себе, он здесь вместе со своей хозяйкой. Я увидела перепачканную землей коленку и приготовилась кричать. Антон между тем раздвинул ветви. Жуткая картина открылась нашим глазам: Ирина лежала лицом вниз, вывернув шею, волосы на затылке слиплись от крови, в них уже копошились насекомые, и это произвело на меня гораздо большее впечатление, чем мысль о том, что Ирина мертва.

— Не может быть, — пробормотал Антон, с ужасом глядя то на меня, то на Ирину. — Не может быть...

— Надо срочно звонить в милицию. — Я думала лишь об одном: только бы побыстрее уйти отсюда, чтобы не видеть жуткую рану на голове и копошащихся в ней насекомых.

— Да-да, конечно, в милицию, — кивнул Антон, достал мобильный и набрал номер.

Милиция появилась довольно быстро. К тому моменту все в доме уже знали об убийстве и совершили паломничество к трупу, хотя я и говорила, что делать это неразумно, там ведь могли быть следы и эти «экскурсии» вряд ли придутся господам сыщикам по вкусу.

Собравшись возле камина, как и накануне, обитатели дома охали, бормотали «ужас» и время от времени дергали плечами. Я проделывала это вместе со всеми, констатируя у себя полное отсутствие мыслей и жуткую душевную тоску, что, впрочем, не удивительно, обнаружить труп мне довелось впервые.

Антон остался возле Ирины (он сам вызвался добровольцем), прибывшая следственная бригада разделилась, двое пошли в лес, а двое занялись нами.

— Мы должны задать вам несколько вопросов, — строго сказал мужчина лет сорока с пышными усами и седой гривой волос. Выглядел он импозантно, как-то сразу вызывал доверие, а также острое желание покаяться.

В тот момент я и подумала, что ситуация, в которой я оказалась, мягко говоря, неприятная. Вчера выяснилось, что по-настоящему серьезные деньги наследники могут получить только после смерти Ирины, и вот она уже лежит в кустах с проломленной головой. С точки зрения милиции мы все подозреваемые, даже я. Вполне логично предположить, что я решила помочь сестре в расчете на ее большую благодарность. Это для меня такая мысль — несусветная глупость, а для них может быть в самый раз. Прибавьте к этому мою ночную прогулку... Подтвердить, что я была на озере, а не подстерегала Ирину в засаде, я ничем не смогу. Вот и выходит...

От эдакой мысли мне стало не по себе, и я покрылась липким потом. Следовало как можно быстрее решить, что говорить следователю, а о чем лучше умолчать. И тут меня озарило: Леопольд. Ну конечно, карлик следовал за Ириной и, вполне возможно, видел убийцу. А если не видел? И я лишь навлеку на него подозрения, сообщив, что он следил за ней? Убить Ирину ударом по голове он точно не мог, потому что просто физически не способен на такое, но объяснить, с какой целью он следил за ней, ему тоже будет затруднительно.

Вдруг я вспомнила нашу с ним утреннюю встречу и вторично испытала шок. Что он болтал тогда о каком-то кладе? Интересно, как долго он его ищет? С момента гибели старика? Или клад заинтересовал его лишь сегодня, по той простой причине, что он уже знал: Ирины нет в живых? «Точно, знал», — едва не брякнула я вслух. Он же сказал, что раньше восьми, кроме Ирины, в доме никто не встает. А ее он не боялся. Почему? Да потому что был уверен: она его в коридоре не застукает, так как сегодня утром рано не встанет. Ну и в историю я влипла! И все благодаря сестрице. Тут я, конечно, и о ней вспомнила. Не мешало бы Таньке появиться или хотя бы позвонить. Ладно, сама ей позвоню, когда все кончится... если не окажусь в тюремной камере без мобильного, светлых мыслей и адвоката.

В таком состоянии духа я и предстала перед следователем, когда пришла моя очередь отвечать на его вопросы. К тому моменту я была твердо уверена, что ничего хорошего ждать от жизни не следует, зато необходимо соблюдать осторожность. Ни в коем случае не врать, но и с правдой не спешить, раз эта правда может быть понята превратно.

Вопросы мне задавал тот самый дядька с усами. Начал он мягко, по-отечески, кто я, что я и чего мне здесь понадобилось. Я ответила с максимальной честностью, глядя на него с трепетной надеждой. Затем описала вчерашний вечер. Завещание, о котором он, безусловно, знал (пока я ждала своей очереди, прибыл адвокат), его очень интересовало. Особенно то, как на него отреагировали наследники.

— У меня есть показания, что Виталий Гостюхин был взвинчен, очень нервничал...

Топить кого-либо в мои планы не входило, «взвинчен и нервничал» еще не значит, что убил, но и врать я поостереглась.

— По-моему, он не ожидал, что денег будет так мало, и не смог скрыть своего разочарования.

— То есть он, по-вашему, ожидал гораздо большей суммы?

— Наверное. Мы с сестрой, когда увидели дом, тоже решили, что дядя — миллионер.

— И тоже расстроились? — улыбнулся следователь.

— Чего нам расстраиваться? Шесть тысяч долларов большие деньги. Для меня, по крайней мере, немалые. Я считаю, что сестра с мужем должны быть довольны, ни с того ни с сего получить такие деньги...

— Ну, теперь они могут получить гораздо больше, — вновь улыбнулся следователь. Я пожала плечами, демонстрируя уныние. — А правда, будто Антон говорил, что со смертью сестры все остальные выиграют?

— Антон вчера много шутил. Знаете, он из тех мужчин, что любят поболтать. Возможно, кто-то воспринял его слова чересчур серьезно. Я же так не считаю. Если честно, вчера я просто не придала им значения.

— Вчера, а сегодня?

— А сегодня я думаю, что дурацкие мысли лучше держать при себе, чтобы не накаркать. Конечно, я никого из этих людей толком не знаю. Мы познакомились лишь вчера. Но мне кажется, что слова Антона просто глупая болтовня. К тому же, если он замышлял что-то подобное, зачем же рассказывать об этом? По-моему, нелогично. Свои намерения преступник должен держать в тайне. Так мне кажется, — повторила я.

— Возможно, его слова натолкнули кого-то из присутствующих на мысль действительно избавиться от сестры?

— Ничего не могу вам сказать по этому поводу.

— Хорошо. Вернемся ко вчерашнему вечеру. Что вы делали после ужина?

— Мы с Антоном пошли прогуляться.

— Молодой человек вам понравился?

— Если честно, не очень. Мне нравятся стройные брюнеты. Но я здесь никого не знаю, а ложиться спать было еще рано. Поэтому, когда он предложил составить мне компанию, я согласилась.

— О чем вы говорили?

Антона уже допрашивали и наверняка задавали те же вопросы, так что скрывать было бы глупо.

— Об убийстве, конечно.

— О каком?

— Об убийстве дяди. Хозяина этого дома. Я думала, он задохнулся во время приступа, потому что ему не успели оказать медицинскую помощь. Свекровь моей сестры даже намекала на отравление, а Антон прямо сказал, что его убили. И тоже в лесу. Это правда?

— Да. Причем на том же месте, что и Ирину. А почему вы сомневаетесь в словах Антона?

— Я же объясняла, он из тех мужчин, что любят поболтать, мог и наврать с три короба, просто так, интересничая.

— Вот оно что, — усмехнулся следователь, взгляд его прямо-таки излучал благодушие, но почему-то в искренность этого благодушия не верилось. — А какие-нибудь версии он высказывал?

— Конечно. По-моему, глупые. Например, говорил, что убила его Ирина. Женщина и вдруг бьет родного дядю по голове? С какой стати?

— К примеру, из-за наследства.

— Из-за наследства убивают только в детективах, — не выдержала я.

— Вот как. Почему?

— Потому что в милиции сидят не дураки и выйдет, что вместо наследства человек получит тюремное заключение. Он в тюрьме, зато родственникам радость. Скажите на милость, разве это не глупо?

Дядька захихикал, но ничего определенного по этому поводу не сказал.

— Долго вы прогуливались?

— Не знаю. Я на часы не смотрела. Наверное, час. Может, и больше.

— Когда вернулись в дом, с Ириной разговаривали?

— Нет. Мы вообще никого не встретили. Простились возле моей комнаты.

— И вы легли спать? — улыбнулся следователь, а я посоветовала себе тщательно обдумать свои слова, прежде чем отвечать.

— Нет. Я открыла окно и устроилась в кресле с книгой, но не столько читала, сколько любовалась луной.

— Понятно. Вы девушка романтичная...

— Как большинство девушек моего возраста. К тому же я довольно давно не была за городом, а здесь прекрасный вид из окна.

— Значит, вы читали и смотрели в окно? Ничего интересного помимо луны не заметили?

— Видела силуэт на тропинке, — ответила я со вздохом, не рискнув соврать.

— Очень интересно. Чей силуэт?

— Мне показалось, это была женщина в светлом платье. Думаю, Ирина. Но утверждать не берусь. Было уже темно.

— Она прошла мимо вашего окна?

— Не знаю. Вряд ли. Я бы услышала. Просто в какой-то момент я перевела взгляд на тропинку и увидела там нечто белое, быстро удаляющееся.

— Где расположена ваша комната?

Я объяснила, но этого усатому показалось недостаточно, и мы отправились в комнату, где я провела ночь. Я открыла окно и показала на то место, где заметила Ирину.

— Если она вышла из дома через кухню, то идти мимо вашего окна ей бы не пришлось, — изрек дядя. — Она была одна?

— Наверное, — пожала я плечами. — Больше я никого не видела. — «Скажи ему про карлика, — мысленно твердила я. — Речь идет об убийстве. Леопольд наверняка что-то видел. Должен был видеть, ведь он шел за ней. Я скажу про карлика, а он скажет про меня, и тогда получится, что я соврала, будто ночью сидела в своей комнате. А если я не скажу, а он расскажет... будет еще хуже». — Тут еще был Леопольд, — сообщила я с душевной мукой.

— Кто? — не понял следователь. Я бы тоже не поняла.

— Карлик. Смешной такой, и имя у него смешное. Мы с ним познакомились, как только с сестрой приехали. Он вертелся возле дома, и мы немного поболтали.

— Подождите, — нахмурился следователь. — Когда поболтали?

— Сначала, когда приехали. Мы вышли из машины, а он, как я уже сказала, был здесь, то есть появился из кустов. Он произвел на нее незабываемое впечатление.

— Чем?

— Вы карликов часто встречаете? — спросила я. — Я — нет. А тут настоящий карлик, появился, точно из-под земли. Раскланивался, говорил как-то забавно, назвал меня принцессой. Так что эту встречу вполне логично назвать незабываемой. И вечером, когда я любовалась луной, он вновь появился. Наверное, обратил внимание на открытое окно, увидел меня и подошел. Мы устроились на подоконнике и немного поболтали.

— О чем?

— В основном об оборотнях. В лунную ночь всякая нечисть выползает из своих нор. — Следователь смотрел на меня так, точно заподозрил, что я сошла с ума.

— Вы что, серьезно?

— Теперь мне все это кажется глупостью, а вчера я даже испугалась. Потом Леопольд ушел, а я перебралась в постель и еще долго читала.

— Ничего не слышали?

— Нет.

— Откуда вообще взялся этот карлик?

— Он живет в поселке.

— Он ушел до того, как вы заметили силуэт, или после?

— До, — с чистой совестью ответила я, потому что Леопольд сначала спрыгнул с подоконника и лишь потом я увидела Ирину.

— Как вы думаете, зачем он приходил?

— Я думаю, ему просто нечего делать и он рад с кем-нибудь поболтать.

— Больше вы его не видели?

— Нет, — вздохнула я. Наверное, правильнее было бы рассказать о нашей встрече утром, но все эти бредни про чертей и клады вряд ли произведут на милиционера хорошее впечатление, а неприятностей Леопольду я не желала. Быть убийцей Ирины из-за своего роста он никак не может (вряд ли она встала на колени, чтобы он ударил ее по голове), а дурацкие сказки, которыми он пытался разнообразить свою жизнь, выйдут ему боком.

Проявляя завидное терпение, следователь задавал мне вопросы еще минут двадцать, затем я подписала какие-то бумаги, и он вполне вежливо попросил меня «задержаться в этом доме на некоторое время». На какое время, не уточнил, а я спрашивать не стала.

Как только мы простились, я набрала номер Танькиного мобильного. Ее телефон был отключен. Очень похоже на сестрицу. Позвонила в офис, и ее секретарь радостно мне сообщила, что у Таньки совещание и соединить меня с ней она не может.

— Как только моя сестра освободится, передайте, пожалуйста, что я благодаря ее глупости оказалась замешанной в убийстве.

Танька позвонила через десять минут.

— Я знаю, что ты скажешь, но у меня не было другого выхода, — затараторила она. — Я должна была появиться на работе. Дел чертова прорва, а ты все равно отдыхаешь. Я приеду сегодня вечером. Нет, завтра. Хорошо?

— Плохо. То есть можешь совсем не приезжать. Надеюсь, что в конце концов я смогу выбраться отсюда. Если еще раньше не окажусь в тюрьме.

— Что за глупости ты болтаешь? И зачем ты запугала Лариску, она влетела в кабинет вся зеленая. Сестры так себя не ведут.

— Ведут, если их подозревают в убийстве.

— Какое убийство? — пискнула Танька, а я осчастливила ее:

— Сегодня утром мы с Антоном обнаружили труп Ирины. Кто-то ударил ее по затылку, да так, что пробил голову. Ты меня слышишь?

— Слышу. Но не могу поверить. Ты все нарочно выдумываешь, да? Чтобы я поскорее приехала?

— Найди мне хорошего адвоката, — посоветовала я.

— Неужто правда убили? — запричитала Танька. — А кто?

— Господи, откуда мне знать? Думаю, милицейские подозревают всех. А мне еще пришлось врать.

— Зачем?

— Затем, что, скажи я им правду, быстро бы оказалась подозреваемым номер один. Я за ней следила.

— За кем?

— Скажи, пожалуйста, за что тебя считают умной? — разозлилась я.

— За то, что в дурацкие истории не попадаю, — рявкнула Танька. — Немедленно рассказывай, что произошло. — Разумеется, я рассказала. — Все не так уж и плохо, — по окончании моей затянувшейся речи вынесла вердикт умная Танька. — Про купание в озере и вправду распространяться не стоило. Лишь бы карлик не проболтался. Но в его интересах помалкивать. Постарайся найти его раньше, чем менты, и прояснить ситуацию. А я подумаю, что можно сделать, чтобы избавить тебя от всего этого безобразия.

— Ага. Подумай. Только недолго.

Испортив сестре настроение, я почувствовала себя увереннее. Танька права: надо поговорить с Леопольдом. Чем скорее, тем лучше. Проблема в том, где его искать. Ирина сказала, что карлик живет в поселке. Значит, туда и следует отправиться. Дом, по крайней мере, я найду без труда, а если повезет, то и Леопольда. Воспользовавшись тем, что никого по соседству нет (в целях конспирации я звонила, прогуливаясь по улице), я быстро зашагала по дорожке в сторону озера.

Вскоре оказалось, что путь до поселка совсем не близкий, на машине мы преодолели его за несколько минут, у меня же на это ушло почти полчаса.

Я вышла к магазину и для начала решила спросить, где живет Леопольд. Толкнула дверь и увидела старушек в количестве семи человек, которые увлеченно что-то обсуждали.

При моем появлении они перешли на шепот, но слово «убийство» я уловила. Значит, жители о гибели Ирины уже знают и обсуждают данное происшествие.

— Здравствуйте, — сказала я. Мне никто не ответил. Продавец, женщина лет пятидесяти, судя по всему принимавшая живейшее участие в обсуждении, выжидающе уставилась на меня. — Я ищу Леопольда, — не мудрствуя особо, сообщила я. — Кто-нибудь знает, где он живет?

Бабульки быстро переглянулись.

— А вы кто такая будете? — спросила продавщица. Бабки заинтересованно вытянули шеи.

— Знакомая.

— Это не вы вчера к Костолевским приезжали? — влезла в разговор сухонькая бабка, и я ее сразу же вспомнила: именно у нее мы покупали цветы.

— Мы, — ответила я со вздохом.

— Неужто Ирку вправду убили? — ахнула старушка. Интерес публики только увеличился.

— Правда.

— Ужас какой. В лесу убили? За каким лешим ее ночью в лес понесло? А говорят, район у нас благополучный. Людей убивают, точно курей по осени. Сначала Леву-христопродавца, а потом и Ирку.

— Почему христопродавца? — насторожилась я. Разговор показался мне занятным. Старушки взглянули на приятельницу укоризненно.

— Это она так, болтает, — кашлянув, заметила продавщица.

— Я не болтаю, — возвысила голос старушка. —

Всем в поселке известно, что его черти с потрохами купили.

— Будет болтать-то, Раиса. Девчонка ему, поди, родственница.

— Если родственница, должна знать, что у нее за родня такая. С чертом он точно знался.

— Леопольд живет в десятом доме по улице Первомайской, — громко сказала продавщица. — От магазина сразу направо.

Все замолчали, выжидательно глядя на меня. Мне следовало убраться отсюда, хотя очень хотелось остаться и узнать, с каким таким чертом знался покойный Костолевский? Синяки по-прежнему украшали мои плечи, и бабкины слова я не спешила обзывать мистическими бреднями.

Очень сожалея, что нельзя продолжить разговор, я повернулась и в гробовом молчании пошла к двери.

Десятый дом на Первомайской я нашла без труда. Типовая застройка, столь популярная в сельской местности в прошлом веке. Дом имел два крыльца, следовательно, и хозяев тоже двое. Я толкнула ближайшую калитку и замерла, потому что из-за сарая выскочила здоровенная собака, оглашая округу громким лаем. Дверь дома распахнулась, и я увидела женщину в цветастом халате.

— Леопольд здесь живет? — спросила я жалобно, косясь на собаку.

— Рекс, ступай на место, — крикнула хозяйка, пес исчез за сараями, а я благодарно улыбнулась. — Зачем вам Леопольд? — сурово спросила женщина.

— Мы вчера познакомились...

— И что?

— Ничего. Просто хотела его увидеть.

Женщина посуровела еще больше.

— Что он натворил?

— По-моему, ничего. А почему вы спросили?

— Потому что его с вечера дома нет. Любит по ночам шастать, к этому-то я привыкла. Но днем он обычно дома сидит. Злых людей на свете много, а его любой обидеть может, — сказала она и вдруг заплакала. — Вы правда ничего не знаете? — спросила женщина жалобно.

— Нет.

— Милиция его спрашивала. Говорят, Ирку Костолевскую убили. Небось слышали?

— Да.

— Вы откуда здесь взялись? Приехали к кому-нибудь?

Стало ясно: эта женщина предпочитает сама задавать вопросы, а не отвечать на них.

— Когда Леопольд придет, передайте, что его искала принцесса. Он знает, кто это.

— Это он вам такое прозвище придумал? На прозвища он мастер. А вы и вправду на принцессу похожи. Жалко мне его, — вздохнула женщина. — Так жалко, что сердце кровью обливается. Ему ведь скоро сорок лет. А он точно дитя малое. Вот помру, что он делать будет? Ладно, ступайте. Передам, что вы его искали.

Она с силой захлопнула дверь, а я, немного потоптавшись у крыльца, пошла к калитке. То, что Леопольд до сих пор не появился дома, меня очень насторожило. Это лишь подтвердило мои догадки: он знает, что произошло ночью. Возможно, даже видел убийцу. Если он просто напуган и где-то прячется, то это не беда, а если... Конечно, он ловок и увертлив, но вряд ли справится с человеком, который способен проломить женщине голову.

Беспокойство переполняло меня, и я уже жалела,

что не рассказала следователю всей правды. Впрочем, что бы изменилось? В таком довольно плачевном состоянии духа я двигала по сельской улице, мало реагируя на окружающее. А надо бы... Меня едва не сбил паренек на велосипеде. Хоть я и оказалась пострадавшей, однако повел он себя так, точно коленка была ободрана у него.

— Не видишь, что ли, куда прешь? — заорал он.

— Мог бы объехать, — пожала я плечами. Спорить с ним в мои планы не входило, какой от этого толк, если коленка уже содрана?

— Напугала до смерти, — продолжал гневаться парень.

Тут на соседнем крыльце появилась молодая женщина и крикнула:

— Пашка, ты в Озерное?

— Ага, — откликнулся велосипедист.

— Захвати творог Лаврентьевым. Они ждут, а мне некогда.

— Давай, — без энтузиазма согласился паренек, начисто потеряв интерес ко мне.

Он ждал, когда женщина вынесет творог, а я ждала неизвестно чего. Как видно, улицу Озерную местные не считали частью поселка, для них это отдельный населенный пункт, что, в общем-то, объяснимо: и находится от села на приличном расстоянии, и живут там люди не здешние, а из города. Парнишка только что сказал, что едет в Озерное, то есть на улицу Озерную, но едет почему-то в противоположном мне направлении, раз мы только что столкнулись. Следовательно, туда есть еще одна дорога, надо полагать, короче той, по которой шла я. Учитывая содранное колено, путь не худо бы сократить.

— Есть еще одна дорога на Озерную? — спросила я. — Или только та, что к магазину выходит?

— Есть, — буркнул парень с некоторым облегчением. То, что я стою столбом, его, как видно, начало беспокоить. Он объяснил, мне как пройти, и я зашагала в указанном направлении. Вскоре паренек догнал меня и крикнул: — В конце улицы тропинку увидишь и дуй все время прямо.

Я помахала ему рукой в знак того, что поняла, и продолжила путь.

Улица вскоре закончилась, и началась тропинка, точнее сказать, их здесь было великое множество, я выбрала ту, что шла прямо, как и советовал паренек. Сам он давно скрылся с глаз. Оставалось уповать на то, что я ничего не напутаю и выйду туда, куда намереваюсь. Поле, по которому я некоторое время шла, сменил перелесок, потом лес, потом стало ясно, что я выбрала не ту тропинку, что и неудивительно, коли их здесь не счесть. Я уже преодолела расстояние гораздо большее, чем оно могло быть до Озерной, а на заветную улицу ничто не намекало. Парнишке тоже пора было возвращаться, но мы не встретились — лишний повод решить, что я заблудилась. Не скажу, что я была напугана. Конечно, перспектива бродить здесь долгое время меня совсем не вдохновляла, с другой стороны, окружающая природа радовала. Я не прочь прогуляться, а какая-нибудь тропинка непременно выведет к людям.

Только я об этом подумала, как лес вдруг расступился и впереди я увидела крышу дома, а затем целую улицу деревянных домов. Никакого указателя здесь не было. Дома выглядели необитаемыми. Правда, стекла в окнах целы и на дверях замки, так что хозяева у этих домов скорее всего все-таки есть.

Слева виднелось кладбище, заросшее, неухоженное, а за ним еще несколько домов. Возле ближайшего стояла машина, а вскоре появился и ее хозяин. От него я и узнала, что деревня называется Сергеевкой и от нужной мне Озерной находится довольно далеко.

— Идите через хутор, — посоветовал мужчина и объяснил, как лучше пройти.

Хутором оказался одинокий дом, примерно в километре от Сергеевки. К дому вела песчаная дорога. Дом был из кирпича, на окнах тяжелые ставни, вокруг трава по пояс, однако забор добротный. Я огляделась. Казалось, что здесь давно никто не бывал. Тропинка к дому заросла травой. Однако за домом, безусловно, приглядывали. Дома, в которых не живут, ветшают очень быстро, а этот впечатления ветхого не производил. Тут я поймала себя на мысли, что чересчур пристально вглядываюсь в него, нет бы идти себе мимо. Но дом точно притягивал и мой взгляд, и мои мысли. А еще было в нем нечто зловещее, потому что я вдруг ощутила большое желание оказаться как можно дальше отсюда, по возможности среди большого количества людей. Теперь лес вокруг казался мне каким-то грозным, а тишина гнетущей. Я поспешила уйти от дома, но все-таки не удержалась, обернулась, чтобы еще раз взглянуть на него. И замерла с открытым ртом. Возле дома появилась женщина. В светло-салатовом платье, в сандалиях и венком из полевых цветов на голове. Длинные волосы заплетены в косу. Не могу сказать, что меня чем-то поразил ее наряд, почему бы и не сплести венок, и не водрузить его себе на голову? Но женщина вела себя странно, хотя я и не могла сразу понять, в чем эта самая странность заключалась. Синяки на плечах не давали мне покоя, и я вновь совершенно серьезно подумала, что места здесь и впрямь загадочные, и если женщина вдруг окажется вовсе не женщиной, а бог весть кем, я ничуть не удивлюсь.

Я тихо сошла с тропинки и укрылась в кустах, чтобы женщина меня не увидела, и стала ждать, что будет дальше. Она подошла к калитке и замерла напротив нее. С того места, где она стояла, дом был хорошо виден, калитка из металлических прутьев, а забор из кирпича, из-за него не очень-то разглядишь дом. Стояла она так минут десять. Я пыталась понять, что ее занимает, и не смогла. «Наверное, приезжая, — решила я. — Забрела сюда случайно и теперь гадает, что это за дом». Вдруг женщина трижды перекрестилась и низко до земли поклонилась. С мыслью о нечистой силе можно проститься, но теперь ее поведение заинтриговало меня даже больше. Женщина резко развернулась и пошла по тропинке, а я, недолго думая, припустила за ней. Следить за кем-то в лесу то еще занятие, особенно если нет навыков. И не приблизишься, чтобы себя не выдать, и упустить страшно. Метрах в ста от дома женщина подняла что-то с земли, присмотревшись, я увидела, что это этюдник. Ну конечно, она художница, бродит здесь в поисках вдохновения. Только с какой стати ей на дом креститься? В общем, несмотря на то что с женщиной стало все более-менее ясно, я упорно продолжала следовать за ней.

Она шла быстро, не оглядываясь, что значительно упрощало мою задачу. Минут через двадцать мы вышли к какому-то поселку. Поначалу я решила, что это Дубровка, но очень быстро поняла, что ошиблась, впереди торчала кирпичная труба (какой-нибудь завод или фабрика), а в Дубровке ничего подобного я не видела. Женщина уверенно подошла к крайнему дому. Деревянный, двухэтажный, он выглядел довольно обветшалым. Калитка болталась на одной петле, забор давно покосился и держался на честном слове.

Взойдя на крыльцо, она пошарила рукой где-то под низкой крышей крыльца и достала ключ. Быстро огляделась, открыла дверь и скрылась с моих глаз. А я только вздохнула. Любопытство сыграло со мной злую шутку. Бог знает, где я сейчас нахожусь и как отсюда выберусь. Может, в Дубровку ходит какой-то транспорт? Бродить по этим тропинкам я могу еще очень долго.

Раздосадованная на свое глупое любопытство, я зашагала к центру поселка и вскоре увидела автобусную остановку. На скамейке сидела бабка, держа козу на веревке. Коза с интересом разглядывала лопух. Сельская жизнь начала действовать мне на нервы, остро захотелось быть поближе к цивилизации.

— Простите, как мне лучше до Дубровки доехать? — вежливо спросила я.

— Никак, — вяло ответила бабка.

— Но ведь люди туда как-то добираются?

— Само собой. Автобус отсюда ходит до города. Два раза в день. Утренний уже был, второй будет вечером. А вот из города есть автобус в Дубровку, но вы и на последний не успеете, наш позднее приходит.

— Да, — сказала я, устраиваясь рядом с бабкой. — Красиво живете.

— Не жалуемся. Если тебе нужна Дубровка, вон дорога, — ткнула она за свою спину. — Минут двадцать, и к озеру выйдешь, где олигархи живут, а там до поселка еще минут пятнадцать. Зачем тебе автобус?

— Спасибо, — невероятно обрадовалась я. Мысль о том, что скоро я окажусь в доме, где есть душ и прочие удобства, так воодушевила меня, что я решила еще немного поболтать с бабкой и удовлетворить свое любопытство. — Вы не скажете, в крайнем доме кто живет?

— В каком?

— Вон там... с синими наличниками.

— А... Якимовы жили. Теперь никто не живет. Бабка померла. Дочка ее еще раньше в город подалась. Оставили под дачу, да не больно-то ездят. Ленка, дочь-то, вроде замуж в Москву вышла, а оттуда к нам не наездишься. А продавать не хотят. Земля нынче у нас дорогая. Богатеи гектарами скупают. Скоро козу пасти негде будет. Еще лет десять назад здесь чужаков не было, а сейчас дома как грибы растут, и все каменные. Откуда только у людей деньги?

Я поспешно попрощалась с бабкой и зашагала по дороге, очень рассчитывая, что на этот раз она выведет меня к заветной цели. Странное поведение встреченной в лесу женщины продолжало меня волновать, но уже не столь сильно. Скорее всего, художница и есть Лена Якимова, приехала из Москвы на родину, отдохнуть душой и порисовать. А дом... Бог знает, что у нее связано с этим домом. В конце концов, она перекрестилась, а не совершила ритуальное убийство. И нечего забивать голову всякими глупостями.

Старушка оказалась права: через двадцать минут я вышла к озеру, а вскоре увидела дом Костолевского и только тогда поняла, как устала и проголодалась. Еще вопрос, смогу ли я поесть в этом доме, учитывая последние события. Интересно, поблизости есть кафе? В поселке точно есть, но вновь отправляться туда на своих двоих очень не хотелось.

— Принцесса, — услышала я и едва не подпрыгнула от неожиданности. Кусты сбоку раздвинулись, и я увидела довольную физиономию Леопольда.

— Я тебя ищу весь день, — обрадовалась я.

— Тише, не стоит привлекать к нам внимание.

Я быстро огляделась и полезла в кусты.

— Ты разговаривал со следователем? — перешла я на шепот.

— С какой стати?

— А с такой, что Ирину убили. Вчера ты шел за ней и мог что-то видеть.

— Ты рассказала об этом милиции? — огорчился он.

— Я сказала, что мы с тобой болтали, сидя на подоконнике, потом ты ушел, а я увидела силуэт на тропинке. Возможно, это была Ирина.

— Ты очень умна, принцесса.

— Ты в самом деле что-то видел?

— Конечно.

— И знаешь, кто ее убил?

— Знаю.

— Кто?

— Тот, кто прячет рога и хвост.

— Вот что, Леопольд, — вздохнула я. — Задолбал ты меня своими загадками. А ведь дело серьезное, человека убили. Я знаю, что с Ириной у тебя отношения не сложились, но...

— Принцессе не пристало так выражаться, — обиделся он и даже чуть отодвинулся от меня. Думаю, для того, чтобы удобнее было смыться при первой моей попытке удержать его.

— Ты должен немедленно все рассказать в милиции. Слышишь?

— Слышу. Только это бесполезно. Где это видано, чтобы чертей сажали в тюрьму? Скажешь тоже, вот умора. У них всегда лучшие адвокаты и горы золота, чтобы купить всех.

— Прекрати морочить мне голову, — взмолилась я. — Что еще за черт?

— Разве ты еще не поняла? Здесь все не так, как кажется. Если убрать пелену с глаз...

— То карета станет тыквой. Я помню. Но когда речь идет об убийстве...

— Помоги мне, — ласково попросил он.

— Конечно. А что надо делать? — растерялась я.

— Мне необходимо попасть в дом. Днем это невозможно. Они сидят там и битых три часа скандалят. Самое подходящее время рано утром, когда все спят. Часа в четыре. А?

— Что «а»?

— Сегодня они наверняка запрут двери. Свои своих иногда тоже боятся. Нечисть редко дружит между собой. Если ты мне поможешь, я попаду в дом через твое окно.

— Будешь искать клад?

— Конечно.

— Ладно, — кивнула я. — Ищи на здоровье. Но взамен пойдешь к следователю и все расскажешь.

— Я думал, ты попросишь половину клада, — хихикнул он.

— Там же мировое господство. Это мужские игрушки. Я предпочла бы денег на машину или принца.

— Ивана-дурачка? — усмехнулся он.

— Принца, — посуровела я.

— Жаль, что я не подхожу. Мы были бы идеальной парой.

— Обещаешь, что все расскажешь следователю?

— Как только получу клад.

— А мне ты не мог бы сказать по-дружески?

— Нет, принцесса, тогда клад обесценится.

— Подожди, — нахмурилась я, подозревая, что карлик водит меня за нос. — Что это значит?

— Только то, что назвать имя убийцы я смогу после того, как найду клад.

— Но почему?

— Потому, — передразнил он.

— А вот это мы посмотрим, — сказала я, хватая его за шиворот, но опять просчиталась. Леопольд ловко вывернулся.

— Не забудь, принцесса, в четыре утра.

Я погрозила ему кулаком и побрела к дому.

На гравийной дорожке стояла Танькина машина. Значит, у сестрицы заговорила совесть и она поспешила примчаться сюда.

Я вошла в дом и услышала голоса. Говорили сразу несколько человек и очень эмоционально, попросту скандалили. В гостиной собрались все наследники. Адвокат на этот раз отсутствовал, зато появился Александр Петрович. Он сидел возле камина с очень строгим выражением лица и молча наблюдал за происходящим. На мое появление никто не обратил внимания, и я замерла возле двери, решив послушать, как народ ораторствует.

— Нечего было болтать вчера всякую чушь, — гневно выговаривала Верочка Антону.

— Откуда мне было знать, что кто-то в самом деле убьет ее? — оправдывался тот.

— Между прочим, ее действительно убили, — весомо заметила Мария. — И я не удивлюсь, что это кто-то из нас. Что самое неприятное в данной ситуации, в милиции решат то же самое. Кому еще надо убивать Ирку, если не наследникам?

— Я хотел бы знать, какого черта она потащилась в лес на ночь глядя? А почему, собственно, ее не мог убить какой-нибудь бродяга?

— Это был бы слишком большой подарок всем нам, — нервно хихикнула Вера. — Вряд ли следователь всерьез будет рассматривать подобную версию. Для них все ясно. Есть наследство, а Ирка препятствие на пути к большим деньгам. Что она делала в лесу ночью, не знаю...

— Она приходила ко мне, — спокойно сказал Александр Петрович. Все замерли и уставились на него в некотором изумлении, а он продолжил: — Я уже рассказал об этом следователю и не вижу причин скрывать данный факт от вас.

— Приходила к вам? — повторил Антон, теряясь в догадках.

— Вас это удивляет? Меня, признаться, тоже несколько удивило. Конечно, мы были друзьями с Львом Вениаминовичем и в трудной ситуации вполне логично обратиться ко мне. Но так же логично для начала позвонить или дождаться утра, а не прибегать среди ночи. Именно эти мысли пришли мне в голову, когда я открыл дверь и увидел на пороге Ирину.

— И как же она объяснила свой поздний визит? — нахмурилась Маша.

— Она была в таком состоянии, что несколько минут мне пришлось приводить ее в чувство, прежде чем задавать вопросы.

— Что вы имеете в виду? — вновь спросил Антон.

— Ирина была смертельно напугана. Теперь я могу представить, что здесь происходило вчера и почему она пребывала в таком состоянии. Я дал ей воды, успокоил и попросил рассказать, что случилось. Бедняжка была твердо уверена, что ее решили убить.

— О господи! — в два голоса воскликнули Вера и Маша. Сестрица, заметив меня, весело подмигнула. Ее оптимизм всегда вызывал у меня восхищение.

— Да-да, — кивнул Александр Петрович и продолжил ровным спокойным тоном: — Она сказала, что боится оставаться в доме, где каждый будет только рад ее смерти.

— Вот идиотка, — отчаянно замотал головой Антон.

— Почему же идиотка? — ядовито ввернула Вера. — Ты вчера так красочно все живописал, что я тоже решила: не иначе как надумал избавиться от сестры.

— Мне понятно твое желание свалить убийство на меня. Может, потому, что это ты сестрицу укокошила?

— Ничего глупее в жизни не слышала, — разозлилась Вера, обводя взглядом родню, однако сочувствия на лицах не увидела.

— Ты открыла рекламное агентство и назанимала кучу денег. Надеялась расплатиться дядиным наследством. Я прав? Конечно, еще вчера ты рассчитывала, что брат не оставит тебя в беде и поможет. А если все-таки не поможет и передаст картины в музей? Что тогда?

— Так можно любого подозревать, — вскочил Виталий. — У нас тоже временные трудности. И что?

— А то, что ты вполне мог ее укокошить, — зло улыбнулся Антон. — Так что не питайте иллюзий, для следователя мы все подозреваемые.

— Чушь! — выкрикнула Мария. — Я и мой муж

ушли к себе в половине одиннадцатого и больше из комнаты не выходили до самого утра.

— Ты называешь это алиби? — усмехнулся Антон. — Оно гроша ломаного не стоит. В половине двенадцатого я тоже ушел в свою комнату и видел счастливые сны. В котором часу у вас была Ирина? — обратился он к Александру Петровичу.

— Она пришла пять минут первого.

— Я уже сладко спал в это время.

— Расскажи это своей маме, — съязвила Вера.

— А что делала ты? Сидела в казино в компании друзей, которые могут это подтвердить?

— Я спала, — ответила Вера гораздо тише.

— Очень мило. Все спали, но кто-то ее все-таки убил.

— В любом случае ты косвенно виновен в ее смерти, — влез Виталий. — Ты же слышал, она была напугана. И все из-за твоей дурацкой болтовни. Из-за этого она ушла из дома ночью и столкнулась с каким-то маньяком.

— Действительно, маньяк, — и здесь не удержалась Вера. — Интересно, чем ему так понравилась эта тропа?

— Ирина пробыла у меня около тридцати минут, — вновь заговорил Александр Петрович. — Я предложил ей остаться ночевать, но она отказалась. Собиралась пойти к подруге. Я отговаривал ее, считая это неразумным. Уверял, что в моем доме ей ничего не грозит. Она вроде бы согласилась, попросила еще воды, но, пока я ходил на кухню, она ушла. Я выскочил вслед за ней на крыльцо, но ее уже не было. Тогда я позвонил сюда, чтобы кто-то из мужчин встретил ее. Но трубку никто не снял.

— Я слышала звонок, — кивнула Вера. — Но решила, что ответит Ирина. Мне сюда звонить никому бы в голову не пришло.

— А сегодня мне позвонил Молчанов и сообщил о ее гибели. Мне следовало отправиться за ней, — тяжело вздохнул он. — Если ее кто-то поджидал в лесу, мое появление предотвратило бы трагедию.

— Или усугубило бы ее, — хмыкнула Мария. — И на тропе нашли бы два трупа. А что думают в милиции? — повернулась она к Александру Петровичу. — Есть какие-нибудь улики? Вы человек большой, от вас у них секретов нет.

— Вы преувеличиваете мои возможности, — нахмурился Александр Петрович. — Разумеется, я проявил интерес, что вполне естественно. По-моему, никаких улик у них нет. Убийство произошло около часа ночи, Ирину ударили тяжелым предметом по затылку, удар был чудовищной силы, она умерла сразу. Возможно, даже крикнуть не успела. Вот и все...

— Вы тоже считаете, что это кто-то из нас? — заносчиво спросила Вера.

— Если вам интересно мое мнение, могу сказать: я уверен, гибель Льва Вениаминовича и Ирины связаны, то есть их убил один и тот же человек.

— Все-таки кто-то из нас? Ведь речь может идти только о наследстве.

— Вдруг есть еще наследник, о котором мы не знаем? — громко спросила Танька. Я уже не раз говорила, она у нас в семье самая умная, так что меня ее предположение не очень удивило. — Допустим, у Льва Вениаминовича был внебрачный сын. Когда все уляжется, он вдруг появится и...

— Такое возможно? — обратилась Мария к Александру Петровичу.

— В завещании указаны все наследники, и никакого сына там нет.

— А если он оспорит завещание? — не унималась Мария.

— Тогда все деньги перейдут государству, — хмыкнул Антон. — Ты что, забыла?

— Значит, он убил их из мести. Точнее, он убил из мести старика, а Ирина его заподозрила и подумала, что он и ее убьет, оттого и бросилась к Александру Петровичу.

— Лучше бы она дома сидела, — съязвила Вера.

— Дома всю жизнь сидеть не будешь, — гнула свое Танька. — Она говорила о грозящей ей опасности, а Александр Петрович понял это несколько иначе и решил, что она боится кого-то из вас.

Надо отдать сестрице должное, она смогла добиться невероятного. Александр Петрович, который не говорил, а изрекал, не смотрел, а взирал, в настоящий момент пребывал в смущении.

— Она действительно твердила, что ей грозит опасность, что ее непременно убьют... Из-за этого проклятого дома, как она выразилась. Когда я узнал о том, что здесь происходило вчера, то предположил, что ее страх — реакция на слова Антона, что вполне логично. Но, в общем-то, действительно могло быть что-то еще...

— Ну вот, — съязвила Мария. — Давайте теперь искать неведомого наследника.

— А что? — пожала плечами Вера вполне серьезно. — Александр Петрович, вы были другом дяди, он вам...

— Ни о чем подобном я от него никогда не слышал.

— Дядя мог и не знать, что у него есть наследник, — вновь заговорила Танька. — Такое бывает сплошь и рядом. Какая-нибудь интрижка на стороне, о которой он и думать забыл, а ее плод вдруг является и бьет по голове.

— Я бы посоветовал не предаваться фантазиям, — сердито глядя на Таньку, сказал Александр Петрович. — Уверен, в милиции разберутся...

— Не заметил, чтобы они хоть на шаг продвинулись в расследовании убийства дяди, — усмехнулся Антон.

— В любом случае мы должны помогать им, а не лезть с глупыми бреднями.

За «глупые бредни» Танька Александра Петровича сразу же невзлюбила. Тут дверь распахнулась, и в комнату вошел высокий мужчина с ярко-рыжей шевелюрой. Было ему лет сорок. Широкое лицо усыпано веснушками, что придавало его облику необычайное добродушие. Одет он был в джинсы и футболку, но что-то в его облике безошибочно говорило о принадлежности этого человека к правоохранительным органам. Может, чересчур пристальный взгляд, с хитрецой в зрачке, а может, безупречная выправка, я бы сказала, гусарская. Впрочем, наши милиционеры к сорока годам в большинстве своем выправкой никак похвастать не могут и больше напоминают колобков с одышкой. Однако я все-таки порадовалась своей наблюдательности, потому что прибывший оказался начальником местной милиции по фамилии Молчанов.

— Здравствуйте, — сказал он.

— Здравствуйте, Олег Сергеевич, — за всех ответил Александр Петрович и пожал ему руку. Остальным Олег Сергеевич кивнул.

— Заехал узнать, как тут у вас дела.

— Вам лучше знать, — хмыкнула Мария и отвернулась. Особого уважения к местной власти у нее, похоже, не наблюдалось.

Олег Сергеевич не стал принимать это близко к сердцу, устроился возле Самарского и обвел присутствующих взглядом, всем уделив равную толику своего внимания. Нас с Танькой выделил особо и поинтересовался:

— А это, надо думать, жена Виктора и ее сестра?

— Они самые, — ответил Антон. — В скверной ситуации мы оказались.

— Да уж, — не стал возражать Олег Сергеевич. — Не успели прийти в себя от первого убийства, и нате вам, второе.

— И что характерно, на одном и том же месте, — поддакнул Виталий.

— Ну, это может быть совпадение, — пожал плечами местный начальник.

— А я думаю, здесь действует маньяк, — не унимался Виталий. — Да-да. Я в этом просто уверен.

— Раньше в наших краях о маньяках не слышали, — степенно ответило начальство. — Четырнадцать лет здесь живу, и ни одного убийства. И вдруг сразу два, и оба убитых из одной семьи. А тут еще и наследство.

— То есть вы считаете, это кто-то из нас убил? — резко спросила Вера.

— Что я считаю, не так уж важно. Люди из города приехали знающие, разберутся. Я бы просто советовал: если есть кому что сказать, лучше это сделать сейчас.

— Явка с повинной? — хмыкнул Антон, хотя смешно ему не было.

— Вот именно, — кивнул Молчанов. — Потому как почти всех вас я помню с тех самых пор, как сюда приехал, и оттого вам добра желаю.

Он сделал паузу, как будто всерьез надеялся, что сразу после этого граждане начнут каяться. Но с этим никто не торопился.

— Мы сегодня обедать будем? — немного невпопад спросила Мария, а я тут же почувствовала беспокойство в желудке и согласилась с ней: в самом деле пора. Оказалось, заботу об обеде на себя взяла Мария. Я не ожидала, что она хорошая хозяйка. Оказалось, напрасно. Александр Петрович и милицейский начальник обедать не остались, но и без них настроение за столом царило нервозное.

— Они убеждены, что это кто-то из нас, — сказала Вера.

Мария цыкнула на нее:

— Дай спокойно поесть.

— А что им еще думать? — пожал плечами Антон. — Все упирается в наследство.

Андрей упорно отмалчивался и время от времени растерянно улыбался.

После обеда мы с Танькой взяли на себя мытье посуды.

Антон вызвался помочь нам.

— Ты что ментам сказала? — вкрадчиво спросил он.

— Правду, — удивилась я.

— Да? И то, что тебя в момент убийства в комнате не было?

— Так розу принес ты, а не Леопольд? — сообразила я. — Я следователю советовала его допросить, выходит, ошиблась. Не он, а ты мог видеть убийцу. — Антону это, по понятным причинам, не понравилось.

— Где ты была в это время? — сердито спросил он.

— В душе, — глазом не моргнув, соврала я, потому что уже сообразила: с этим парнем надо держать ухо востро.

Мой ответ его смутил. Как видно, такая простая мысль ему не приходила в голову.

— Значит, ты была в душе, — уточнил он.

— Точно, — кивнула я. — А когда вернулась, обнаружила розу. Что ты делал возле дома ночью?

— Прогуливался, — буркнул Антон, сообразив, какого дурака свалял.

— И видел Ирину?

— Нет. Она ушла раньше.

— Откуда ты знаешь?

— Я видел, как она уходила. Кстати, она и правда здорово нервничала. Я еще предложил: «Может, тебя проводить?» — но она шарахнулась от меня, точно от прокаженного.

— Она сказала, куда пошла?

— Да. К Самарскому. У нее, видишь ли, к нему срочное дело.

— Она была напугана, но от провожатого отказалась? — вслух подумала я.

— Наверное, боялась, что я придушу ее по дороге, — хмыкнул Антон. — Хотя, знаешь, я не заметил, чтобы она была напугана. Нервничала — да, а еще злилась. Вроде как хотела всех по местам расставить.

Это показалось мне интересным.

— Думаешь, она побежала к Самарскому жаловаться на нас? Обвинить в намерениях лишить ее жизни?

— Но ведь именно это она ему и сказала.

— Почему Самарскому, а не тому же Олегу Сергеевичу? Ведь он работает в милиции?

— Откуда мне знать, что у нее было на уме? — возмутился Антон и, повертевшись на кухне еще некоторое время, исчез.

А мы быстро закончили уборку и пошли прогуляться.

— Дураку ясно, кто-то из родственников ее убил, — сказала Танька, нервно оглядываясь.

— Карлик видел убийцу, — вздохнула я.

— Ну так, значит, убийцу арестуют.

— Сомневаюсь, что он расскажет об этом в милиции.

— Что значит «сомневаюсь»?

— Видишь ли, его посещают мысли о мировом господстве. А человек с такими мыслями способен на многое. К примеру, постарается воспользоваться ситуацией в собственных целях.

— То есть начнет шантажировать убийцу?

— Логично, — пожала я плечами.

— Тогда у нас будет еще один труп, — заявила Танька. — Надо найти этого маленького негодяя и вытрясти из него всю правду.

— Он наверняка где-нибудь здесь отирается, но поймать его не так-то просто.

На всякий случай мы прошли Озерную из конца в конец, но карлика не обнаружили, что меня не удивило, он появлялся только тогда, когда усматривал в этом свою выгоду.

— Я думаю, это Виталий, — убедившись, что бродить вдоль озера мы можем до бесконечности без всякого толка, заявила сестрица. — Он практически разорен, ему нужны деньги... и уж очень он нервный. Машка утверждает, что он был с ней всю ночь, но она ведь жена и на мужа доносить не станет.

— К тому же самой Машки ночью дома не было, — кивнула я.

— А где же она была? — озадачилась Танька. Пришлось объяснить. — Значит, у нее здесь любовник? Послушать мою свекровь, так большей шлюхи нет на свете. Она убежала на свидание, а Виталий проснулся, жены нет, денег тоже нет и не предвидится, а тут Ирка ночью в лес потащилась. Черт и попутал. Ты про Машку ментам сказала?

— Дура я, что ли? Тогда бы и про себя сказать пришлось.

— Да... ситуация. Надеюсь, они сообразят, как следует проверить слова Виталия? Знаешь что, поеду-ка я в город. Надо кое с кем встретиться.

— С кем? — нахмурилась я.

— Есть у меня один знакомый в ментовке.

— Зачем тебе знакомый?

— Ну, может, чего дельное скажет.

Стало ясно: сестрице жизнь на лоне природы уже надоела, и она ищет любой предлог, чтобы сбежать.

— Между прочим... — начала я, но она перебила:

— Я сегодня вернусь. Честно.

Мне бы уже тогда сообразить, что задумала сестрица, но я была слишком поглощена другими мыслями и позволила Таньке уехать. Проводив ее, я отправилась купаться на озеро. Пляж был роскошным, но с одним недостатком: очень много народу. Особенно детей. Шум, визг и брызги во все стороны, а мне хотелось побыть в тишине и предаться размышлениям. Оттого, прихватив полотенце, я отправилась на то самое озеро, где была ночью, на этот раз избрав дорогу, которая начиналась от самого пляжа. Я уже видела то место, где вчера заметила машину, когда услышала треск, и вслед за этим на лесную дорогу вылетели четыре мотоцикла. Поначалу я не придала этому значения и тем более не испугалась. С какой стати? Лишь подумала, что в шумных соседях не нуждаюсь, так что придется идти дальше по берегу.

Когда они поравнялись со мной, стало ясно: это мои недавние знакомые. Продолжать это самое знакомство я совсем не планировала. Но даже тогда не испугалась, а только посетовала, что от греха не сошла с дороги, чтобы переждать их в кустах. Парни меня тоже узнали, потому начали выписывать вокруг меня круги почета, оглушая грохотом моторов и отравляя воздух выхлопными газами. Они взяли меня в кольцо и уставились с крайне неприятными ухмылками на физиономиях. К большому своему сожалению, я обнаружила, что самого старшего и, судя по прошлой встрече, самого благоразумного среди них нет.

— Привет, деточка, — сказал тип, что вчера бросился за нами.

— Здравствуйте, — спокойно ответила я.

— Куда собралась?

— Купаться.

— Не боишься одна по лесу ходить?

— А кого, по-вашему, я должна бояться?

— По-нашему, тебе стоило быть повежливее.

— На мой взгляд, я разговариваю вежливо. Если вы считаете иначе, прошу меня извинить.

— Смотри, как заговорила, — заржал парень. — Вчера ты особо вежливой не была.

— Если вы напряжете память, то вспомните, что я при вчерашней нашей встрече вообще рта не открывала. Ваши претензии по меньшей мере не обоснованы. А сейчас, если не возражаете, я пойду.

Я сделала шаг, намереваясь выйти из круга, но парень схватил меня за руку.

— Куда, деточка! Если хочешь уйти, попроси об этом вежливо.

Трое его дружков одобрительно засмеялись. Воодушевленный этим, парень схватил меня за подол, задрал его и изрек:

— Какой красивый купальник. Давай похвались.

— Покажи нам стриптиз, детка, — поддакнул другой.

— Вчера при виде милиции вы заметно притихли, — напомнила я, стараясь держать себя в руках. — Может, стоит и сейчас вести себя по-человечески?

— Еще поговори у меня, — разозлился парень, слез с мотоцикла и шагнул ко мне. А я с перепугу бросилась бежать. Второй тип подставил мне подножку, и я упала в песок. Парень схватил меня в охапку, я попыталась вырваться, испугавшись уже по-настоящему, и тут увидела, что на дороге появилась машина. Однако особо радоваться не спешила, если водитель один, еще вопрос, захочет ли он связываться с четырьмя придурками. Но надежда меня окрылила, я ткнула парня локтем в грудь, вновь пытаясь вырваться, а машина, на мое счастье, уже тормозила.

— Что здесь происходит? — спросил мужчина, открыв окно.

— А тебе что? — крикнул тот, что держал меня. — Поезжай себе спокойно.

— Отпусти, — заголосила я, очень испугавшись, что мужчина и в самом деле уедет.

Однако он не только не уехал, он вышел из машины и спокойно сказал:

— Отпусти девушку.

— Чего ты лезешь, мужик, — начал тот, кто стоял ближе к нему, и тоже слез с мотоцикла. — Мой друг выясняет отношения со своей девушкой. Тебе-то что?

— Девушку отпусти, — все так же спокойно попросил тот.

— Нет, мужик, ты не понял... — Договорить бедолага не успел, забавно взвился в воздух, а потом рухнул и заверещал: — Ты мне руку сломал, придурок.

— Рука — это пустяки, — утешил его мой защитник. — Еще герои есть? — спросил он, оглядываясь. — Нет? И правильно. Девушку отпусти, — кивнул он моему врагу, тот, точно под гипнозом, разжал руки, и я быстренько отбежала от парней. — Садись в машину, — сказал мне мужчина.

Я юркнула на переднее сиденье, наблюдая, как парни, косясь на нас, подняли ушибленного товарища. Мужчина устроился за рулем, завел мотор, и мы плавно тронулись с места. К парням он мгновенно потерял всякий интерес, точно ломать людям руки было для него привычным и пустяковым делом.

Первые пять минут я мало что соображала, пытаясь прийти в себя после пережитого страха. В чувство меня привел его вопрос.

— Куда тебя отвезти? — спросил он. Я повернулась к нему, стараясь побыстрее решить, куда мне теперь надо, и тут до меня дошло: я сижу в «Лексусе» серебристого цвета, и мне даже на номер смотреть ни к чему, чтобы понять: машина та самая. И этот мужчина... я просто знала, была уверена — это он. Я залилась краской.

Он выглядел старше, чем я ожидала, и красавцем его назвать было никак нельзя. Но чувствовалось в нем нечто такое, по сравнению с чем красота гроша ломаного не стоит. Хуже того, парень об этом знал или догадывался, так что вряд ли наша романтическая встреча произведет на него впечатление, а мне, по непонятной причине, очень хотелось это самое впечатление произвести.

— Ну так куда? — повторил он.

— В поселок, — поспешно ответила я и тут же поправилась: — Если можно, на Озерную. — Назвала номер дома и вновь покраснела, вспомнив о Марии. Но он и бровью не повел. Свернул на развилке и направился к озеру. А я лихорадочно соображала, что сказать, чтобы завести разговор, потому что боялась: он так и промолчит всю дорогу.

— Я думаю, теперь они поостерегутся вести себя по-свински, — немного понаблюдав за мной, заметил он. — Или эта встреча не случайна и ты действительно его подружка?

— Нет, конечно. Я вижу его второй раз в жизни. Надеюсь, в последний.

— Ясно, — кивнул он без особого интереса.

— Как вас зовут? — помедлив, спросила я.

— Здесь можно проехать к озеру? — поинтересовался он, указав на дорогу.

— Наверное. Не знаю.

— Тогда лучше в объезд.

— Вы не ответили на мой вопрос. Если не хотите назвать свое имя, не надо. Я буду звать вас Робин Гудом.

— Как тебе удобнее, — отозвался он.

— Вы всегда появляетесь так вовремя? — съязвила я, понимая, что взяла неверный тон, и не зная, как исправить ситуацию. Он вдруг резко остановил машину, повернулся ко мне и с минуту молча меня разглядывал.

— Сколько тебе лет? — спросил он сурово.

— Какое вам до этого дело? — нахмурилась я.

— Мне — никакого. Только ты уже взрослая девочка и должна понимать: настоящий Робин Гуд может здорово отличаться от киношного.

— Наверное, я совсем дурочка, потому что не понимаю, о чем вы говорите.

— Я могу с тобой познакомиться. Я могу тебя поцеловать. Я даже могу предложить тебе любовь до гроба. Только с чего ты взяла, что для тебя это будет лучше встречи с теми придурками?

— Вы чокнутый, да?

— Нет, я чадолюбивый. И без нужды стараюсь людям не пакостить. Особенно красивым юным девушкам с романтичными бреднями.

— Первый раз встречаю человека, называющего любовь до гроба пакостью.

— Тропинку видишь? — ткнул он пальцем.

— Вижу, — вздохнула я.

— Вот и двигай по ней. Через пять минут будешь на Озерной.

Лучшее, что я могла сделать, это выйти из машины и удалиться с гордо поднятой головой, но в меня точно черт вселился.

— А эти типы? Вдруг я их опять встречу? А еще вы обещали меня поцеловать. Не смотрите так, — улыбнулась я, зная, как моя улыбка действует на мужчин, и желая проверить, сработает ли это сейчас. — Я, знаете ли, в семье дурочка. — Я протянула руку и представилась: — Ларина.

— Татьяна? — спросил он, губы его слегка дрогнули в улыбке, но руки он не подал

— Ольга, — горестно развела я руками.

— Действительно, ничего хорошего, — согласился он и теперь улыбнулся по-настоящему. Потом наклонился и поцеловал меня, как целуют ребенка или любимую кошку. — Ты неотразима, — сказал он совершенно серьезно. — Теперь все?

Завел мотор и поехал дальше.

— Вы здесь живете? — не удержалась я.

— Разумеется, я здесь живу. Хочешь напроситься в гости?

— Я не против, но вы вряд ли пригласите.

— Правильно. Как видишь, ты не совсем безнадежна.

Мы как раз свернули на асфальтовую дорогу, он вновь остановил машину, перегнулся и распахнул дверь с моей стороны.

— Здесь тебе уже ничего не грозит.

— Спасибо вам огромное, — сказала я. — Невозможно выразить словами мою признательность за ваш благородный поступок.

— Ты даже не подозреваешь, как права, — засмеялся он. — И как нелегко мне сейчас быть благородным.

Я захлопнула дверь, и он поехал дальше. Я проводила взглядом его машину. Очень хотелось что-нибудь разбить. Лучше всего его физиономию.

— Свинья, — прошипела я сквозь зубы. — Самая настоящая свинья. — На номер его машины, несмотря на охватившее меня возмущение, я успела взглянуть и смогла убедиться: машина та самая, что я видела в лесу возле озера.

Пешая прогулка благотворно подействовала на мою нервную систему, и теперь я рассуждала здраво. Он любовник Марии, так что вполне естественно отшить девицу, которая ни с того ни с сего бросается тебе на шею. Неужели он ее любит? А почему бы и нет? Она красавица и по возрасту ему больше подходит. От этой мысли на душе у меня сделалось очень скверно. Вот уж не ожидала от себя таких эмоций. Это все самолюбие. Не припомню, чтобы мужчины вели себя со мной подобным образом.

Вообразила, что моя красота — это что-то необыкновенное. И вот результат. Я даже подумала: а не зареветь ли от обиды, но потом решила: слишком жирно для него. Таких мужчин я хорошо знала (если честно, мой опыт в основном относился к фильмам). Женщины для них ничего не значат. Так что лучшее, что я могу сделать, — выбросить его из головы. Однако я сильно сомневалась, что мне удастся это.

Родственники пили чай на веранде. Андрей пристроился в уголке с книгой, Виталий отсутствовал, как выяснилось позднее, уехал в город. Верочка и Мария пребывали в задумчивости, а Антон неприкаянно бродил из угла в угол.

— Ходила купаться? — спросил он меня, заметив переброшенное через плечо полотенце. Я кивнула, а он добавил: — Я мог бы составить тебе компанию.

— Зря стараешься, — ядовито заметила Вера.

— О чем это ты? — нахмурился Антон.

— Ты ей неинтересен, вот о чем. Ольга, скажи этому Казанове, что у него нет шансов. Он слюной изошел, глядя на тебя.

Я оставила ее слова без внимания и налила себе чаю.

— Когда истекает срок нашего пребывания здесь? — спросила я задушевно.

— Послезавтра, — ответил Антон, приглядываясь ко мне.

— Что будет потом?

Он пожал плечами.

— Дом выставят на продажу.

— А мы?

— Мы будем очень часто встречаться со следователем, — невесело засмеялся он. — Пока все это как-то не прояснится.

— И в доме никто не останется?

— Я же сказал, его выставят на продажу.

— Я бы уехала еще вчера, — нахмурилась Вера. — Если бы не это дурацкое завещание. Что-нибудь случилось? — вдруг спросила она. — Ты как-то странно выглядишь.

— Ко мне пристали какие-то типы на мотоциклах. На счастье, мимо проезжал мужчина. Помог мне от них отделаться.

— Так какая из этих двух встреч произвела на тебя большее впечатление? — усмехнулась Мария, приглядываясь ко мне.

— Мужчина был на серебристом «Лексусе», зовут его Кирилл. Кто-нибудь его знает?

— «Лексус»? — остановившись возле меня, спросил Антон. — «Лексус» у нашего соседа. Я видел его возле дома. Только Фигнера зовут Александр, а не Кирилл. Может, кто-то из его знакомых?

— Фигнеры сдали свой дом на лето, — ответила Мария, не спуская с меня глаз. — Снимает его какой-то тип. Должно быть, с ним наша девочка и познакомилась. Надеюсь, он не разбил твое бедное сердце? Выглядишь ты совершенно несчастной.

Я прикидывала, что бы такое ей ответить, но тут с улицы раздался автомобильный сигнал. Весьма настойчивый. На дорожке, возле дома, стоял мотоцикл, а на нем восседал мужчина, который отсутствовал в компании придурков сегодня и проявил благоразумие в прошлую нашу встречу.

— Чего ему понадобилось? — удивился Антон, перегнулся через перила и крикнул: — В чем дело?

Мужчина перестал сигналить, поднял голову и не спеша ответил:

— У вас девчонка живет. Не знаю, как зовут... — Тут он увидел меня и махнул рукой. — Выйди на минуту. Поговорить надо.

— Хочешь, чтобы я пошел с тобой? — предложил Антон.

— Не думаю, что в этом есть необходимость.

С мотоцикла мужчина так и не слез, я подошла и сказала:

— Здравствуйте.

— Привет, — ответил он и вздохнул. — Мои оболтусы тебя напугали?

— Еще как, — нахмурилась я.

— Давай забудем этот маленький инцидент. Не стоит сообщать об этом в милицию.

— Я и не думала.

— Вот и хорошо. Можешь гулять где хочешь и ничего не бояться. Тебя никто пальцем не тронет. Они не думали сделать ничего плохого, просто шутки у людей дурацкие. Поняла?

— Шутка действительно вышла дурацкой. Будем считать, что я уже все забыла.

— Вот и отлично, — сказал он, завел мотор и уехал, а я вернулась на веранду.

— Что ему от тебя понадобилось? — нетерпеливо спросил Антон.

— Извинился, — пожала я плечами. — За глупую шутку.

— Надо же, — хихикнула Вера. — Откуда такая вежливость?

— Кажется, ваш новый сосед сломал одному из парней руку. По крайней мере тот утверждал, что сломал. — Мария выслушала это молча, поджав губы и разглядывая меня. — Кто он, этот парень на мотоцикле? — решилась спросить я.

— Местный оболтус, — отмахнулся Антон. — Скоро тридцать лет, а у него детство в одном месте играет. Живет с матерью в поселке. Она когда-то была здесь большим начальником, теперь на пенсии, точит зубы на олигархов, что захватили землю у озера. Это ее слова, не мои. Парень болтается без дела, живет на мамашину пенсию.

— Мотоцикл у него дорогой, — заметила я.

— Я же говорю, когда-то мамаша была большим человеком. Теперь все изменилось, вот она и точит зубы на новую власть. Сынок ее порадовать ничем не может. Целый день раскатывает на мотоцикле или пиво пьет в баре. Собрал компанию из деток тех, что здесь землю скупили. Он у них за главного. Если честно, особых хлопот от них нет. По ночам устраивают гонки на дороге. Пару лет назад были какие-то неприятности, но Васька своим дружкам мозги вправил, теперь они ведут себя тихо.

— Ничего себе неприятности, — рассердилась Вера. — Из-за них две девчонки погибли. Сбили на дороге девчонок и сбежали, даже «Скорую» не вызвали. В тюрьме им место, да папы расстарались, отмазали отроков. А посадить одного Ваську было затруднительно. У них условные сроки, вот и прибежал к Ольге извиняться, испугался, что она в милицию пойдет.

Убрав посуду, мы вчетвером, Антон, Вера, я и Андрей, отправились купаться. Чуть позже к нам присоединилась Маша. Мы заняли лежаки у самой воды, а потом с удовольствием поплавали. Остальные уже выбрались на берег, а мы с Верой продолжали дурачиться, ныряя и брызгаясь с местной детворой. С визгом бросившись от Веры, я вдруг увидела Кирилла. Он стоял в нескольких метрах от того места, где расположились мы, как видно, собираясь искупаться, а пока позволял гражданам рассмотреть свою великолепную фигуру. Особенного самодовольства на его лице не читалось, впрочем, глаза были скрыты темными очками, а глаза, как известно, лучше всего говорят о чувствах. Но в любом случае становилось ясно: парень знает себе цену. Маша сидела на своем лежаке и, придерживая рукой шляпу, смотрела на него весьма плотоядно и без всякого стеснения. Он в ее сторону не смотрел и вроде бы вовсе не замечал чужих взглядов.

— А это кто такой? — с трудом отдышавшись, спросила Вера.

— Тот самый парень, что избавил меня от байкеров.

— Повезло, — сказала она. — Если бы меня спас такой мужик, я б его к себе наручниками приковала. Посмотри-ка на Машку, — понизила она голос. — По-моему, она готова лечь с ним прямо на пляже на глазах изумленной публики.

— Думаешь, они знакомы? — в свою очередь спросила я. Вопрос вызвал у нее растерянность.

— Кто их знает, — наконец пожала она плечами. — Машка шлюха по натуре, а здесь такое сокровище, вот она глаза и пялит. Хотя вполне могла с ним дружбу свести, если он живет по соседству. Только что-то я не вижу, чтобы он особо ею интересовался, — не без яда заметила она. — Ну что, выходим?

Вера побежала вперед, а я чуть задержалась.

— Эй! — крикнула я Кириллу и помахала рукой. Он повернулся, и на его губах появилась усмешка. — Привет, — сказала я, подходя ближе, широко улыбаясь и давая понять, что забыла его гнусную выходку на дороге.

— Виделись, — ответил он без всякой охоты. — По-моему, я тебе все объяснил вполне доходчиво.

— Я просто хотела быть вежливой, — пожала я плечами и направилась к своей компании. Маша демонстративно отвернулась и даже прикрыла лицо шляпой.

— Ну что? — спросила Вера. — Назначил тебе свидание?

— Мне кажется, я ему не нравлюсь, — засмеялась я. — Боюсь, его сердце уже занято.

— Брось, — косясь на Машу, продолжила болтать Вера. — Твоя красота не оставит равнодушным ни одного мужчину. Правда, Андрей? — толкнула она в бок брата.

— Что? — поднял он взгляд от книги. — А... да, конечно, Оленька очень красива. — И вновь уткнулся в книгу. Вера только рукой махнула.

Кирилл отправился купаться, я в его сторону старалась не смотреть. Устроилась на лежаке, дав себе слово получать удовольствие от импровизированного отпуска. На пляже нас и нашла Танька, вернувшись из города где-то около семи. Мы как раз собирали вещи. Кирилл ушел раньше, но в какой момент, я не заметила. Танька выглядела чрезвычайно деятельной и, как только мы оказались в моей комнате, сообщила:

— Я позвонила в милицию.

— Зачем? — не сразу поняла я.

— Как зачем? Чтобы они вывели на чистую воду эту подозрительную семейку. Машка трахалась со своим любовником, а ее муженек спокойно убил Ирину.

— Ты им это сказала? — спросила я, в который раз удивляясь, за что Таньку считают в семье умной.

— Разумеется. Теперь они зашевелятся...

— И про меня сказала? Про то, что я ее видела?

— Про тебя нет. Зачем? Я просто сообщила, что видела, как она предавалась пороку, но себя не назвала.

— А звонила откуда?

— Из телефона-автомата. Ты думаешь, у меня ума не хватит соблюдать конспирацию?

— Я думаю, у них тоже хватит ума сообразить, кто звонил, — вздохнула я. — Если учесть, что все родственники в это время были здесь и только ты в городе...

— Да пошли они, — отмахнулась Танька. И свирепо добавила: — Пусть докажут.

Это моего настроения, естественно, не улучшило. Я хотела рассказать ей о знакомстве с Кириллом (если это можно назвать знакомством), но передумала. Сам Кирилл не шел у меня из головы, что было довольно странно. В конце концов я решила, что своим нежеланием знакомиться со мной он меня просто заинтриговал. Была в нем какая-то тайна, которую очень хотелось разгадать. Конечно, появлялись и вполне здравые мысли, например, что он самовлюбленный болван, вот и вся тайна, однако здравомыслие тут же отступало. В общем, я витала в облаках, пока Танька гадала, кто из родственников убил Ирину. Больше всех шансов быть убийцей имел Виталий. Но и остальным Танька по доброте душевной не отказывала.

— Убийцу видел Леопольд, — напомнила я. — Он придет утром, и мы его как следует выспросим. Вдвоем мы должны с ним справиться, — помедлив, добавила я. Танька кивнула.

— Значит, в доме он искал клад.

— Неизвестно, что он так называет. Я же говорю, у него есть ценные мысли о мировом господстве.

— Это по малорослости. Чем мельче мужик, тем его сильнее тянет в Наполеоны. А деньги точно где-то в доме. Не может не быть денег. Это даже нелогично. Если не деньги, то бриллианты. Не мог же он в самом деле все потратить?

— По мнению одного выдающегося человека, денег у дяди не должно быть вообще. Так что даже не ясно, на что он построил дом.

— Откуда такие гнусные измышления? — насторожилась Танька.

— От Эдуарда Васильевича.

— Твоего приставучего хозяина? Он клевещет на мою родню. Как это не было денег? И карлик что-то искал. Надо и нам поискать. Они точно где-то в доме. — Танька говорила все увлеченнее, глаза ее пылали, стало ясно: золотой лихорадки нам не избежать.

— Думаю, все не так просто, — вздохнула я, чтобы хоть немного остудить ее пыл.

— А по мне все яснее ясного. Дядя был консервативен, банкам не доверял и хранил деньги в матрасе.

— Тогда бы о них знала Ирина.

— Не обязательно. Он их мог и от нее прятать. Скупердяй. И прислуги в доме не держал, боялся.

— Слушай, — внезапно решилась я, — мне приснился тот парень, с которым я видела Машу.

— Так ты же говорила, что его не видела, только слышала голос?

— Я и во сне не видела его лица.

— Да? И что? Он тебе сказал, где искать клад?

— Танька, ты можешь думать о чем-нибудь другом?

— Нет. А ты?

Я стянула с себя платье и продемонстрировала свои плечи Таньке. Если бы оказалось, что синяки вдруг исчезли, меня бы это ничуть не удивило. Однако сестрица синяки разглядела.

— Как тебя угораздило?

Я рассказала ей свой сон. Танька слушала меня с очумелым видом, потом усмехнулась:

— Ты все это выдумала.

— А синяки?

— Где-нибудь нечаянно приложилась, а теперь морочишь мне голову.

— Зачем мне это? — начала злиться я.

— Ну, не знаю. Только я тебя сразу предупреждаю: во всякую там чертовщину я не верю и тебе не советую.

— Я тоже не верю. Но синяки как-то появились.

Танька присмотрелась ко мне повнимательнее.

— Ты ведь не стала бы врать сестре? — Я закатила глаза, демонстрируя отношение к чужому недоверию, а Танька задумалась. — Тут два варианта: либо ты сама их себе наставила, во сне сильно надавив пальцами... А что? Оттого и сон снился дурацкий, потому что ты себе больно сделала. Либо они у тебя раньше были, и ты их просто не видела, а утром, увидев, решила, что они появились ночью. И не забивай себе голову, — повысила она голос. — И мне тоже. Давай сосредоточимся на кладе. Где ты, говоришь, застукала карлика?

— Возле фикуса, — уныло ответила я.

Само собой, Таньку повлекло в коридор. Поставив меня на страже, она опустилась на четвереньки, тщательно осмотрела стену, потом кадку, потом фикус.

— Он зарыт в земле, — вынесла она вердикт.

— Кто?

— Клад, естественно. Когда все улягутся, надо будет вытащить его из кадки.

— Гениальная идея, — пожала я плечами. Спорить с Танькой мне не хотелось.

Часов до одиннадцати вечера она бродила по дому приглядываясь. Прихватила из гаража кое-какой садовый инструмент и спрятала в нашей комнате за кресло. Чувствовалось, ее переполняет жажда деятельности.

Лишь только все разбрелись по комнатам, она стала вожделенно поглядывать на фикус.

— Слушай, — вздохнула я, — карлик, скорее всего, просто здесь прятался.

— Ничего подобного. Я чувствую, деньги там.

В половине двенадцатого мы уже стояли возле кадки.

— Как бы его выдернуть половчее, — пробормотала Танька.

— Лучше перетащить его в комнату. Если нас здесь застукают...

Мысль показалась мне дельной. Мы ухватились за кадку, и я тихонько пискнула от натуги. Сестрица сделала свирепое лицо и начала демонстрировать недюжинную силу, я только диву давалась.

— Своя ноша костей не ломит, — деловито заявила она уже в комнате, когда я выразила восхищение ее физическими данными. — Попробуем его выдернуть, — любовно поглядывая на фикус, предложила она, но на это даже ее сил на хватило. Когда мы вдвоем уцепились за несчастное растение, только уронили кадку. — Тихо ты, — шикнула на меня сестрица, точно это не кадка, а я упала.

Мы замерли, прислушиваясь, что позволило мне отдышаться. Танька извлекла сельхозорудие из-за кресла, и мы наконец смогли выдернуть фикус. Сестра просеяла сквозь пальцы всю землю и даже корни тщательно рассмотрела, но никаких ценностей не нашла. Фикус вернули на место в гробовом молчании, еще полчаса убирались в комнате. Потом Танька заговорила:

— Значит, он там прятался. А почему там?

— Потому что удобно. Леопольд маленький, а кадка большая.

— Почему он прятался именно в этом месте? Как же я сразу не сообразила... это же очевидно. — То, что было очевидным для Таньки, оставалось тайной для меня. — Что у нас по соседству с фикусом? — спросила она.

— Стена, — пожала я плечами.

— По соседству три двери. Так?

— Так, — не стала возражать я.

— И одна из них в кабинет Костолевского.

Честно говоря, расположением комнат в доме я не особенно интересовалась, и теперь Танькино предположение показалось мне не таким уж глупым.

— Ты думаешь, он хотел попасть в кабинет?

— Конечно. Куда же еще? Деньги там.

— Я уверена, под кладом Леопольд имел в виду нечто совсем другое, — вздохнула я, но Танька отмахнулась:

— Не морочь мне голову. Идем.

— А если нас там застукают?

— А если нас кто-то опередит?

— В четыре утра придет Леопольд. Он тоже ищет

этот клад. Давай объединим усилия. Леопольд лучше нас знает, где стоит его поискать, он же дружил с хозяином.

— Станет он делиться, как же. — Танька решительно направилась в коридор, а мне ничего не оставалось, как последовать за ней.

Почему-то я была уверена, что кабинет заперт и что Танька немного постоит возле двери и успокоится, но дверь легко открылась, изнутри в замке торчал ключ. Сестрица не преминула им воспользоваться.

— Теперь не застукают, — удовлетворенно шепнула она. — Если что, в окно вылезем. Первый этаж.

Я порадовалась, что все остальные спят на втором этаже, по крайней мере не услышат, как мы бродим по коридору. Танька оглядела кабинет, прикидывая, где следует искать сокровища. Включить свет она не рискнула, но огромная луна заглядывала в окно, освещая комнату призрачным светом.

— Как-то мне здесь не по себе, — изрекла Танька, передернув плечами. — Наверное, покойник против того, чтобы мы здесь хозяйничали.

— Умная мысль, — кивнула я. Не скажу, что у меня было какое-то тревожное предчувствие или я испытывала особое волнение. Волнение, конечно, имело место, но относилось к тому факту, что, если нас здесь застукают, мы окажемся в скверном положении. Лунный свет и обиталище недавно усопшего меня, в отличие от сестры, на мистический лад не настроили, хотя и пробудили воспоминания о прошлой ночи и моем загадочном сне. Танька уверяла, что я сама себе синяков наставила, а теперь трясется по непонятной причине. — Где ты собираешься искать клад? — вздохнув, спросила я, видя ее затруднение.

— Да, кабинетик солидный. Здесь должен быть сейф, — озарило сестрицу.

— И что? Ты умеешь вскрывать сейфы?

— А Леопольд умеет? — съязвила она, подошла к книжным полкам и принялась переставлять книги.

Затея искать здесь клад показалась мне исключительно глупой. То есть мне она и раньше таковой представлялась, а сейчас в особенности. Надо дождаться карлика и выспросить его, а откажется говорить — выследить. Хотя и это проблематично. Я смогла убедиться, что парень он шустрый.

Ожидая, когда Таньку посетят те же мысли, я подошла к письменному столу, и мое внимание привлекла небольшая скульптура, стоявшая рядом с громоздкой чернильницей. Ничего более отвратительного мне ранее видеть не доводилось. Бронзовый монстр был высотой в полметра и являл собой какую-то аллегорию. Обнаженная мужская фигура прикована к некой глыбе, между раздвинутых ног мужчины устроился волк и пожирал его детородные органы. Над головой несчастного сидел ворон и философски наблюдал за происходящим. Лицо мужчины с выпученными глазами и открытым в немом крике ртом было выполнено очень реалистично. Да и вообще этот шедевр мог похвастаться исключительной натуралистичностью. Но у нормальных людей, к коим я причисляла себя, ничего, кроме отвращения, он не вызывал.

— Кто ж до такого додумался? — вслух спросила я.

— Ты чего? — зашептала Танька, подходя ближе.

— Вот, взгляни.

— Не повезло дядьке, — вынесла она вердикт через полминуты. — Больно, наверное. И о потомстве можно забыть. Ценная вещь?

— Вряд ли.

— Но ведь антиквариат?

— Сомневаюсь, — покачала я головой.

Танька взяла скульптуру в руки и взвесила.

— Тяжелая, зараза... — Тут в ее лице наметилось озарение. — А что, если...

— Это «Искупление», — забрав у нее скульптуру, перебила я, потому что и у меня озарение наметилось. Я быстро оглядела кабинет, других скульптур здесь не было, только два бюста: Сократа и Александра Великого.

— Какое искупление? — заволновалась Танька.

— Эту штуковину покойный завещал Самарскому.

— Точно, — хлопнула себя по лбу Танька.

— Так что сокровищ в ней не ищи, — продолжила я и вновь пригляделась к скульптуре. Очень сомнительно, что она могла кому-то понравиться. Хотя о вкусах не спорят. Александр Петрович утверждал, что это его любимый шедевр в коллекции Костолевского. И Костолевский в знак большой дружбы завещал ее соседу. — Искупление, — пробормотала я. — Занятно.

— Чего ты все бормочешь? — не выдержала Танька. — И поставь эту дрянь на место. Не стал бы он отдавать бриллианты соседу. Довольно глупо. Правда?

— Какие бриллианты? — не поняла я.

— Ну так деньги-то сюда на спрячешь, по крайней мере большие.

— Помоги, — сказала я сестре и перевернула скульптуру. Основание было чуть вдавлено. Я нащупала шуруп.

— Чего это? — вновь заволновалась Танька.

— Он внутри пустой, — пояснила я.

— А шуруп зачем? Там что-то есть, — тоненько взвизгнула она. Теперь и я не была уверена, что это ее глупые фантазии. Возможно, в самом деле...

— Нужна отвертка или ножницы, — пробормотала я.

Ножницы нашлись в верхнем ящике стола. Я держала монстра, а Танька возилась с шурупом. Наконец она смогла его вывернуть, и тут стало ясно: шуруп удерживал донышко диаметром не более трех сантиметров. Оно осталось на моей ладони, Танька тряхнула скульптуру, и в руку мне упал свернутый трубочкой лист бумаги.

— Ой, мамочки, я сейчас с ума сойду, — вовсю волновалась Танька.

Мы переместились ближе к окну и смогли прочитать. «Что касается меня, вы можете ни о чем не беспокоиться». Ни обращения, ни подписи. Как ни трясла Танька скульптуру, но извлечь из нее больше ничего не сумела.

— Издевательство какое-то, — слезно заметила она.

— Да, — кивнула я. — Занятно.

— Чего тебе занятно? — передразнила Танька. — Где деньги?

— Занятно, что бы это могло значить?

— Нашла над чем голову ломать. Господи, ну где же деньги...

Не слушая ее причитаний, я свернула записку, определила ее на прежнее место и завернула шуруп. Танька держала скульптуру, кусая губы. Мы осторожно поставили ее на стол. Вдруг Танька вытаращила глаза, потом сделала знак молчать, а я отчетливо услышала, как где-то скрипнула дверь.

— Уходим, — перепугалась я, но, забыв о наших планах на случай обнаружения, мы бросились не к окну, а к двери. Дрожащей рукой я повернула ключ в замке, стараясь сделать это бесшумно. Мы услышали шаги: кто-то очень тихо шел по коридору.

Надо отдать должное сестрице, она не растерялась и вместо того, чтобы выскочить в коридор, схватила меня за руку и потянула за собой к ширме.

Ширма отделяла часть кабинета, за ней стояла кушетка с низким столиком, предназначенная для отдыха хозяина. Вот там мы и укрылись, сели на пол между столом и кушеткой и замерли. В то же мгновение дверь очень медленно открылась, без всякого скрипа. Дверь открывалась в кабинет, и видеть того, кто стоит на пороге, мы не могли. Человек медлил, затем сделал шаг, и я наконец увидела фигуру, в котором безошибочно узнала Самарского.

Александр Петрович закрыл дверь, нащупал ключ и запер ее, потом, соблюдая осторожность, прошел к столу. Рисковать он, как и мы, не стал и свет не включал. Мы следили за ним сквозь щель в ширме, очень надеясь, что обыскивать кабинет он не будет.

Беспокоились мы напрасно. Его интересовала здесь только одна вещь: бронзовый монстр, доставшийся ему по наследству. Конечно, он говорил, что ему очень полюбилась скульптура, но ведь не до такой же степени, чтобы среди ночи проникнуть в чужой дом с одной целью: взглянуть на нее? Если учесть, что скоро она ему и так достанется, можно и потерпеть.

Он взял скульптуру в руки без всякого почтения и уж точно не затем, чтобы полюбоваться. Взвесил в руках, повертел, отошел к окну, где было больше света, и, безусловно, заинтересовался шурупом, потому что принялся искать ножницы, то есть проделал все то, что и мы несколько минут назад.

Вскоре в его руках оказался листок бумаги. Он прочитал его, стоя у окна, и чертыхнулся. Потом вздохнул, сунул листок в карман пиджака, вернул шуруп на место, ножницы в ящик, а скульптуру на стол и поспешно покинул кабинет.

С трудом выждав минуту, мы бросились к двери. В своей комнате включили свет, и Танька принялась нервно бегать (собственно, свет включила я, чтобы она в сумраке на что-нибудь не налетела).

— Он свистнул листок, — злобно пробормотала она.

— Почему свистнул? Он ему и предназначался.

— А вдруг это шифр? И этот гад теперь уведет у нас сокровища прямо из-под носа.

Золотая лихорадка мне уже изрядно надоела, и я решила привести Таньку в чувства.

— О кладе мы узнали от Леопольда, — напомнила я. Она нахмурилась, глядя на меня так, точно ждала откровения. — Если учесть, что он еще болтал об упырях и оборотнях...

— Чепуха.

— Вот именно. Клад такая же чепуха, как и прочие его измышления. А мы несчастный фикус мучили.

— Думаешь, он нарочно? Ну, гаденыш... Подожди, он ведь что-то здесь искал? Что-то важное. И этот тип, Александр Петрович, с какой такой стати бродит по ночам в чужом доме? Должна быть причина.

— Это точно, — кивнула я. — Между прочим, Ирина перед смертью к нему ходила.

— Думаешь, он ее и убил? Ужас... но зачем? Боялся, что она ему скульптуру не отдаст с этой бумажкой? Зачем ему это бронзовое убожество? А вдруг ты ошиблась и его сваял какой-нибудь Челлини?

— Да Винчи, — хмыкнула я.

— Вот-вот. А что? Конечно, я уважаю твои знания, но...

— Надо серьезно поговорить с Леопольдом, — перебила я. — Речь идет о двух убийствах, а он все шутки шутит.

— Вот-вот, дошутится...

Я недовольно взглянула на Таньку, только таких прогнозов нам и недоставало. Но если честно, в тот момент Александр Петрович занимал меня много больше. Точнее, не он сам, а его странное поведение и эта записка. «Что касается меня, вы можете ни о чем не беспокоиться». О чем беспокоиться Самарскому? Респектабельный дядька, бизнесмен и политик. Это днем. А ночью... кучер превращается в крысу, а... в кого превращается депутат? Маленький человечек обожает загадки, но что-то во всем этом было, что-то очень важное и, вне всякого сомнения, относящееся к убийству. «В кого по ночам превращается Кирилл?» — вдруг подумала я. В страстного любовника. В этом я могла убедиться, пусть не лично, но и взгляда со стороны достаточно. Его слова тоже звучали загадочно. А нежелание демонстрировать свое знакомство с Марией, в то время когда она бросает на него весьма красноречивые взгляды? Она замужняя женщина, и осторожность следует соблюдать ей, но Кирилл в ее сторону даже не взглянул. Что, если у него есть причина скрывать свои отношения с Марией и эта причина вовсе не Виталий?

Я нахмурилась, потому что вывод напрашивался сам. Муж Марии разорен, она нуждается в деньгах, а тут богатый родственник, который никак не хочет покинуть этот мир. И по соседству с ним появляется новый жилец, любовник Марии? Судя по тому, как он вел себя с парнями, физическая расправа не вызывает у Кирилла нервной дрожи. Однако мысль о том, что он мог хладнокровно убить женщину

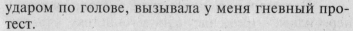

ударом по голове, вызывала у меня гневный протест.

— Ольга, — подала голос сестра, продолжая метаться по комнате, — может, в милицию позвонить?

— Зачем? — оторвалась я от тяжких дум.

— Сказать про этого Самарского. Зачем-то ему листок понадобился. Про себя рассказывать необязательно. Как-то неловко, знаешь ли: сокровища искали... Позвонить инкогнито...

— Это входит у тебя в привычку, — посетовала я. — Чем мы докажем свои слова? Листок он взял. Да и не было в записке ничего такого... Хотя, возможно, мы просто не поняли.

— Вот-вот, пусть в милиции разбираются. Надо звонить.

— Не сейчас же? — вздохнула я.

— Придется до утра подождать, хотя руки так и чешутся.

Всю ночь мы не спали, Танька мечтала позвонить в милицию, а я, памятуя о договоре с Леопольдом, ждала его прихода. К четырем часам Танька о милиции практически забыла, зато вспомнила о сокровищах.

— Тут такие тайны... А карлик определенно сказал «клад». Ведь сказал? Если он надеется его сегодня с нашей помощью отыскать, значит, должен поделиться.

Я очень сомневалась, что Леопольд разделяет ее мнение, скорее он просто приготовил очередную каверзу, попадет в дом с нашей помощью, надеясь после этого хитро улизнуть. Просидев всю ночь без сна, мы к четырем часам выглядели бодрыми и чрезвычайно деятельными. Я предавалась своим мыслям, Танька мечтала о сокровищах. Минут десять пятого она забеспокоилась:

— Где этот тип? Что еще за шуточки? Люди ждут...

— Может, у него часов нет?

Танька задумалась и еще минут десять сидела спокойно, потом вскочила.

— Ах, гаденыш. Он тебе нарочно это сказал, чтоб мы как дуры сидели в комнате и ждали его, а он в это время спокойно уведет клад прямо у нас из-под носа.

Стало ясно: мысль о сокровищах накрепко засела в голове сестрицы и избавить ее от глупых идей не представляется возможным.

— Идем, — сказала она.

— Куда? — проявила я интерес.

— Искать этого мерзавца.

— Идем, — пожала я плечами, и мы вышли в коридор.

В доме царила тишина. Крадучись, словно кошка, Танька прошла по коридору, прислушиваясь. В лице томление и некая растерянность. Пока я разглядывала пострадавший фикус, размышляя, выживет он после недавней экзекуции или нет, она успела заглянуть во все помещения первого этажа и теперь поглядывала на лестницу.

— Мы переполошим весь дом, — намекнула я. — А Леопольда не найдем. Смею напомнить: он просил моей помощи, чтобы проникнуть сюда, вряд ли он смог это сделать без нас.

— Самарский смог, — ответила Танька, однако на второй этаж подниматься не стала, подошла ко мне и с тяжким вздохом констатировала: — Он нас провел.

Мы вернулись в комнату и открыли окно, устроились на подоконнике и на мгновение забыли обо всем на свете. Давненько я не встречала рассвет да еще на лоне природы. Но сестру даже красоты природы радовали не долго.

— Давай его все-таки поищем.

Я по опыту знала: искать Леопольда дело зряшное, появится он лишь тогда, когда сочтет нужным, но жажда деятельности переполняла Таньку, а спать совершенно не хотелось, и я кивнула. Танька лихо спрыгнула в мокрую от росы траву, и я последовала за ней. Побродим немного, и она успокоится.

Мы пошли вдоль стены дома. Танька впереди, я сзади, очень надеясь, что родственники спят и наши блуждания останутся незамеченными. На углу, прямо под водосточной трубой, стояла бочка для сбора дождевой воды, должно быть, для поливки роз, которые росли здесь в изобилии. Не знаю, что меня заставило заглянуть в нее, но я заглянула и замерла в растерянности. Потому что увидела кроссовки. Они вроде бы плавали в воде подошвами кверху. Кроссовки могли принадлежать ребенку, размер тридцать пятый, не больше.

Я пригляделась получше и едва удержалась на ногах, промычала что-то невразумительное, тыча в бочку пальцем. Танька подскочила, ухватилась за кроссовку и тоже начала мычать, а потом мы дружно заорали и, как впоследствии выяснилось, разбудили весь поселок. Причина была уважительная, потому что кроссовки вовсе не плавали сами по себе, а были на ногах Леопольда. Кто-то сунул несчастного карлика в бочку и держал там головой вниз, пока он не захлебнулся.

Последующие за этим события описывать не буду, прежде всего потому, что помню их смутно. На наш крик прибежали сначала обитатели дома, затем жители ближайших домов, а очень скоро весь поселок. Кто-то вызвал милицию, и начались нескончаемые вопросы. Больше всех досталось нам с Танькой. Оно и понятно. Очередной труп обнаружили мы, надо еще было как-то объяснить, что мы делали в половине пятого утра возле дома, когда добропорядочным гражданам положено спать.

Хуже всего было то, что, обалдев от такой находки, мы с сестрой не смогли договориться о том, что следует сказать представителям закона, а о чем лучше помалкивать. И в результате выложили все. Разумеется, о появлении Самарского в доме тоже. В последний момент Танька успела мне шепнуть: «Молчи о сокровищах, Самарского мы из своей комнаты видели». Скажи мы о поисках сокровищ, и нас запросто запишут в убийцы за неуемное корыстолюбие. Поэтому к словам сестры я прислушалась и заявила следователю, что мы ждали Леопольда, который назначил нам встречу. Услышав шаги, выглянули в коридор и увидели там Самарского. А когда карлик в назначенное время не появился, решили его поискать. Танька в точности повторила мои слова, они были запротоколированы, и мы таким образом сами вырыли себе яму. Самарский назвал наши показания бредом, а когда провели следственный эксперимент, выяснилось, что, находясь в комнате, разглядеть идущего по коридору мужчину, да еще в темноте, мы не могли. Получилось, что мы оклеветали человека и навлекли на себя еще большие подозрения. Взмокнув от волнения, с ужасной головной болью, я ждала, что нас арестуют с минуты на минуту. Если бы я была на месте следователя, так бы и сделала. А что, вполне логично. Я убила Ирину, желая помочь сестре получить наследство, а так как, по моим собственным показаниям, карлик в тот момент вертелся по соседству и мог что-то заподозрить, мы уже вместе с сестрой решили избавиться от него. Две женщины вполне справятся с таким малышом.

Я уже видела себя в наручниках и порывалась рассказать правду, очень сомневаясь, что теперь в нее кто-то поверит. Самарский категорически все отрицал, и господа в погонах склонны были верить ему, а не нашим фантазиям, как они выразились. Прибавьте к этому то, что мы с Танькой начали путаться в показаниях, что вполне понятно, когда человек врет. В общем, вы понимаете, каково мне было в тот день. Только после обеда нас перестали допрашивать и сказали, что мы свободны. Это было так неожиданно, что я разрыдалась, а Танька увидела в этом большое коварство, не в моих слезах, разумеется, а в словах следователя.

— Нам готовят ловушку, — изрекла она, морща лоб.

— Какая уж тут ловушка. Мы сами сделали все, чтобы оказаться в тюрьме. Чего тебе не спалось, скажи на милость? Не увидели бы Самарского и не нашли бы Леопольда.

— Леопольда все равно утром нашли бы.

— Конечно. Но не мы, — упрямилась я. — А теперь мы подозреваемые номер один.

— Прости меня, — тихо сказала Танька. — Это я тебя втравила в историю. Зачем мы вообще сюда поперлись? Теперь загремим в тюрьму, а Витька получит миллион и будет жить в свое удовольствие с какой-нибудь кикиморой, а про меня и думать забудет. — От такой перспективы Танька так разволновалась, что пошла пятнами и добавила несколько невпопад: — Черта им лысого. Еще посмотрим, кто кого. Яснее ясного, карлика этот гад Самарский убил. Мы его выведем на чистую воду.

— Как, интересно? — съязвила я, хотя пререкаться с сестрой в такую минуту вовсе не входило в мои планы.

— Но ведь все сходится. Он убил Ирину...

— С какой стати?

— Должна быть причина. Например, она знала, что это он убил дядю. Да-да, все просто.

— Ага. Знала и целый месяц молчала и даже зачем-то пошла к нему ночью. Чтобы по голове получить?

— Может, у нее были сомнения в том, что он убийца, а в тот вечер они рассеялись.

— И она не позвонила в милицию, а побежала к нему?

— Да, это, пожалуй, не годится. Но он ведь зачем-то приходил в дом?

— Ты знаешь зачем. Его интересовала скульптура. Точнее, записка, хотя и скульптуру, и записку он бы и так вскоре получил.

— Сплошные загадки, — пожаловалась Танька и загрустила. — Вот что, — сказала она, немного помолчав и мрачнея с каждой минутой все больше и больше. — Надо искать адвоката. Путного. Валька не годится. Поеду к Марку, у него полно знакомых, может, кого посоветует.

— Что значит «поеду»? — не поняла я.

— Ты здесь побудь, — ласково защебетала она. — Надо еще день продержаться.

— Какой день?

— Ты что, забыла? По завещанию, родственники обязаны прожить здесь три дня. Если все разрешится благополучно... Прикинь, как будет обидно, если мы лишимся денег просто потому, что ты уехала на день раньше.

— Вот ты и оставайся, — разозлилась я.

— А ты что будешь делать? Сидеть дома и нервничать? Лучше нервничай здесь, а я переговорю с нужными людьми и все улажу. От меня там гораздо больше пользы, чем здесь.

Насчет пользы в самую точку. Я хотела сказать Таньке, что думаю по этому поводу, но лишь вздохнула. Перед лицом опасности сестры должны поддерживать друг друга, а не ругаться.

— Ладно, — вяло кивнула я, Танька меня расцеловала и засобиралась в город, а я легла спать, не придумав ничего умнее.

Разбудил меня телефонный звонок. Звонила сестра, и голос ее дрожал от возбуждения:

— И ничего мы не подозреваемые номер один. То есть, конечно, и нас подозревают, но не больше других. Я к Марку ездила, он переговорил с кем следует, и ему сказали: подозреваются все, потому что теоретически карлика мог убить кто угодно, и Ирину, само собой, тоже. А то, что его нашли мы, скорее говорит о нашей невиновности. Конечно, сказали они, девки, то есть мы с тобой, чего-то темнят и недоговаривают, но это может быть от страха. И Самарский их вовсе не убедил. Говорили с ним вежливо, потому что человек он большой, но со счетов и его не сбрасывают. А ты нос повесила. Да, вот еще что. Вскрытие уже было, Леопольда утопили где-то между часом и тремя. Точнее сказать не могут. Смотри, что делается, а в кино всегда говорят с точностью до минуты. Мол, без десяти час шваркнули его по башке... Ты не помнишь, сколько времени было, когда мы Самарского в кабинете застукали?

— Где-то около часа, — ответила я, напряженно припоминая. — Может, чуть позднее.

— Вот-вот. Он, вражина, карлика утопил, потому что тот его возле дома застукал, а еще раньше видел, как он с Иркой разделался.

Версия, в общем-то, и мне нравилась. Вот если б еще знать, с какой стати Самарскому так свирепствовать? То ли дело родственники, им есть из-за чего рисковать, наследство немалое.

Я почувствовала себя значительно лучше, прежде всего потому, что немного поспала, но и слова Таньки внушали определенные надежды. То, что ночью в доме было тихо, вовсе не значит, что все его обитатели спали. И в ночь убийства Ирины по меньшей мере двое соврали, что никуда не выходили, это не считая меня. Так что в милиции правы: подозреваются все.

В дверь постучали, я ответила «да», и в комнату заглянул Антон.

— Не хотите поужинать? — робко предложил он. Я поблагодарила. Умылась, а потом пошла в столовую, где собрались все обитатели дома.

Только Виталий все еще отсутствовал. Вера и Маша при моем появлении не подняли глаз от тарелок, Андрей громко поздоровался и закашлялся. Я устроилась за столом, и хоть чувство голода имело место, кусок не лез в горло.

— Это просто ужасно, — вдруг сказала Вера.

— Что ужасно? — растерянно спросил ее брат.

— То, что здесь происходит. Мы все подвергаемся опасности. Второе убийство за два дня. Не Дубровка, а какое-то Чикаго.

— Ты можешь уехать, — съязвил Антон. — Никто тебя здесь не держит.

— Ага, я уеду, а ты захапаешь все денежки.

— Перестаньте, пожалуйста, — попросил Андрей, косясь на меня. — Кому понадобилось убивать этого несчастного? — добавил он задумчиво. — Ведь он к наследству не имеет никакого отношения.

— Так ты что, действительно думаешь, что Ирину убил кто-то из нас? — воскликнула Вера.

— Меня больше интересует, что за мерзавец соврал в милиции, что в ночь убийства Ирки меня не было в доме, — сквозь зубы сказала Мария. — Сегодня менты мне всю душу наизнанку вывернули своими вопросами. Убила бы сволочь за такое вранье.

И тут Андрей всех нас поразил.

— Тебя ведь действительно не было, — тихо, но уверенно сказал он.

— Что? Так это ты настучал ментам?

— Если мы все будем врать, они никогда не найдут убийцу.

— Значит, все-таки ты. Большое тебе спасибо.

— Я не стучал ментам, как ты выразилась. Но хотя бы, когда мы одни, давайте не врать друг другу. Иначе действительно начнем подозревать всех.

— Откуда ты знаешь, что меня не было в доме? — после непродолжительной паузы спросила Маша.

— Видел в окно, как ты уходила и садилась в машину. Не очень-то ты беспокоилась о конспирации, иначе бы назначила встречу подальше от дома.

— Да, у меня было свидание. Что с того? А соврала я, чтобы не объясняться с мужем.

— С кем свидание? — заинтересовалась Вера.

— Тебе-то что? С соседом... мы случайно познакомились.

— Когда? — нахмурился Антон. — Он живет здесь недавно, а ты приехала вместе с нами. Ты что, была у дяди...

— Я познакомилась с ним в ресторане в день

приезда, то есть позавчера. Вы сидели здесь с Ириной, а я ушла прогуляться. Вспомнили? Он назначил мне свидание. Вот и все. Я вернулась домой под утро. Надеюсь, что мой муженек все это время сладко спал. Я дала ему двойную дозу снотворного.

— Вот стерва, — хохотнул Антон.

— На себя посмотри, борец за нравственность.

Выходит, Кирилл далеко не так неприступен. Не успел познакомиться с Машей и уже ублажал ее в машине. Не знаю почему, но меня это здорово разозлило. А я-то напридумывала: он влюблен и все такое... Подобные типы никогда не влюбляются. Они используют женщин в своих интересах. Любопытно, что у него за интерес? Хотя, может, и интереса-то никакого, сплошная физиология. А вдруг они давно знакомы, а она скрывает правду, потому что... Додумать до конца свою мысль я не успела. Дверь распахнулась, и в столовую стремительно вошел Самарский. Лицо его пылало, глаза метали молнии, в общем, человека просто переполняли гнев и негодование. Я решила, что эти чувства относятся ко мне, и не ошиблась.

— Будьте добры объясниться, что за чушь вы выдумали со своей сестрой? — тихо, почти шепотом сказал он, приблизившись ко мне на опасное расстояние. Прозвучало это грозно, я бы даже сказала зловеще. Однако я ожидала этой встречи, внутренне подготовилась и миролюбиво предложила:

— Давайте пройдем в гостиную для объяснений.

Присутствующие вытянули шеи, а Самарский на мгновение смешался, затем здравый смысл победил, и он первым проследовал в гостиную. Я шла за ним, разглядывая его спину.

В гостиной он резко повернулся и произнес:

— Я вас слушаю.

— «Что касается меня, вы можете ни о чем не беспокоиться», — сказала я спокойно. Он чуть приподнял брови.

— Как я должен это понимать?

— Буквально. Я цитирую записку, которую вы нашли в скульптуре. Теперь вспомнили? — Он всетаки растерялся. Взгляд его лишился твердости, в нем даже наметилось легкое смятение. — Вы были ночью в кабинете. И соврали в милиции. И я очень хотела бы знать: почему? Насколько мне известно, карлик погиб приблизительно в то время, когда вы были здесь. И у меня есть все основания полагать, что вы причастны к этому.

— Да вы с ума сошли, — усмехнулся он, но твердости в его голосе не было.

— Карлик бродил возле дома в ночь убийства Ирины, о чем вам наверняка известно.

— Откуда? И при чем здесь смерть Ирины? Какое я могу иметь к этому отношение?

— Она ведь шла от вас. Вы сказали, она просила у вас помощи, но так ли это...

— С какой стати мне убивать Ирину и какого-то карлика? — возмутился он, кстати, вполне искренне.

— А с какой стати вам врать, что вы не были ночью в доме? И не взяли записку? И с какой стати добропорядочному гражданину проникать в чужой дом, точно вору?

На эти вопросы Самарский отвечать не пожелал. С достоинством на челе он обошел меня и молча покинул комнату. А я, вздохнув, вернулась в столовую.

— Он что, действительно был в доме? — взволнованно спросила Вера.

— По крайней мере, человек, которого мы с сестрой видели в коридоре, очень на него похож.

— Невероятно. Что ему здесь понадобилось? Он это как-то объяснил? — Вопросы следовали один за другим.

— Вы же слышали, он все отрицает.

— Не могу поверить, что такой человек... Нет, вы наверняка обознались, — задумчиво сказала Мария. Я пожала плечами, не желая спорить.

Однако наш разговор с Самарским имел неожиданное продолжение. Я отправилась в свою комнату приводить чувства в порядок. А примерно часа через полтора в дверь постучали и Вера позвала:

— Оля, тебя к телефону.

Я вышла, теряясь в догадках: кому пришла фантазия звонить мне на этот номер, а Вера шепнула:

— Самарский.

В самом деле, это был он. Теперь его голос звучал спокойно и даже дружески:

— Оля? Я хотел бы с вами поговорить.

— О чем? — насторожилась я.

— Вы совершенно правы, и... я хотел бы объяснить...

— Вам не кажется, что объясняться вы должны в милиции?

— Нет. Не кажется. — Он вздохнул и добавил: — Когда я вам все расскажу, вы поймете. Мы могли бы встретиться? Сегодня.

Я взглянула на часы и ответила:

— Да, конечно.

— Тогда жду вас в ресторане «Лебеди», это здесь, в поселке, совсем рядом с вашим домом.

— Ну, чего? — спросила Вера, когда я повесила трубку.

— В ресторан пригласил, — нахмурившись, пробормотала я. — «Лебеди». Ты знаешь, где это?

— Конечно, — кивнула Вера в некотором замешательстве. — Возле озера, ближе к той стороне. — Она махнула рукой, указывая направление, и спросила: — А сказал-то чего?

— Просто пригласил в ресторан.

— Дела. У тебя есть в чем пойти? — Этот вопрос менее всего заботил меня в ту минуту, но тут я взглянула на свои шорты и подумала, что такой наряд вряд ли уместен в ресторане.

— Что за ресторан? — спросила я.

— Шикарный. Он, кстати, принадлежит Самарскому. Он его построил, чтоб не держать кухарку. А что? Может себе позволить. Идем, у меня есть платье, закачаешься. Тебе оно должно быть впору.

Платье и в самом деле оказалось потрясающим, и размер мой. Когда я взглянула на себя в зеркало, сердце сладко заныло. Пусть меня считают дурой сколько угодно, зато так приятно ловить на себе восхищенные взгляды мужчин. В тот момент я подумала о конкретном мужчине и пожалела, что он эдакой красоты не увидит.

— Полный улет, — прижав ладони к груди, сказала Вера. — Слушай, он с женой развелся год назад. У тебя есть шанс отлично устроиться.

Я хотела напомнить, что Самарский у меня на подозрении как возможный убийца, но лишь махнула рукой. Туфли у Веры были на размер больше, но вполне подошли и те, в которых я сюда приехала. Еще полчаса я потратила на прическу и макияж и, снабженная инструкциями, как быстрее всего добраться до ресторана, вышла из дома. Вера предложила отвезти меня. С ее точки зрения, женщины должны появляться возле ресторана непременно на машине. Но эта идея меня совсем не вдохновила, ясно, что ею движет любопытство, а Самарский отнюдь не придет в восторг, увидев ее. Если бы он нуждался в свидетелях нашего разговора, то вполне мог бы явиться в дом.

Путь мой лежал вдоль озера по выложенной плиткой тропинке, кругом горели фонарики в виде колокольчиков, в общем — мило и весело. Тут тропинка пошла через лес, но и здесь горели фонари, так что никакого беспокойства я не испытывала. Лес расступился, и я увидела ресторан. Он стоял на высоких сваях прямо над водой, а вокруг плавали лебеди. Правда, я заметила только одного, но замысел оценила.

Открытая веранда была залита светом, занавески из белого тюля раздувались на ветру, а я некстати подумала, что жизнь прекрасна. Некстати, потому что до этого мои мысли были заняты исключительно Самарским.

Я поднялась по лестнице, вступила на веранду, и первым, кого увидела, оказался Кирилл. Сидя за столом возле самой балюстрады, он в одиночестве поглощал свой ужин. Я вежливо поздоровалась:

— Добрый вечер.

Он поднял голову, оглядел меня с ног до головы и произнес:

— Красивое платье.

Я пожала плечами и улыбнулась:

— Вам нравится?

— Еще бы. Ты так хороша, что кишки сводит. Но приглашать тебя за свой стол я все-таки не буду.

— Вы решили, что я пришла сюда из-за вас? — удивилась я. — У вас мания величия.

В этот момент ко мне подскочил официант и сказал:

— Александр Петрович ждет вас.

Я показала Кириллу язык и отправилась вслед за официантом.

Александр Петрович предпочел устроиться в зале. Столик на двоих стоял в нише, рядом журчал веселенький фонтанчик, идеальное место для любовного свидания. Увидев меня, Самарский поднялся, шагнул навстречу и выдал свою лучшую улыбку. Оправдай я ожидания родителей, влюбилась бы, не сходя с места.

— Позвольте, я вам помогу, — засуетился Александр Петрович, пододвигая мне стул. — Вы... вы очень красивы. Представляю, какое количество мужчин говорит вам это каждый день.

— Но вы ведь не за этим меня пригласили, — напомнила я.

— Да, конечно, конечно. — Он волновался, и я гадала, чему приписать его волнение. Не моей же красоте, в самом деле. — Разговор, который нам предстоит, для меня не из легких. Давайте сначала выпьем. Вы не возражаете?

— Нет, — покачала я головой.

Полчаса ушло на то, чтобы сделать заказ, выпить и закусить. При этом Александр Петрович очень много говорил, а я в основном улыбалась. Когда он мне поведал о ресторане, о планах на будущее и о своем детстве, стало ясно: все возможные темы он уже исчерпал и пора переходить к главному. Он это тоже понял и загрустил. Вздохнул и доверительно заговорил:

— Оля, я очень рассчитываю, что этот разговор останется между нами.

— Не могу вам ничего обещать, ведь речь идет об убийстве. Точнее, о трех убийствах, — ответила я, глядя ему в глаза. Он кивнул:

— Понимаю. У меня нет другого выхода, кроме как рассказать вам всю правду. Я рискую, потому что мое положение... вы сами все поймете.

— Слушаю вас очень внимательно.

— Что касается этих убийств... Я абсолютно уверен, что Ирину убил тот, кто ранее разделался с ее дядей. Когда она приходила ко мне в ту ночь... Конечно, она была очень взволнована, напугана... она сказала, что знает, кто убил Костолевского. Я не очень в это поверил, списав на излишние эмоции, но точно помню, она несколько раз повторила: «Я знаю, кто это».

— Вы считаете, убийцу следует искать среди родственников? — спросила я.

— Такой вывод напрашивался, коли уж речь идет о наследстве. И Ирина была очень напугана тем, что сказал Антон, о доме и прочем. Но... на самом деле им может быть посторонний человек.

— Случайный бродяга?

— Нет, — Александр Петрович покачал головой, заглядывая мне в глаза. — Вот это как раз то, о чем я и хотел поговорить. Костолевский считался моим другом, и я действительно долгое время думал так же. Приятный интеллигентный старик, знаток искусства, мы подолгу болтали, сидя у камина. Я рано лишился отца, и, если честно... я нуждался в нем, в его советах, понимании...

— И что же произошло потом? — спросила я, видя, как трудно ему перейти к главному.

— Потом я сделал величайшую глупость, — вздохнув и отведя глаза, сказал Самарский. — Не знаю, что за затмение нашло на меня. Я встретил женщину и совершенно потерял голову. Я был готов на все и вдруг узнал... В общем, женщина оказалась с таким прошлым, что я мог сделать лишь один вывод: ее интересовали только мои деньги. Но, даже поняв это, я не мог порвать с ней.

— Костолевский знал об этом?

— Я сам ему и рассказал. Более того, имел глупость несколько раз встречаться с ней в его доме. Она была взбалмошной девицей и явилась сюда без предупреждения. Не мог же я привести ее в свой дом...

— И Костолевский этим обстоятельством воспользовался? — подсказала я.

Александр Петрович поморщился.

— Более чем. — Он отвел взгляд, повертел рюмку в руке, точно собирался с силами. — Он сделал несколько фотографий. Как ему это удалось, не спрашивайте, не знаю. Но фотографии были такого свойства... Прошел месяц, и в разговоре он как бы между прочим упомянул о них, а затем и продемонстрировал.

— То есть он вас шантажировал?

— Именно так. Пригрозил, что покажет их моей жене. В тот момент у меня была трудная ситуация, и я не мог усугублять ее разводом. Понимаете?

— Понимаю, — пожала я плечами, думая про себя, что это неплохой повод разделаться с Костолевским. — Он хотел денег?

— Да. Несколько раз брал у меня взаймы, как он выражался. Разумеется, долг не отдавал. Суммы небольшие, для меня по крайней мере, и я готов был терпеть, чтобы не вносить разлад в семью. Признаться, я был очень удивлен именно мизерностью этих сумм, пять-шесть тысяч долларов. Я считал Костолевского очень богатым человеком. Наслышан был о его коллекции и вообще... В конце концов я пришел к выводу, что дело тут не в деньгах.

— А в чем?

— Ему нравилось ощущение власти, нравилось беседовать со мной, дружески похлопывая по плечу, при этом осознавая, что я у него на крючке.

С женой я в конце концов развелся и с той девушкой прекратил отношения. Собственно, это надо было сделать давно, но я уже говорил, что был просто без ума от нее. Понадобилось время, чтобы успокоиться и прийти в себя.

— Сколько лет вы ему платили?

— Почти три года. Когда год назад я развелся с женой, думал, что с этим покончено. Однако Костолевский пригрозил, что передаст фотографии «желтой» прессе. Это поставило бы крест на моей карьере. Наш разговор произошел за несколько дней до выборов. Я опять заплатил. Я знаю, о чем вы сейчас подумали: что мне надоел шантаж и я убил старика. На самом деле его смерть вызвала у меня настоящий шок. Началось следствие, а я не знал, где эти фотографии. Скорее всего в доме, вряд ли он хранил их в банке, это же смешно. Ситуация для меня с его смертью лишь ухудшилась. Неизвестно, в чьи руки попали бы фотографии, и вместо пустяковых сумм пришлось бы расплачиваться чем-то более существенным. Политика мало совместима с моралью.

— А не могло быть так, что фотографии нашла Ирина? — спросила я.

— А потом пришла ко мне и я ее убил? Оля, постарайтесь понять меня правильно. Да, я не хотел, чтобы фотографии были опубликованы, но скандал, который может возникнуть с их появлением в печати, ничто по сравнению с убийством. Это же бред. Сам я не в состоянии кого-либо убить, к тому же вы, наверное, знаете, на момент гибели Костолевского меня не было ни в поселке, ни в городе, я находился в Москве, чему есть свидетели. Нанимать кого-то — глупость несусветная, вместо одного шантажиста я получаю другого, гораздо худшего, то есть абсолютно ничего со смертью Костолевского не выгадываю. Ирина действительно была очень напугана, когда обратилась ко мне. Я постарался ее успокоить, о фотографиях даже не заговаривал. Признаться, я был уверен: если они попадут к ней в руки, она... она не даст им ход. Представить ее в роли шантажистки я просто не в состоянии. Хочу еще раз повторить: я желал бы избежать скандала, но убийство все только усложняет. И мне бы в голову не пришло...

— Тогда в доме вы искали фотографии?

Он вновь поморщился.

— Прошло сорок дней с его гибели, а они нигде не всплыли. И я подумал: может, у старика заговорила совесть и он их уничтожил? И вдруг это его завещание. Если честно, эта дурацкая скульптура мне никогда не нравилась. Ужасная гадость, по-моему. Я неоднократно высказывал удивление, как он может держать ее на столе, постоянно перед глазами. Он только посмеивался, говорил, что полезно помнить о возмездии, ожидающем нас. И вчера вечером я вдруг подумал: а что, если...

— Он спрятал фотографии там?

— Да. Вот видите, вам тоже пришла в голову эта мысль. Я хотел проверить свои догадки. Конечно, я должен был дождаться утра. Но, во-первых, мой настойчивый интерес мог насторожить родственников, а во-вторых... я не мог ждать. Просто не мог. И, как глупый мальчишка, забрался в чужой дом.

— Как вам это удалось? У вас что, были ключи?

— Конечно, нет. Но я знал, что дверь черного хода очень часто не запирают. Да-да. Я сам неоднократно говорил Костолевскому о его неосторожности. Ирина мертва, а гости вряд ли особенно беспокоятся о запертой двери. Я решил проверить.

Дверь действительно оказалась не заперта, и я усмотрел в этом знак свыше. Прошел в кабинет... Когда я понял, что в скульптуре действительно что-то есть... Скажите, записку написал Костолевский или это сделали вы?

— Вам знаком его почерк?

— Нет. Мы не писали друг другу писем.

— А я не писала записки и не нашла там фотографии.

Он вздохнул и несколько раз кивнул головой, точно соглашаясь.

— Подходя к дому, я видел, что все окна темные. Иначе бы не рискнул войти. Я знаю расположение комнат, спальни на втором этаже и в мансарде...

— Нас поселили внизу.

— Да-да, теперь я в курсе. Но вы не могли видеть меня, находясь в комнате. Вы были в тот момент в кабинете? — Я кивнула, потому что врать не имело смысла. — За ширмой?

— Да.

— У меня было чувство, что за мной наблюдают. Почему вы не сказали всей правды в милиции?

Хороший вопрос. Теперь я поморщилась.

— Вы тоже что-то искали в кабинете? — допытывался Александр Петрович.

— Золото-бриллианты, — ответила я.

— Вас поразило небольшое количество денег на его счетах, и вы решили...

— Я решила, что деньги где-то в доме.

— Я готов заплатить за ваше молчание. Сколько вы хотите?

— Послушайте, я не могу изменить показания.

— Этого и не надо. С милицией я разберусь. В конце концов, вы действительно могли видеть кого-то. Так сколько вы хотите?

— Нисколько. Я очень жалею, что солгала в милиции. И не хочу усугублять один грех другим.

— Я не настаиваю, — мягко сказал он. — Если вы решите рассказать правду, мне тоже придется это сделать. Как порядочный человек, я просто обязан буду это сделать. Но... если возможно, я хотел бы избежать скандала. Теперь вы все знаете и вольны принять решение.

— Это не так легко, как кажется, — усмехнулась я.

— Только, ради бога, не считайте меня убийцей.

— Подходя к дому, вы не заметили ничего подозрительного?

— Нет. Если честно, я дрожал как заяц. До этого проникать в чужие дома мне не приходилось.

— Но если фотографии найдут, у милиции будет повод вас подозревать. Не лучше ли сознаться, что вы были в доме?

— Конечно, лучше. Но вы же сами сказали, у них будет лишний повод... А потом, я должен думать о своей карьере. Вдруг старик их действительно уничтожил? Тогда я мог бы счастливо избежать неприятностей. Когда я узнал о ваших показаниях, то очень испугался и принял неправильное решение все отрицать. Теперь без ущерба для себя да и для вас лучше не менять показаний. Простите, что накричал на вас сегодня. Я был не в себе. Я думаю, его записка подтверждает, что фотографий больше не существует. Как вы считаете? Как еще можно расценить его слова о том, что мне не о чем беспокоиться?

— Наверное, — ответила я, пытаясь понять, верю я в его искренность или нет.

— Давайте выпьем, — предложил он. Я вяло согласилась, а он, сделав пару глотков, заговорил вновь: — Знаете, о чем я подумал? Что, если Костолевский шантажировал не только меня? И этот кто-то с ним разделался?

— То есть убийца вовсе не родственник?

— Я этого не утверждаю.

— Подождите, по-вашему, он мог шантажировать кого-то из родни?

— Почему бы и нет? Теперь я готов поверить во что угодно. Виталий, к примеру, разорился как-то вдруг. То, что для меня было незначительными суммами, для него могло быть весьма существенным. У Егора тоже могут быть тайны, о которых не должен знать никто.

— Тогда тем более следует все рассказать в милиции.

— Не уверен. Это будет выглядеть некрасиво: как будто я перекладываю свою вину на других. Давайте предоставим все милиции. В конце концов они разберутся. В любом случае я рад, что все рассказал вам. Эти сорок дней были нелегкими для меня. У политиков нет друзей, а у меня нет близкого человека, с которым я мог бы поделиться проблемами. Когда-то я сделал ошибку в жизни, и за нее пришлось расплачиваться. Для меня это будет хорошим уроком.

Он замолчал, глядя на меня с едва заметной улыбкой. Тем временем на эстраде появились музыканты, заиграли старенькую композицию, щемящую душу и настраивающую на лирический лад.

— Не хотите потанцевать? — с той же полуулыбкой вдруг спросил Самарский.

— Потанцевать? — переспросила я и нахмурилась. — Вы что, собрались приударить за мной?

— При других обстоятельствах непременно. И не говорите, что вас это удивляет. Вы прекрасно знаете цену своей красоте. Но в свете последних событий вы можете решить, что я вас соблазняю, чтобы привлечь на свою сторону. А мне бы этого не хотелось.

— Тогда зачем приглашаете танцевать?

— Прекрасный вечер, прекрасная девушка напротив, жизнь продолжается, и я хотел бы получать от нее удовольствие.

— Все-таки соблазняете, — засмеялась я. — Хорошо, идемте.

И мы пошли танцевать.

Зал ресторана был заполнен до отказа, что меня слегка удивило. Впрочем, чему удивляться, люди здесь живут не бедные, а вечер действительно прекрасный. На нас обращали внимание. Большинство поглядывало с интересом, иные просто откровенно пялились.

— Завтра по поселку пойдут слухи, что у нас роман, — шепнул Александр Петрович.

— Это не повредит вашей карьере?

— Нисколько. Я разведен и могу сколько угодно встречаться с девушками.

— А как же урок? Вы о нем уже забыли?

— Убежден, у вас нет двух судимостей за мошенничество и вы не занимались проституцией.

— Господи, как же вас угораздило?

— Мужчины редко думают головой, когда перед ними красивая женщина.

— Чем они думают в этом случае, спрашивать, наверно, не стоит, — съязвила я. — Александр Петрович...

— Я буду рад, если мы обойдемся без отчества.

— Хорошо. Допустим, я буду молчать о нашем разговоре. Вы ведь этого хотите?

— Я на это рассчитываю.

— Допустим, я буду молчать, — повторила я. —

Тем более, как вы верно заметили, это и в моих интересах. Но тем самым мы вводим следствие в заблуждение. Они будут искать человека, которого я якобы видела в коридоре.

— Вряд ли. Они считают это вашими фантазиями. В любом случае следствие продолжается и...

— Не очень-то они продвинулись за сорок дней.

— Извините за цинизм, но чем больше убийств он совершает, тем проще на него выйти.

— Хотите сказать, он еще кого-нибудь убьет? — отпрянула я.

— Не бойтесь, — усмехнулся Самарский. — Убивать вас — совершенная глупость. Так же как и вашу сестру. — Он, видимо, решил, что этим заявлением меня успокоил. — Если все дело в наследстве, перспективным в этом смысле является Андрей. Тогда коллекция перейдет его сестре. Это будет побольше, чем доля за дом.

— Вы думаете, это она всех троих убила?

— Что, если у нее есть сообщник? Не принимайте мои слова близко к сердцу, — смутился он. — Это ведь только мое предположение.

Мы вернулись к столу, он пожал мне руку и сказал:

— Знаете, что мы сделаем: выбросим все это из головы. Завтра вы покинете этот дом, я правильно понял? Милиция пусть занимается убийствами, а мы с вами будем просто радоваться жизни.

— В каком смысле? — не поняла я.

— Вы ведь не откажетесь встретиться со мной в городе? Сейчас, когда мы танцевали, я подумал, как было бы прекрасно, закончись все это дело побыстрее. Мы могли бы поговорить о многих вещах, а не гадать: кто кого и за что убил. Я хочу стать для вас просто Сашей. Что вы на это скажете?

— Что пути господни неисповедимы, — дипломатично ответила я.

В этот момент в зале появился молодой человек с очень серьезным выражением на физиономии. Такие лица обычно бывают у охранников, оттого я ничуть не удивилась, что он направился к нам. Он вежливо поздоровался, затем наклонился к самому уху Самарского и что-то зашептал. Тот едва заметно поморщился, затем перевел взгляд на меня и вздохнул:

— Оля...

— Что-то случилось? — спросила я. Молодой человек поспешил удалиться.

— Ничего особенного, просто дела...

Я не стала спрашивать, что у него за дела в такое время, и пожала плечами.

— Вас отвезут домой.

— Спасибо, я доберусь сама.

Он взял мою руку, поцеловал ее с большим чувством, затем наклонился и поцеловал меня в щеку. Общественность наблюдала сие затаив дыхание. На меня же это никакого впечатления не произвело, хотя Александр Петрович, а теперь просто Александр с возможным переходом к Саше, красавец-мужчина и та самая партия, о которой грезила мама, и против которой, кстати сказать, не возражала и я.

Александр еще раз извинился и попросил разрешения мне позвонить.

— По нашему делу? — распахнув глазки, спросила я, на что он с тихой лаской ответил:

— Просто так.

«Вот вам и начало восхитительного романа», — подумала я, когда Александр удалился. Его любви будет способствовать личная заинтересованность в моем молчании, а моей — его банковский счет. Почему-то это совершенно меня не вдохновляло.

Мне принесли десерт, из-за него, собственно, я и осталась, уж очень Самарский его расхваливал. Я задумчиво облизывала ложку, демонстрируя дурные манеры, и пыталась решить, какое впечатление произвел на меня этот человек. Скорее всего, он говорил правду. И, разумеется, ему не хотелось бы, чтобы об этой правде узнали в милиции. Вроде бы глупость, но из-за подобной глупости и я в милиции соврала, испугалась, что запишут в убийцы. Политики народ нервный, увидеть свою голую задницу в какой-нибудь газетенке и грузчику малоприятно, если он не извращенец, конечно. А политику это может стоить карьеры. Хотя я не припомню, чтобы из-за подобных скандалов кто-то из них подавал в отставку. Напротив, умудрялись выжать из ситуации максимум полезного, в смысле популярности. За несколько дней до выборов — это компромат, а потом...

Александр Петрович, или просто Саша, прав: легче заплатить шантажисту, чем его убивать. Если он не угробил старика накануне выборов, то сейчас это было бы и вовсе глупо. Однако своей репутацией он дорожил и предпочел вернуть фотографии, оттого и полез ночью в дом. Неужто там действительно никто не запирает двери? Тогда почему карлик просил меня о помощи?

С одной стороны, все вроде бы логично и понятно. Кстати, рассказ Самарского объясняет некоторые странности с Костолевским. Скорее всего, жил он на денежки, полученные путем шантажа. Для Самарского копейки, а старикану на хлеб с маслом хватало. Однако земля и дом, что он построил несколько лет назад, стоят огромных денег.

Должно быть, Эдик прав и старик действительно провернул какое-то дельце. А что, если прав Самарский и Костолевский шантажировал не только его? Домосед, милый дядька, который приглядывает за богатыми соседями, а потом их попросту обирает? Карлик болтал о власти, вот она власть. И клад — никакие не золото-бриллианты. Это компромат на граждан. Точно. Кроме Самарского, были и еще жертвы. Вот кто-то из них старика и убил. А потом и Ирину с карликом, так как боялся, что им известно о компромате. Виталий и Егор в этом смысле действительно перспективны. Один здорово нервничал, другой проявил завидное равнодушие к наследству. Или все-таки все упирается в это самое наследство? Похоже, Самарский действительно ни при чем. Хотя в тот вечер Ирина смотрела на него без всякой приязни, он чем-то очень ее раздражал. А потом побежала к нему искать защиты? А если не защиты она искала, а хотела продолжить дело, начатое дядей? То есть шантажировать Самарского? Завещание произвело на нее ужасное впечатление, хотя не совсем ясно почему. Вроде бы она ничего не теряла. И Самарский вполне мог поддержать традицию и платить ей какие-то деньги, но убивать... Значит, родственники или некто, кого я пока не знаю. Стоп. Старик завещал пейзаж какой-то женщине. Самарскому «Искупление», ей пейзаж. Что, если она тоже жертва шантажа? Такие шутки вполне в духе старика. Как же ее фамилия? Молчанова... да... Анна Молчанова. Живет где-то здесь. Надо бы с ней свести знакомство.

Воодушевленная этими мыслями, я отодвинула опустевшую креманку и решила, что мне пора отправляться домой. Выйдя на веранду, я бросила взгляд туда, где сидел Кирилл, и убедилась, что он уже ушел. Жаль, что я не имела возможности понаблюдать за ним и не знаю, была ли у него здесь назначена встреча, или он ужинал в одиночестве.

Я шла по дорожке, украшенной фонариками, и продолжала ломать голову над многочисленными загадками. Но как только вступила в лес, почувствовала смутное беспокойство. Первое, на что я обратила внимание: два фонаря впереди не горели, теперь здесь было очень темно. А между тем два часа назад с фонарями был полный порядок. Я насторожилась и пошла медленнее. Затем, не отдавая себе отчета в том, что делаю, я сбросила туфли и теперь несла их в руках, потому что стук каблуков по плитке в ночном воздухе казался оглушительным.

Я преодолела еще метров пятьдесят и тогда заметила, что слева под деревьями что-то блеснуло в свете луны. Я замерла, присмотрелась и сообразила — это мотоцикл. Почему бы здесь и не быть мотоциклу? Мысль, кстати, весьма здравая, но тут пришли другие соображения. Александр Петрович отбыл по срочному делу и сейчас довольно далеко от Дубровки в компании граждан, безусловно внушающих доверие правоохранительным органам. И если мне ненароком пробьют голову, у него будет полное алиби.

Боже мой, ну конечно. Я невольно попятилась. Он настойчиво внушал мне мысль о том, что убийца кто-то из родственников, а между тем Ирину убили, когда она возвращалась от него, и то, что она просила у него помощи, я тоже знаю с его слов. Укокошит меня, и мою раннюю кончину свалят все на ту же родню. Хотя это, конечно, глупость. Меня-то зачем убивать? Мне ведь доли в наследстве не полагается. Бегом, назад в ресторан, вызвать такси...

Я развернулась, заметила тень за своей спиной, хотела закричать, но некто схватил меня в охапку и с силой зажал мне рот, а потом оттащил в сторону от дорожки. Я попыталась огреть его туфлями, которые все еще держала в руках, и тут он сказал:

— Веди себя прилично.

Передо мной был Кирилл. Но это отнюдь не успокоило, потому что и он у меня был на подозрении. Он разжал руки и тихо спросил:

— Обязательно болтаться по ночам одной?

— Вам-то что? — буркнула я, решив, что если он не придушил меня сразу, так, может, и обойдется?

— Это не тебя там поджидают? — он ткнул пальцем в направлении мотоцикла.

— Вы думаете, меня хотят убить? — спросила я. В лунном свете лицо его приобрело изумленное выражение.

— За что?

— Вы что, не знаете, какие дела здесь творятся?

— А-а, эти убийства. К тебе-то они какое могут иметь отношение?

— Кто же меня тогда ждет? — растерялась я.

— Твой приятель на мотоцикле.

— Какой приятель? О господи... — Если честно, я успела забыть недавний инцидент.

— Идем, — сказал Кирилл и взял меня за руку.

Мы пошли по дорожке. Я пристально вглядывалась в темноту, с беспокойством отметив: как собран мой спутник, точно ожидает нападения. Мы поравнялись с тем местом, где был мотоцикл, и убедились, что он исчез.

— Похоже, его планы изменились, — сказал Кирилл, оглядываясь. — На всякий случай провожу тебя домой.

— Вы всем девушкам помогаете? — спросила я, хотя лучше бы помалкивала.

— Нет, только красивым и глупым.

— Вас послушать, так я дура набитая. — «Ну кто меня просил рот раскрывать?»

— А какая ты? Опять же, с эдакой красотой ум тебе ни к чему. Обязательно найдется придурок, готовый прийти на помощь.

— Это вы себя имеете в виду?

— Разумеется.

— Самокритично.

— Ага. Шел бы себе дальше, так нет, надо влезть. Хотя какое мне дело, что с тобой будет? Ты можешь идти быстрее?

— Куда мы торопимся? — проворчала я.

Он сбавил шаг и вдруг спросил:

— Этот тип твой любовник?

— Александр Петрович? С ума сошли. С какой стати? Пять минут назад я думала, что он собрался меня убить.

— А это с какой стати?

— Я же говорю, три убийства и...

— И ты в роли частного детектива? Верно говорят: чем больше красоты, тем меньше мозгов.

— Вы о своих мозгах думайте.

— Ладно. Не злись.

Я вспомнила про туфли и остановилась, чтобы надеть их. Кирилл поддержал меня за руку.

— Вы так и не сказали, как вас зовут.

— Зачем?

— Это что, страшная тайна? — разозлилась я.

— Нет. Просто я не собираюсь с тобой знакомиться.

— Почему?

— Встречный вопрос: а зачем?

— Зачем люди знакомятся?

— Вот-вот, — поддакнул он. — Зачем? Мужчина знакомится с женщиной с определенной целью, то есть она ему зачем-то нужна. Или ему кажется, что нужна. А ты мне без надобности.

— Очень мило, — съязвила я.

— Не кокетничай.

— Что? Все это время вы только и делаете, что выпендриваетесь, хотите меня заинтриговать.

— Не хочу. Здесь до твоего дома три шага. Сама дойдешь.

Он собрался свернуть вправо, где тоже была тропинка, а я заволновалась.

— Эй... — окликнула его я. — Я буду молчать.

Он милостиво вернулся. Я шла за ним, разглядывая его затылок, и меня так и подмывало чем-нибудь его огреть.

Я явно переоценила свои силы, потому что молчать не могла.

— Вас зовут Кирилл.

Он остановился и взглянул через плечо.

— У меня на лбу написано?

— Мне Мария сказала.

— А-а, — он неопределенно кивнул.

— Вы ведь знакомы?

— Спокойной ночи.

— Слушайте, почему вы такой вредный? — не выдержала я. Он вдруг засмеялся, продолжая шагать впереди, а я обежала его и теперь шла перед ним, пятясь задом.

— Споткнешься, — пообещал он.

Я тут же споткнулась, но он успел схватить меня за руку. И прижал к себе. А я поразилась вот чему: мне очень хотелось повиснуть у него на шее. Должно быть, я извращенка. А как еще объяснить тот факт, что меня тянет к этой темной личности, на моих глазах занимавшейся любовью с другой женщиной?

— Ух ты, — усмехнулся он. Я тут же отстранилась.

— Это вы обо мне?

— В комплексе. Тебе очень хочется попасть в историю, что вполне в духе красивых и глупых девочек. Вон как разбирает. — Я пунцово покраснела и собралась бежать со всех ног от этого мерзавца, но он удержал меня за руку. — А я терпеть не могу истории. Самое скверное, что может случиться с мужчиной, так это встретить в неподходящий момент своей жизни такую, как ты.

— Что в вашей жизни такого особенного? — проявила я интерес. — В данный момент я имею в виду?

— Данный момент, — вздохнул он, — невероятно тяжел для меня. Потому что хочется завалить тебя в кусты прямо здесь, а я точно знаю, что делать этого не стоит. Потому что ты станешь жуткой обузой, похуж камня на шее.

— Даже не знаю, что и сказать на это, — честно созналась я. — Вы лечиться не пробовали?

— Не поможет, — весело ответил он, совершенно не обидевшись.

Выходило, что я такая дура, что на меня и злиться грех. Я сердито смотрела на него, прикидывая, какую еще гадость сказать, и, потеряв осторожность, спросила:

— А Машу вы встретили в подходящее время?

— Машу? Маша делу не помеха. Это я тебе комплимент сказал.

— Это надо понимать так, что она мало что для вас значит?

— Абсолютно справедливое замечание. Такие, как Маша, не влюбляются, они занимаются сексом для здоровья.

— И вы тоже?

— Конечно. В здоровом теле здоровый дух. А с тобой одна головная боль и беспокойство. Какое мне до тебя дело? А вот увидел паренька на мотоцикле и стал тебя пасти. Нет бы прошел себе мимо.

— Теперь и я думаю, нет бы в самом деле прошел.

— Ты здесь живешь? — кивнул он на дом Костолевского, к которому мы как раз подходили.

— Живу.

— Тогда всего хорошего. Выброси из головы мысли об убийствах и постарайся не шляться по ночам.

Он развернулся и бодро зашагал по дорожке в противоположном направлении, а я в досаде начала кусать губы.

— Вот попадется такой идиот... Просто не знаешь, что делать.

Родственники обретались в гостиной. Маша отсутствовала.

— Ну что? — бросилась ко мне Вера. — Что тебе сказал Самарский?

— Моя красота произвела на него неизгладимое впечатление.

Тут и Самарский объявился по телефону.

— Оля, вы уже дома?

— Да, — вяло ответила я.

— Как десерт?

— Восхитительный.

— Рад, что вам понравилось. — Голос его прямо-таки звенел от счастья. — Спасибо за прекрасный вечер.

— До завтра.

Поди разберись, он в самом деле заботу проявляет или хотел проверить: шваркнули меня по голове или нет? Парень на мотоцикле — реальность. Его видела не только я, но и Кирилл. Вопрос: его появление в темной аллее как-то связано с Самарским, то есть с его гнусными намерениями, или парень из тех, кто недавно пострадал от Кирилла и решил со мной поквитаться? Хотя разумнее поквитаться с Кириллом, руки-то он ломал, а не я. Но у них может быть на этот счет другое мнение.

— Оля! — окликнула меня Вера. Тут я сообразила, что стою столбом посреди гостиной, вводя присутствующих в смущение.

— Ты влюбилась, что ли?

— В кого? — растерялась я.

— В Самарского, конечно. Я тебе говорила, что он разведен? Я бы на твоем месте приняла это к сведению.

— Хорошо, приму. А где Маша?

— Пошла прогуляться.

«Прогуляться», — мысленно передразнила я. — Наверняка побежала к Кириллу заниматься здоровым сексом». От этой мысли мне стало вовсе нехорошо.

Я отправилась в свою комнату, переоделась, вернула Вере ее платье и легла спать, запретив себе думать о чем-либо. Как известно, благими намерениями вымощена дорога в ад. Не иначе как адскими муками ту ночь не назовешь, потому что я не спала, ворочалась и все думала. До чего додумалась, узнаете позднее.

Под утро я наконец уснула. Разбудила меня

Танька. Она приехала часов в десять и грохнула в дверь кулаком:

— Ольга, это я.

Я прошлепала к двери, открыла и снова бухнулась в постель. Танька прошла и села рядом.

— Хватит дрыхнуть. Солнце вовсю жарит, народ уже на пляже. Если уж приходится угробить целый день на дурацкое сидение здесь, так хоть с пользой.

Я перевернулась на спину и подумала, что как раз сегодня сестрица могла бы и задержаться в городе.

— Верка сказала, тебя вчера Самарский ужинать приглашал.

— Приглашал.

— И что?

— В женихи набивается.

— Серьезно? Слушай, а он красивый мужик. Депутат. Денег куры не клюют.

— Он меня лет на пятнадцать старше.

— Подумаешь, кто сейчас на это смотрит. Не понравится, разведешься и все равно будешь при бабках.

— Что ты городишь? — не выдержала я.

— А чего тогда ужинать с ним потащилась?

— Разведка боем. Ты что, забыла, он у нас на подозрении.

— Ну и?.. Удалось кое-что прояснить?

Поняв, что уснуть все равно не удастся, я села, сунув подушку за спину, и поведала сестре о вчерашних событиях.

— Ты всерьез думаешь, что он нанял парня на мотоцикле, чтобы тот сбил тебя в темной аллее с летальным исходом? По-моему, это глупость. Ну, стоял человек, может, ждал кого-то. Опять же, завидный жених...

— Кто?

— Самарский. Сплю и вижу себя родственницей депутата. А если серьезно, — вздохнула Танька, — то он прав. Глупо мочить людей из-за каких-то фотографий. Конечно, моральный облик и все такое, но убийство похуже любой фотографии.

— Мне покоя не дает тот факт, что Ирина побежала к нему, — в свою очередь вздохнула я.

— Так ведь испугалась. Антон тогда открытым текстом сказал: убьет кто-нибудь Ирку, получим миллион.

— Почему к нему? А не к подруге?

— Потому что он приятель Костолевского. Она с Самарским хорошо знакома. И он депутат. Надеялась на защиту и дельный совет. А подруга что? Чаю вместе попьют да поохают.

— Не заметила я у нее к нему особой симпатии. Ты помнишь, как она на него смотрела?

— Нормально смотрела. Не выдумывай. Нам до утра здесь продержаться, а там прощай, любимый город. Пусть менты голову ломают. Лишь бы нас поменьше дергали. Завтра уедешь...

— Танька, — сказала я, — дай денег взаймы.

— Сколько?

— Баксов триста.

— Зачем тебе триста баксов? — удивилась сестрица.

— Хочу здесь комнату снять.

— Где здесь? — Теперь она не просто удивлялась, она даже глаза выпучила.

— В поселке. Здесь, на Озерной, за триста баксов ничего не снимешь.

— Ты с ума сошла, что ли? А... Самарский все-таки запал в душу. Так ты можешь с ним в городе встречаться.

— Я хочу пожить здесь. Природа и все такое... Устрою себе небольшой отпуск. Гони триста баксов и мой этюдник из города привези.

— Зачем тебе этюдник? — нахмурилась Танька. — Будешь портрет Самарского писать?

— Дался тебе Самарский. Я хочу понять, что здесь происходит. А шляться по окрестностям лучше с этюдником, чтобы у граждан лишних вопросов не возникало. А так отдыхает человек, пейзажи пишет. Да я и в самом деле порисовать хочу, совсем отвыкла...

— Спятила совсем, — растерялась Танька. — В чем ты хочешь разобраться? Убийства расследовать? Так на это менты есть. И если они нас пока ничем не порадовали...

— Денег дашь? — перебила я.

— А куда мне деться? — вздохнула Танька. — Шляйся с этюдником. Кстати, тебе не приходило в голову, что это может быть опасно? Я не про этюдник, а про твое любопытство.

— Вряд ли меня воспримут всерьез, — подбадривая саму себя, ответила я. Танька внимательно посмотрела на меня и согласно кивнула.

— Топай в душ, и пойдем.

— Куда?

— Квартиру тебе искать.

Через полчаса мы отправились в поселок, решив там же и позавтракать.

— Если предки узнают, что ты задумала, их инфаркт хватит. Надо о родителях заботиться, — выговаривала мне Танька, бодро вышагивая рядом. Мы решили отправиться пешком, сестра заявила, что это полезно для здоровья.

— А ты ничего не объясняй. Скажи, что я просто хочу отдохнуть. Погода подходящая.

— Ты бы лучше работу искала, чем приключения на задницу.

— Работа не волк. В конце концов, ты меня в историю втравила, так что теперь, будь добра, не брюзжи.

— Я же за тебя беспокоюсь... Ладно, попробую отпуск взять. Вдвоем не пропадем. Мобильный чтоб всегда при тебе был, и каждый час отзванивайся. Знаешь что: я тебе Марка пришлю. Он в отпуск собрался, а здесь рыбалка, красоты и вообще...

— Патологоанатома здесь только и не хватало, — скривилась я.

— Да, он своими байками затравит, по ночам спать разучишься. Слушай, но если все разъедутся, за кем ты собираешься следить?

— Ты все прослушала. Я не следить собираюсь, а разобраться.

— А в чем разница?

Я ткнула пальцем в сторону кафе и напомнила, что хочу есть, чтобы прекратить бестолковый разговор. Потому что для себя уже решила: я остаюсь. Конечно, не последнюю роль в этом сыграл Кирилл, в чем сознаваться даже себе, не только Таньке, было неприятно. Кстати, ей я о нем так и не рассказала, знала, что сестрица сразу почует неладное. Пусть гадает, что это на меня нашло.

После завтрака мы прошлись по центральной улице поселка.

— Дома здесь для дачников не годятся, — вынесла вердикт Танька. — Нам надо что-нибудь позеленее. Вон улочка красивая. Свернем?

Мы свернули. Улица действительно оказалась живописной. В нарядных палисадниках такое разноцветье, точно хозяйки соревновались между собой, у кого цветы лучше. Так, скорее всего, и было.

Возле дома, выкрашенного голубой краской и сплошь покрытого резьбой: петухами, ромашками и солнышками, на скамейке сидела женщина лет шестидесяти, в темном платье и косынке, и прилаживала на ногу, изуродованную выпирающими венами, лист лопуха.

— Вот этот домик ничего, — удовлетворенно кивнула Танька. — И веранда большая. Вечером будет приятно чайку попить. Берем.

Я хмыкнула, выражая свое отношение к чужому нахальству.

— Может, здесь комнаты не сдают.

— Может, и не сдают. Кому-то. А нам с радостью. Главное, найти правильный подход к аборигенам. Учись у сестры. — И Танька зашагала к женщине, зазывно улыбаясь. Та подняла голову и выжидающе смотрела на нас. — Здравствуйте, — начала Танька. — Не подскажете, где здесь можно комнату снять на недельку?

— Лисичкины вроде сдавали, — ответила женщина. — Тридцатый дом. — Приспособленный было лопух слетел, а женщина сквозь зубы буркнула: — Что ж ты не держишься, зараза.

— Ноги болят? — пристраиваясь рядом на скамейке, задушевно спросила Танька.

— Болят, дочка. Измучили, спасу нет. И глиной мажу, и лопух прикладываю, ничего не помогает. И зимой тяжко, а летом просто беда, хоть караул кричи. Огород не полот, а я потопчусь полчаса и опять на скамейку.

— У нашей мамы та же проблема. Вы асклезан не пробовали? Мазь или таблетки?

Танькины познания в медицине меня потрясли.

Проблемы у мамы действительно были, и она на ночь непременно пила «таблетки для ног», но как они назывались, хоть убей, ни за что не вспомню. Приходилось признать, что сестрица уделяла родителям гораздо больше внимания. Вот и про мамино лекарство все знает.

— Как ты сказала, дочка? — Танька повторила название. — Хорошее средство?

— Мамуля только им и спасается.

— Дорогое, наверное. Хотя деньги на тот свет с собой не унесешь, чего на здоровье экономить. Ты мне на бумажке напиши название.

— Если хотите, я вам его завтра из города привезу. Все равно сестру каждый день навещать буду.

— Привези, дочка. Ведь совсем спасу нет. А ты для кого комнату ищешь?

— Для сестры. Она художница, ей рисовать надо, для дипломной работы, — вдохновенно врала Танька. — А у вас здесь места красивые.

— Это да. Заповедные. Тут рисуй, за сто лет не перерисуешь. — Женщина посмотрела на меня и продолжила: — Я одна живу. Сын на Севере служит; офицер. В этом году с женой не приедет. Давайте я вам комнату сдам. Вдвоем веселее. Пройдите, посмотрите мои хоромы, если понравится, так и оставайтесь.

Дом был добротный, светлый. Хозяйка хоть и жаловалась на здоровье, но все здесь сияло чистотой.

— У вас очень уютно, — похвалила я.

— Вот тут расположиться можно.

Из сеней вела дверь еще в одну комнату, небольшое окошко, расшитые занавески, на высокой постели лоскутное покрывало. Мне здесь понравилось гораздо больше, чем в роскошном доме Костолевского. Здесь было теплее, человечнее, что ли.

— А если светелка не по нраву, можно со мной, в тесноте, да не в обиде.

— Что вы, какая теснота. У вас просторно. И светелка мне очень нравится.

Мы договорились о цене. Решено было, что завтра я переезжаю.

— Вот и ладно. Звать-то вас как?

— Я — Татьяна, она — Ольга.

— Художница, значит? А красавица какая, хоть с самой картину пиши. Меня Клавдия Семеновна звать, можно тетя Клава. На ночь я дверь в кухню запру, а входную не буду, так что друг другу не помешаем, если задержишься допоздна или еще чего... Ну вот, так и живу. Коза Машка, собака Мишка да я, кот был, пропал неделю назад. Думаю, Васька Черт раздавил на своем драндулете, носится, глаза выпучив, коту из дома не выйти.

Пес Мишка оказался симпатичной дворнягой. Он разлегся на крыльце и оттуда с интересом поглядывал на нас.

— Ты его не бойся, он мухи не обидит. Без кота скучает, дружили они.

Хотя мы вроде бы обо всем договорились, но уходить не спешили. Танька разглядывала цветы в палисаднике и щурилась на солнце, а я, если честно, надеялась узнать от тети Клавы что-нибудь интересное, оттого с неослабевающим вниманием слушала ее рассказы.

— Муж у меня сам дом рубил. Какой был плотник, золотые руки. Со всей округи к нему обращались. Пил, конечно, но свое дело знал. Никто никогда не обижался, до сих пор его добрым словом поминают, хотя девять лет как помер. Сын к себе зовет, а я не хочу. Что я там, на их Севере, забыла? Да и он, считай, перекати-поле, куда пошлют, там и служи. Если б еще внуки были... А так, что мне в квартире делать, телевизор смотреть? Там такое покажут, всю ночь не уснешь. Одни убийства.

— Это точно, — поддакнула Танька. — Телевизор лучше не смотреть, для душевного здоровья...

— Вот и я говорю. Такая жизнь настала, ужас. Вы небось слышали, и у нас здесь убийство за убийством, страсть. Не здесь, а на Озерной, где богатеи живут, в поселке-то тихо. Костолевского, коллекционера, убили. Даже по телевизору объявляли, да, я сама слышала. А на днях племянницу его и Леопольда. Инвалид у нас жил, карлик. Утопили в бочке. Он-то чем помешал? Ой, я вас запугаю, вы и рисовать-то не останетесь, — опомнилась она, но мы дружно замотали головами.

— Про убийства мы знаем. Мы ведь сначала у Костолевского остановились. Я невеста его племянника, вот и привезла сестру. И вдруг такое... А что люди говорят, за что его убили?

— Известно за что, за большие деньги, — сказала тетя Клава и смутилась.

— Нам-то он не родственник, — дипломатично напомнила Танька. — Мой жених в командировку уехал, его здесь даже не было. И мы про родню эту ничего не знаем.

Тетя Клава кивнула, точно соглашаясь, откашлялась и продолжила:

— Говорят, денег он оставил видимо-невидимо. Родни у него много, но он ни с кем не знался, такой человек был. Сам по себе. А деньги завещал племянникам. А они, говорят, дождаться не могли, когда дядя преставится. Вот и вышло. А Ирине он дом отписал. Совершенно справедливо. Ведь она за стариком ходила, точно за дитем малым. Так и ее убили. А уж чем им карлик помешал, никто не знает.

Он с покойным дружбу водил, может, тот и ему что отписал. Поди разберись. Вот они, деньги-то. Одно беспокойство. Как настроили дворцов на озере, никакого порядка. Мотоциклисты эти и наш Васька с ними, хотя какие они ему друзья-приятели? Он их годов на десять старше. Носятся целыми днями, кот вон пропал.

— А раньше убийства у вас случались? — робко спросила я.

— Что ты, бог с тобой. У нас тихо. Это у богатых наследство, а нашим чего делить? Козу да пятистенок. Мужики у нас смирные, даже когда напьются, без скандала обходится. Да и наше милицейское начальство здесь живет. А начальник у нас строгий, за порядком следит.

— Его фамилия Молчанов? — насторожилась я.

— Молчанов Олег Сергеевич. Уж лет пятнадцать как он у нас, дом возле озера выстроил, а раньше жил вот тут, на соседней улице.

— А супругу его как зовут?

— Анна Игнатьевна. Привез ее из города. Красавица. Хорошие люди, только вот бог деток им не дал. Она в нашем клубе кружок ведет, тоже, как ты, художница. Дети ее любят. Зимой старух собирает песни петь. А у нас такие певуньи есть, заслушаешься. Этой зимой их в город возили. Приз дали, музыку в клуб и каждой по коробке конфет. Только уж очень жена-то его грустная и молчунья. Улыбается ласково так, о здоровье спросит, и все. Оно и понятно, чему радоваться, года идут, а деток нет. Вот дом построили, а кому его оставишь? Так что все тихо у нас, грех жаловаться. Озерные сами по себе живут, а мы сами по себе, всяк свое место знает.

— Говорят, Костолевский жил затворником? — решилась спросить я.

— Я его редко видела. До Озерной далеко. А раньше у них дача здесь была в конце улицы. Еще его супруга, царство ей небесное, жива была. Потом как бросились все у озера строить, ну и они туда. Богатые к богатым. Хотя место там нехорошее, — совершенно неожиданно заключила она.

— Это в каком же смысле? — заинтересовалась Танька.

— А во всех смыслах. Мне свекровь сказывала, раньше на то озеро без особой нужды не ходили. Нечисть там всякая. Вы, поди, в такое не верите, а старики раньше верили. Не зря возле озера никогда не строились. Говорят, там дна нет. Нырнешь и не вынырнешь. Вот так. А богатеев наших так туда и тащит, хотя озер в округе полно. В старые времена там купец свою жену утопил, застал с молодым любовником и обоим камни на шею.

— И они с тех пор по ночам ходят? — стараясь быть серьезной, спросила Танька.

— Ходят не ходят, а место дурное. Вы вот, может, думаете, бабка из ума выжила, а я вам точно скажу: стариков слушать надо. Уж если сказали: дурное место, нечего и соваться. Первым там дом построил какой-то большой начальник из города. У самого озера, только с той стороны. Не хотелось ему с людьми, хотелось самому по себе. Вот и отгрохал. Таких домов тогда здесь и не видывали. В три этажа, балкон. Зинаида, соседка моя, была у них в домработницах. Сам-то здесь не жил, только на выходные приезжал, а жену здесь держал. Она его лет на двадцать была младше, взбалмошная баба, все ей не так да не этак. Провинилась перед ним в чем-то, это Зинаида так думала, все в город рвалась, а он ни в какую. Поселил ее здесь не одну, а со своим сыном. Мальчишка немой и слабоумный. Года три прошло, парню было лет шестнадцать, мачеха на него все жаловалась, хотела, чтобы муж его в специнтернат определил, но он был против...

Таньке надоели цветочки, она нетерпеливо переминалась с ноги на ногу, я же слушала со вниманием, а чтобы сестрица не мешала, незаметно продемонстрировала ей кулак. Танька вздохнула и вновь сосредоточилась на розах в палисаднике.

— Что было дальше? — спросила я.

— Дальше? Зинаида выходной взяла, в город поехала, зуб лечить. Приходит утром, хозяйка в постели лежит, задушенная. А парнишки нет нигде. Только через неделю нашли, прибился к пристани.

— Мертвый? — нахмурилась Танька.

— Само собой. Убил он мачеху да с перепугу сам утопился. Так тогда решили. Хозяин в больницу слег, а дом продал. Какому-то художнику из Москвы. Вот уж нет у людей ума, дом покупать, где такое было. Хотя, говорят, продал дешево, а художник-то его весь перестроил. Дом этот долго возле озера один стоял, точно бельмо на глазу, потом еще двое выстроились, потом как грибы полезли. Это я вам все к тому рассказываю, что стариков слушать надо. Раз дурное место — значит, жить там нельзя. Не послушали — и вот три убийства. Сроду у нас таких страстей не бывало.

— А когда эта история произошла?

— Ну... лет семнадцать назад. Да. Костик мой в пятый класс ходил. Точно.

— А фамилию этого начальника не помните?

— На что она мне? Можно у Зинаиды спросить, она у них работала, должна знать.

Тут раздался характерный звук, и в облаке пыли мимо пролетел мотоцикл.

— Васька Черт, — в сердцах сказала тетя Клава. — Чувствую, он кота погубил. Бездельник великовозрастный. Сидит у матери на шее. Ну, натуральный черт, не зря прозвали.

Я на мгновение замерла, а потом полезла с расспросами:

— Черт — это прозвище?

— Прозвище. Это Елены Евгеньевны сын, Васька Шутиков. Ему лет одиннадцать было, когда он штуку выкинул: детня у нас тогда возле кладбища собиралась, вы видели, наверное, кладбище рядом с поселком.

— Видели, — кивнула я.

— Ну вот, там церковь разрушенная, возле нее и гуляли. Разожгут костер, песни поют. Со всей округи собирались. А Васька приделал себе рога и хвост, улегся на могилу. И как туман начал подниматься, он возьми и появись. Что было... С той поры и прозвище. И в самом деле черт, нет на него никакой управы. Девчонок его дружки на мотоцикле сбили — откупились. Разве ж это дело?

— Местечко тихим не назовешь, — нервно усмехнулась Танька, когда мы, простившись с тетей Клавой, возвращались на Озерную. — Хозяйку послушать, так здесь сплошь убийства. Охота тебе о всяких ужасах выспрашивать?

— Я разобраться хочу.

— Кто Ирину убил? А зачем тебе убийство семнадцатилетней давности?

— Не знаю. Может, пригодится. Странно, что

об убийстве Леопольда говорят так мало, ведь он местный.

— Может, и говорят. Ты же слышала, к тем, кто на озере живет, здесь отношение особое, их своими не считают. И не любят. Что, в общем-то, объяснимо. А Леопольд с Костолевским дружил. К тому же он не такой, как все, и характер у него был скверный. Скверный, — упрямо повторила Танька. — Оттого его в поселке, скорее всего, не жаловали. Ты о чем все время думаешь? — спросила Танька, приглядываясь ко мне. — Лоб морщишь?

— Ты кличку этого Васьки слышала?

— Ну...

— А Леопольд сказал, что Ирка связалась с самим чертом.

— Так он же фигурально, — удивилась сестрица.

— А если нет? — повернулась я к ней.

— Ты хочешь сказать, что этот парень на мотоцикле ее любовник?

— Возможно, ее любовник, — поправила я. — Хотя «связаться» может иметь и другое значение: к примеру, они заключили некое деловое соглашение.

— Точно. Дядю укокошили, а потом он Ирку убил. Куда, блин, менты смотрят? Все же яснее ясного.

— Менты смотрят куда им положено, — слегка умерила я пыл сестрицы. — Для того чтобы они заподозрили Ваську, желательно для начала узнать о нем.

— Это мы мигом...

Памятуя, как быстро Танька донесла до органов сведения о том, что Маша в ночь убийства отсутствовала в доме, я забеспокоилась.

— Ради бога, давай не будем спешить. Кто тут

кого убил, еще вилами на воде. Для начала надо самим разобраться.

— Слушай, Ольга, это ведь опасно, — загрустила она. — Я серьезно. Если ты будешь здесь болтаться и приставать к людям с вопросами, тот же Черт мигом об этом узнает и неизвестно как отреагирует. Друзья у него сущие отморозки, они уже сбили двух девчонок и благополучно отмазались. Улавливаешь, о чем я? Мне и раньше твоя идея не нравилась, а теперь...

— Васька Черт — это самый старший в компании мотоциклистов, — не обращая внимания на слова сестры, заговорила я. — Он производит впечатление вполне разумного парня. По крайней мере, к нам не приставал и друзьям предлагал угомониться.

— Это потому, что он ментов раньше всех заметил, — не согласилась Танька с моей положительной характеристикой Черта. — Допустим, он осторожнее и даже умнее, чем его дружки. Ему, кстати, по возрасту положено хоть немного ума набраться. Но если он причастен к убийству, его ум нам не в помощь, а даже наоборот. Нет, не могу я тебя здесь оставить. Это ни в какие ворота не лезет.

— Подожди ворчать. Я же высказала предположение. Мало ли что мог наболтать карлик. И я не собираюсь ни к кому приставать с расспросами, просто хочу немного оглядеться. К тому же мы договорились с тетей Клавой. Нехорошо обманывать человека.

Остаток пути Танька пребывала в задумчивости, и я тоже. Ее мучили мысли о моей безопасности, и мне они не давали покоя. Особенно мысль о Черте. Если догадка верна... я была убеждена: так оно и есть. Карлик любил облекать свои мысли в затейливые загадки, которые могут показаться неразрешимыми человеку, не сведущему в местных делах. Я думала, черт — это аллегория, а он мимо на мотоцикле не один раз проехал.

Мысль о мотоцикле заставила меня поежиться. Я вспомнила парня, поджидавшего меня в аллее. Мог это быть Васька Черт? Вполне. Ни я, ни Кирилл в темноте его не разглядели. Но с какой такой стати Черту желать мне погибели, если я о его предполагаемой связи с Ириной узнала лишь полчаса назад, а подстерегал он меня вчера? А что, если он видел, как мы болтали с карликом? Тогда вполне логично с его стороны предположить, что Леопольд что-то мне рассказал. Если он убил Ирину, то и от карлика избавился, если уж тот был осведомлен об их отношениях.

— Она его наняла, — вторглась в мои мысли Танька.

— Кого?

— Черта, конечно. Он лоботряс, который любит дорогие игрушки. Такой мотоцикл денег стоит, и немалых, уж можешь мне поверить. Ирке надоело жить в прислугах, и она решила приблизить кончину дяди. Вот и наняла Черта, пообещав ему большие деньги. Но тут выясняется, что никаких денег она не получит... — Я согласно кивала, очень похоже на правду. Кстати, подобную версию развивал Антон, мол, Костолевский догадывался о намерениях племянницы и решил отомстить. Весьма своеобразно. — Она бросилась к Самарскому, а Черт ее выследил, они поссорились, и он ее убил.

— Только зачем она к Самарскому побежала?

— Может, хотела у него денег взять? А что? Очень даже похоже на правду. Она надеялась расплатиться с Чертом, но Самарский ей отказал. Заподозрив, что карлик видел, как он убил Ирину, Черт и с ним разделался.

— Но если он от Ирины денег не получил, зачем ему ее убивать?

— Со злости. Не даст она ему ни копейки, и что? Он пойдет на нее ментам заявлять? Нет. Следовательно, плакали денежки. Рассвирепел и стукнул ее по голове. Надо в милицию заявлять.

— И что ты им скажешь? Что карлик болтал о том, что Ирина спуталась с чертом, а он по поселку на мотоцикле катается? Да они нас на смех поднимут.

— Перетрясут местных бабок, те небось хорошо знают, кто с кем спутался.

— А если Ирина была осторожна и никто об их связи не знает?

— Шило в мешке не утаишь, — гнула свое Танька. — Кто-нибудь их вместе видел.

— Но если мы ошибаемся, тогда получится, что мы человека оклеветали? С какой целью? Выходит, сами в чем-то виноваты. Не забывай, что мы у них тоже на подозрении.

— Ольга, — проникновенно сказала сестрица. — Скажи честно, почему тебе так хочется здесь остаться?

Я вздохнула и рассказала ей о Кирилле.

— Ну и?.. — спросила она, ничего толком не поняв, что и неудивительно, раз я и сама мало что понимала. — Понравился тебе парень? Так ты сама говоришь, что у него с Машкой роман. На что тебе такое счастье? По мне, так Самарский предпочтительнее. Солидный дядька и с женой разведен. А этот откуда взялся? То, что дом здесь снимает, это хорошо. Значит, деньги есть. Только его ли это деньги? Может, его Машка содержит?

— Вот и давай разберемся, — подвела я итог. Танька к моему предложению отнеслась без энтузиазма, однако собирать вещи больше не предлагала.

Я отправила ее в город, напомнив, чтобы она купила лекарство для тети Клавы, а сама в компании Веры и Антона пошла на пляж. Андрей читал книжку на веранде. Накануне он обгорел на солнце и на пляж не стремился. Маша отсутствовала, Вера сказала, что она решила прогуляться.

Вечером все собрались в гостиной, Танька к тому моменту уже вернулась из города. Вновь пожаловал адвокат и сообщил о дальнейших действиях. Утром всем надлежало покинуть дом.

— Волю покойного мы выполнили, — нервно заметил Антон, когда адвокат уехал. — Теперь только до утра продержаться.

Маша взглянула на него с явным неудовольствием, остальные промолчали.

В гостиной мы засиделись позднее обыкновенного, особо не разговаривали, но и расходиться никто не спешил.

— Андрей, проверь, заперты ли двери, — вдруг сказала Мария. — За порядком здесь никто не следит.

— Виталий приедет? — спросила Вера.

— С какой стати?

— Тогда, если не возражаешь, я лягу в твоей комнате.

Тут до меня дошла причина некой нервозности: последняя ночь в доме, и все чего-то ждали. Еще один труп? Я быстро оглядела присутствующих. Если честно, трудно было заподозрить кого-либо из сидящих здесь людей в гнусных намерениях. На ум опять пришли слова карлика, что ночью при свете луны приличные люди вдруг становятся упырями и оборотнями. Так ли уж далеки его слова от действительности?

Как видно, подобные мысли посетили и Таньку. Когда мы пришли к себе, она вдруг озадачилась вопросом:

— А почему только мы живем на первом этаже?

Стало ясно, в своих подозрениях мы зайдем очень далеко, спать-то уж сегодня точно не будем. Спокойно, во всяком случае.

— Наверное, потому, что мы не родственники. Не совсем родственники, — поправила я саму себя и отвернулась к стене, давая понять, что тратить время на глупые разговоры не намерена.

Вопреки ожиданиям, ночь прошла спокойно, и утром мы встретились в столовой со смущенными улыбками на лицах. Видимо, все (и я в том числе) всерьез опасались, что утром кого-то недосчитаются.

Выпив кофе, мы простились. Андрей, Вера и Антон отправились в город вместе с Машей, на ее машине, а мы с Танькой к тете Клаве, утаив сей факт от всех.

Таблетки были вручены с соответствующими рекомендациями. Тетя Клава осталась довольна. Танька, в некотором замешательстве побродив по дому и так и не найдя причин, по которым ей следовало бы здесь задержаться, тоже отбыла в город. Меня так и подмывало подробно расспросить тетю Клаву об обитателях поселка, но, во-первых, она была занята по хозяйству, во-вторых, это могло выглядеть подозрительно. Расспросы я оставила на вечер. За чашкой чая завести разговор гораздо легче, а пока, прихватив этюдник, я отправилась бродить по окрестностям.

В тот момент меня более всего интересовали три человека, наиболее перспективные в смысле их причастности к происходящему: Васька Черт, Самарский и Анна Молчанова, которой Костолевский завещал картину. Из того, что я узнала накануне, становилось ясно: женщина, которую я встретила на днях неподалеку от поселка, скорее всего, и есть Молчанова. Красивая, что подходит под описание, и с этюдником, то есть художница. Хотя кое-что меня смущало. Тетя Клава сказала, что они с мужем живут на Озерной, а я видела, как она входила в дом за несколько километров от озера, совершенно в другом поселке. Входила по-хозяйски. Значит, я могла ошибаться и в округе есть еще художница. Наличие мужа-милиционера тоже вводило в сомнение, со стороны Костолевского шантажировать ее было бы делом довольно опасным. Хотя, может, Костолевский был уверен, что мужу она по какой-то причине ничего не расскажет.

Вместе с этюдником Танька привезла мне и карту области. Внимательно изучив данный район, я теперь ориентировалась здесь значительно лучше и заплутаться уже не боялась. Я отправилась к деревне Сергеевка, где тогда и встретила женщину. Расчет мой был прост: если мы там уже встретились однажды, может, опять повезет? Как еще я могу познакомиться с Молчановой?

Едва я вышла к дому за кирпичным забором, как сразу же увидела ее. Женщина стояла в тени деревьев и смотрела на дом. Просто стояла и смотрела. Этюдник стоял в трех шагах от нее, на нем виднелся незаконченный пейзаж: уголок леса с цветущими колокольчиками. Сердце мое забилось в предвкушении удачи.

Я свернула на одну из лесных тропинок, которых здесь было множество, и запела песню про кузнечика, а вскоре явилась взору женщины, выйдя из леса как раз рядом с тем местом, где она стояла.

В первое мгновение она нахмурилась и даже испугалась, скорее всего от неожиданности. Я широко улыбнулась и поприветствовала ее, потом перевела взгляд на этюдник и спросила:

— Занимаетесь живописью?

Конечно, она заметила этюдник у меня на плече, но ничуть, похоже, не заинтересовалась. Она вела себя вежливо, но не более. Чувствовалось, что заводить знакомство не торопится. Тетя Клава утверждала, что Молчанова не любительница разговоров, но попытать счастья можно.

— Так... увлечение, — нерешительно ответила женщина.

Я подошла к ее этюднику и сделала несколько замечаний. Она все-таки заинтересовалась, и разговор завязался.

— Вы где учились? — спросила я.

— В детской художественной школе, — ответила она с мягкой улыбкой. — Бог знает сколько лет назад.

— Шутите? — искренне удивилась я. — У вас определенно талант.

— Ерунда. Надо чем-то занять себя. В деревенской жизни есть свои прелести, но, если честно, скучновато. Вот я и пытаюсь хоть как-то себя развлечь. А вы художница?

— Скорее любитель. Закончила худграф, но, боюсь, художник из меня довольно посредственный.

Мои знания, а может, действительно скука деревенской жизни сделали ее более разговорчивой. Мы устроились на траве и болтали минут двадцать.

Меня так и подмывало спросить, что интересного она нашла в этом доме, но я боялась ее спугнуть.

— Меня зовут Анна, — перебив саму себя на середине фразы, представилась она. — А вас?

— Ольга. Ольга Ларина.

— Вы здесь в гостях?

— Была в гостях, — вздохнула я. — А сегодня переехала на квартиру. Очень понравились здешние места, захотелось порисовать.

— Места чудесные. А у кого вы остановились?

— У Ворониной Клавдии Семеновны.

— А-а, хорошая женщина. Как ее здоровье?

— Испытываем новое лекарство для ног, — улыбнулась я.

— А у кого гостили? Ничего, что я вас спрашиваю?

— Что вы, я только рада поболтать. Я останавливалась у Костолевского. Моя сестра замужем за его племянником. Но вы, наверное, знаете, что там произошло.

— Да... это ужасно. — Я ожидала, что она постарается избежать этой темы, но она, напротив, заговорила охотно: — Последнее время мы довольно много общались со Львом Вениаминовичем, а раньше даже не были знакомы, хотя я живу здесь много лет и он, можно сказать, старожил. Он любил пешие прогулки, и мы как-то встретились, случайно. Разговорились, как сейчас с вами. Очень интересный человек. Прекрасно разбирался в искусстве. Встречи с ним доставляли мне огромное удовольствие.

— Постойте, это он вам картину завещал? — спросила я, симулируя внезапное озарение. Надеюсь, это все-таки не выглядело откровенным притворством.

— Мне, — кивнула она. — Родственники не против? Если честно, я была поражена, когда узнала. И очень тронута. Милый человек. Не могу поверить, что у кого-то поднялась рука... Мой муж говорит, пока в этом деле ничего не ясно... Мой муж служит в милиции, — пояснила она.

— Мы с ним встречались, он заходил в тот день, когда погибла Ирина.

— Просто невероятно. Три убийства, и причина как будто не ясна. Неужели все-таки наследство?

Тут я подумала, что милая дама, вполне возможно, затеяла разговор с той же целью, что и я: вызнать побольше. Вопрос, что ею движет: обычное любопытство или у нее есть свой интерес? О Костолевском она отзывается хорошо, но ведь это может быть притворством.

— Мне трудно судить, — ответила я. — Моя сестра вышла замуж несколько дней назад, и всех этих людей я видела впервые. А вы хорошо знали Ирину?

— Нет. Костолевский как-то пригласил меня на чашку чая. В его доме я и познакомилась с Ириной. Мне она показалась хмурой и довольно неприветливой особой. По-моему, у них с Костолевским были непростые отношения. Впрочем, это уже мои фантазии.

Она поднялась с земли, отряхнула подол юбки.

— На сегодня ваши занятия закончены? — спросила я, сообразив, что она хочет уйти. — Вы, наверное, отлично знаете всю округу, самые красивые уголки? Если вас не затруднит, вы не могли бы как-нибудь устроить мне экскурсию? Когда у вас будет время.

— С удовольствием, — кивнула она. — А знаете что, идемте к озеру. Красивее места вряд ли найдете. И вы сможете преподать мне несколько уроков. Согласны?

— Конечно.

Она быстро собрала вещи, и мы зашагали к озеру.

Место оказалось действительно сказочно красивым. Мы рисовали, встав почти у самой воды. Наши этюдники стояли рядом, Анна то и дело поглядывала на мою работу, задавала вопросы. Я радовалась, что не разочаровала ее. Где-то через час она начала смотреть на меня с уважением, а вопросов становилось все больше. К тому моменту, когда солнце спряталось за верхушкой самой высокой сосны, между нами установились вполне дружеские отношения.

— Что ж, пора заканчивать, — не без сожаления сказала я и тут же спросила: — Встретимся завтра? Или у вас другие планы?

— У меня давно нет никаких планов, — вздохнула она. — Я так рада, что познакомилась с вами. После гибели Костолевского я почувствовала себя очень одинокой. У меня здесь совсем нет друзей. Одни знакомые. А иногда так хочется с кем-нибудь поговорить. С умным, чутким человеком.

«Похоже, с мужем у нас проблемы, — подумала я. — Впрочем, милицейский начальник, скорее всего, целыми днями на работе».

— Значит, завтра в десять. Вас устроит?

— Да. Знаете, даже не хочется с вами расставаться.

— Если хотите, я могу вас проводить.

Мгновение она колебалась, потом кивнула, и мы пошли в сторону поселка. Как выяснилось, здесь была короткая дорога. Мы вышли на Озерную минут через десять.

Их дом выглядел добротно, но довольно скромно. Двухэтажный, с большим балконом, по местной традиции огорожен он не был. Перед домом зеленая лужайка, застекленная веранда увита розами, которых было здесь великое множество.

— Ну вот, это мой дом, — сказала Анна и улыбнулась. — Что ж, большое вам спасибо за прогулку. Завтра буду ждать вас на развилке возле леса, как договорились.

Мы простились. Анна направилась к дому, а я назад в поселок. Однако как только ближайшие кусты скрыли меня от ее глаз, я, пристроив этюдник в траве, вернулась назад, обойдя дом по кругу.

Разговор с Молчановой оставил у меня двойственное впечатление. Вроде бы она достаточно откровенна, но чувствовалось в ней некое напряжение. Впрочем, может быть, она просто застенчивый человек. Вопрос: что она делала в том доме в соседнем поселке? И чем ее так привлекает, я бы даже сказала завораживает, дом в Сергеевке? Может быть, с этим домом связаны какие-то воспоминания, а может быть, у женщины есть некая тайна, которую она не спешит открывать.

Крайне заинтригованная, я топталась на месте, не в силах покинуть свой пост. Минут через двадцать возле дома остановилась машина, из нее вышел Молчанов и направился в дом.

— Это ты? — услышала я голос Анны. Мужчина не ответил. Вряд ли она сейчас покинет дом, муж вернулся с работы, люди в это время ужинают. Я собралась возвращаться, убедив себя в том, что ничего интересного сегодня больше не увижу. Повернулась и едва не вскрикнула от неожиданности: в трех шагах от меня стоял Кирилл. Губы его насмешливо кривились, но взгляд был скорее сердитым, если не сказать злым.

— Привет, — отступая на шаг, улыбнулась я.

— Ты не уехала? — спросил он.

— А разве я вам это обещала?

— Скажи, пожалуйста, что ты здесь делаешь?

— В поселке? — удивилась я.

— Нет. Возле этого дома.

— Розы разглядываю. Правда, красивые?

Он помолчал, потом вздохнул.

— Знаешь, ты очень деятельная особа, — наконец сказал он.

— Что вы имеете в виду?

— В основном твое любопытство. Чем тебя так увлекла хозяйка дома?

Это мне не понравилось. Кирилл застукал меня за весьма неблаговидным делом: сижу в кустах и наблюдаю за людьми, так что его вопрос вполне обоснован. С другой стороны, ему-то что за дело, чем я здесь занимаюсь? А что он сам здесь делает?

— Идите вы к черту со своими вопросами, — ответила я с усмешкой и побрела к кустам, где у меня был спрятан этюдник. Кирилл шел рядом.

— Так чем вызвано твое любопытство? — повторил он свой вопрос, проигнорировав мой ответ, точно и не слышал его.

— Вполне естественный интерес к человеку, с которым ты только что познакомился.

— Естественно подглядывать? — съязвил он. Этого ему показалось мало, и он продолжил: — И познакомились вы, конечно, случайно.

— Вы что, решили сменить подружку? И эта женщина показалась вам заслуживающей внимания? — в свою очередь съязвила я, взяв этюдник.

— У тебя бездна талантов, — кивнул он на него, резко меняя тему разговора. — Или это необходимый антураж?

— К вашему сведению, я дипломированный художник. Здесь живописные места, и я решила с пользой провести свой отпуск.

— А тебе не приходило в голову, что раз здесь на днях произошли два убийства, то шляться по лесу в одиночестве по меньшей мере неразумно?

— Откуда такая забота обо мне? — удивилась я. — Сами-то вы что здесь делаете?

— Поправляю здоровье.

— Чем вы смогли его расшатать? Вид у вас, кстати, цветущий.

— Приятно слышать. Значит, ты действительно решила попытать счастья в роли частного детектива? Очень глупая затея.

— Я не спрашиваю вашего мнения.

— Выходит, я угадал.

— Не угадали. Я здесь просто отдыхаю. Всего доброго.

Хоть я и дала понять, что прощаюсь с ним, он продолжал идти рядом. А я начала подумывать, не разумнее ли вернуться к озеру, а не углубляться в лес.

— Разве вам не в другую сторону? — все-таки спросила я.

— Решил проводить тебя. Вдруг кому-то из твоих друзей придет в голову подкараулить тебя в тихом месте. Заодно прогуляюсь.

Я пожала плечами, шагая впереди. Чувствовать его за своей спиной было как-то тревожно. Он замолчал, и от этого стало только хуже.

— Знаете что, идите впереди. А еще лучше проваливайте.

— Частному детективу не к лицу быть трусихой.

— Просто вы мне не нравитесь.

— Потому что застукал тебя в неподходящем

месте? — Я тяжко вздохнула. — Чем тебя так увлекли эти убийства? — не унимался он. — Заняться больше нечем?

— С какой стати мне отвечать на ваши вопросы? — разозлилась я. — Когда на мои вы не обращаете внимания.

— У тебя есть ко мне вопросы? — Он вроде бы очень удивился, чем окончательно вывел меня из терпения.

— Сколько угодно. Кто вы такой, к примеру? И что здесь делаете? Сказки про здоровье оставьте при себе. Уверена, вы здесь появились не просто так.

— Да? А как?

— Слушайте, у меня от вас уже голова болит. Посылать вас к черту вторично как-то неудобно. Давайте простимся мирно.

Он схватил меня за руку, развернул к себе и поцеловал. Признаться, он умел поступать неожиданно. Вместо того чтобы возмутиться, я стояла, выпучив глаза.

— Что это значит? — наконец смогла произнести я.

— Ничего, — пожал он плечами. — Просто я всегда делаю то, что хочу.

— В следующий раз не забудьте поинтересоваться, чего хочу я.

— А чего хочешь ты? — спросил он и широко улыбнулся. Парень явно думал, что перед его улыбкой я не устою. Он был вообще на редкость самоуверен. Самое противное, у него имелись на это причины. Так и подмывало прижаться к нему, счастливо мурлыча очередную глупость.

— Честно? — спросила я, немного помедлив.

— По возможности.

— Мне бы хотелось, чтобы вы влюбились и жутко страдали, а я бы скалила зубы и отделывалась дурацкими шуточками.

— Ну, это давно пройденный этап. В моем возрасте от неразделенной любви только дураки страдают.

— Очень сомнительно, что вы страдали в молодости. Такие, как вы, вообще ничего не чувствуют. Это одна из причин, почему ваш поцелуй не произвел на меня впечатления. С таким же успехом я могла бы целовать журнал с красавцем на обложке. Удовольствие, кстати, то же.

— Ты просто злишься. Равнодушная женщина ведет себя иначе.

— Уверена, у вас большой опыт, так что спорить с вами я не берусь.

— И правильно. Не возражаешь, если я поцелую тебя еще раз? Как видишь, я исправился, интересуюсь твоим мнением.

— Откуда у людей столько нахальства, — посетовала я. И заспешила по тропинке, он шел следом.

Внезапная перемена в настроении Кирилла здорово меня озадачила, переход от суровости инквизитора к лирике был чрезвычайно стремителен. И этому должна быть причина. Не потому ли его так заинтересовало мое поведение, что он сам что-то вынюхивал возле дома Анны? Но что ему могло от нее понадобиться? А если Кирилла интересует не она, а ее муж? С какой стати? Сплошные загадки. Прав карлик: здесь все не те, кем желали бы казаться.

— Если вы так ко мне подобрели, — улыбнулась я, — может быть, все-таки расскажете о себе?

— Если я скажу правду, ты не поверишь, а врать неинтересно.

— Вы попробуйте, вдруг увлечетесь.

— Хорошо. У меня кризис среднего возраста. Слышала о такой штуке? Жизнь вдруг теряет всякий смысл. Я решил поискать его на лоне природы. В месте, где меня никто не знает и где никого не знаю я.

— И первым делом завели любовницу.

— Привычки, — пожал он плечами. — Не могу обходиться без женщин.

— Значит, с Машей вы познакомились здесь?

— Разумеется. Она пришла в ресторан, где я обедал в одиночестве. Ей нечем было себя занять, мне тоже.

— Я думала, вас привело сюда какое-то важное дело.

— К сожалению, с некоторых пор у меня нет никаких дел.

— И теперь вы решили приударить за мной, раз Маша уехала?

— Нет, не решил, — ответил он серьезно. — И причину я тебе уже объяснял.

— А поцелуй я должна считать братским?

— Поцелуй — это дань твоей красоте. Красивая девушка рядом, очень хочется ее поцеловать.

Мы успели выйти к поселку.

— Ну вот. Здесь ты в безопасности. Постарайся не испытывать судьбу, — сказал он на прощание, повернулся и вскоре исчез за поворотом. А я, пребывая в крайней досаде, отправилась домой. Досада относилась к тому факту, что загадок стало даже больше, а мне так хотелось их разгадать.

Тетя Клава сидела на кухне и нахваливала мудрость моей сестры, присоветовавшей ей это целебное средство — асклезан.

— Смотри-ка, помогает. Сегодня целый день на ногах топчусь. А ты как, нарисовалась? — Я продемонстрировала ей свои достижения. — Так ведь это наша Волхонка, — ахнула она. — Как живая. Надо же... молодец. А то ведь сейчас художники такое нарисуют, сам черт не разберет. Давай ужинать.

Я быстро собрала на стол, сочтя это время самым подходящим, чтобы задать интересующие меня вопросы.

— Сегодня я была в Сергеевке. Там дом стоит на окраине. Красивый. С каменным забором. Там живет кто-нибудь?

— Кто знает: Может, и живут. Сейчас кругом одни дачники. Хотя Сергеевка брошенная деревня. Там воды нет. Колодец провалился. Чистили его раза два, да без толку. Ушла вода. С озера ее возить надо, ну так это на полив. А питьевую разве что у нас брать или в соседнем селе, вот и неудобно. А когда-то там такие яблоки были, на зависть всей округе. Самовар включи, я тебя сейчас вареньем угощу из ежевики. Любишь варенье?

— Я вообще сладкое люблю.

— Знамо дело, кто ж сладкое не любит. Чей же это дом-то? Нет, не знаю. С краю, говоришь? Тот, что ближе к озеру? Вроде Семенихины там жили. Но бабка лет пятнадцать как померла. Должно быть, давно продали. Леопольда сегодня хоронили. Сестра убивалась, страсть. Оно и понятно, хоть и инвалид, а живая душа рядом.

— Сегодня? — удивилась я, горько сожалея, что пропустила похороны. Если верить детективам, убийцы любят появляться возле гроба своих жертв.

— Сегодня. Жара вон какая стоит, ждать нельзя. И кому помешал, бедолага? Бабы говорят, за Ирку его убили. Он возле их дома всегда вертелся, наверняка чего-то видел. Вот и утопили в бочке, точно котенка. Бога люди не боятся. Характер у него скверный был, да и как характеру быть хорошим, когда такая напасть. Взрослый мужик, а точно дитя малое. Он ведь годов до семи нормальным был. Откуда только болезнь эта взялась? Перестал расти. Бабки сказывали, прадед их тоже росточком невелик был, но все-таки устроился: работал, женился, хоть жене до плеча не доставал. Чего только не бывает на свете!

— А с Ириной они дружили?

— Не знаю. Ирка к Ленке ходила, соседке нашей. Вон через дом живет. Ирка нелюдимая была. То ли дядя запрещал с нашими дружить, вроде как не пара ей. Но с Ленкой они с девчонок дружат, в школу вместе ходили.

— А парень у Ирины был?

— Такого не слышала. Наши бабы все знают. В деревне ничего не скроешь. Все на виду. Взять ту же Ленку. У нее муж на заработках где-то на Севере, а она с Васькой связалась. Третьего дня скандал в магазине устроила. Бабам нашим выговаривала, вы, мол, сплетни про меня распускаете. А какие сплетни, если его мотоцикл у нее во дворе всю ночь стоит? И соседка Нюрка к ней ходит, а про нее все знают, что непутевая. Где Нюрка — там мужик, и непременно чужой. Почитай, каждый день ее кто-то из баб за волосья таскает, а ей и горя мало. И Ленка такая же. Какой-то Кармен себя зовет, кого, говорит, хочу, того и люблю. Так и прозвали Кармен этой. Дурочка.

Сведения показались мне интересными. Если Васька ночует у неведомой мне Лены, значит, карлик ошибся. Или не ошибся? Он мог познакомиться с Ириной у подруги и о чем-то договориться. Как бы поговорить с этой Леной?

Размышления пришлось прервать, зазвонил домашний телефон. Еще вчера его наличие в доме меня приятно удивило. Тетя Клава объяснила, что, когда телефон проводили на Озерную, чтобы жители поселка не возмущались, телефоны поставили и им.

— Хоть какая-то польза от богатеев, — вздохнула она.

Звонила ее знакомая. Тетя Клава с ней долго разговаривала, описывая страдания козы, которой проклятущие мотоциклисты не дают спокойно пастись возле картофельного поля. Я мыла посуду, размышляя, как бы свести знакомство с Леной.

В этот момент зазвонил мой мобильный. Номер оказался незнакомым, что слегка меня удивило.

— Оля? — услышала я голос Самарского и вспомнила, что номер своего мобильного я ему оставляла, чем он и не преминул воспользоваться.

— Здравствуйте, — ласково ответила я.

— Вот звоню узнать, как вы добрались домой.

— Я, собственно, не дома. Решила немного отдохнуть в поселке. Места здесь прекрасные, порисую, позагораю.

— А где вы остановились?

— Сняла комнату. На Советской.

— Но там же никаких удобств? Знаете что, я охотно уступлю вам комнату в своем доме. Причем абсолютно бесплатно.

Такая доброта произвела на меня впечатление. Как видно, Александр Петрович всерьез решил приударить за мной.

— По-моему, это неприлично, — ответила я.

— Только не говорите, что вы боитесь общественного мнения. Вас здесь никто не знает. Вы моя знакомая, и вполне естественно... Или вы меня опасаетесь? Клянусь вести себя исключительно скромно, — засмеялся он.

— Убеждена, что вы всегда держите данное слово. Но мне здесь нравится. Спасибо за приглашение.

— Но если вы в поселке, надеюсь, не откажетесь со мной поужинать? Я буду в Дубровке примерно через час. Днем я заказал столик в «Трех толстяках», хотел отпраздновать с вами ваше возвращение в город, но мой ресторан тоже неплох. Как считаете?

— Он выше всяких похвал. А что будем праздновать?

— Нашу встречу. Ну так как? Встречаемся через час?

— Хорошо. Буду ждать вас в ресторане.

Мы закончили разговор одновременно с тетей Клавой.

— Вы не возражаете, если я сегодня вернусь поздно?

— А куда ты на ночь глядя?

— Хочу встретиться с одним человеком.

— Знакомый, что ли? Это он звонил? Так встречайтесь здесь. Куда тебе идти?

— Он меня в ресторан пригласил.

— Ну, тогда конечно. А назад как добираться будешь? Ночью по лесу...

— Вы не беспокойтесь. Он на машине.

— Хорошо. Дверь на мост оставлю открытой. В светелке я тебе постелила. Я рано ложусь, дожидаться тебя не буду.

Пожелав тете Клаве спокойной ночи, я отправилась в ресторан. Стоило мне свернуть с дороги на лесную тропинку, как в голову сразу же пришли мысли о предполагаемом коварстве Александра

Петровича. В прошлый раз он внезапно уехал, а меня кто-то поджидал в аллее. Теперь я сама вызвалась встретиться с ним в ресторане, хотя он мог бы за мной заехать. Ну не дура ли?

Я бросилась из леса, торопясь вновь оказаться в поселке. Перезвонить ему и сказать, что жду его дома? Придется объяснять, почему мои планы изменились. Или не придется? В конце концов, я решила вызвать такси из города, а чтобы лишний раз не беспокоить тетю Клаву, попросила прислать машину к кафе, что находилось на окраине поселка. Заодно прогуляюсь, пока такси подъедет.

Меня заверили, что машина будет минут через двадцать. Удовлетворенная, я шла по улице, здороваясь с малочисленными прохожими и улыбаясь.

Подойдя к кафе, я увидела мотоцикл, стоящий возле входа. Мотоцикл был дорогой и, судя по всему, принадлежал кому-то из моих недругов-байкеров. Прикинув, хочу ли я с кем-то из них встретиться или нет, и решив, что не хочу, я отступила в сторонку, укрывшись за кустами. Такси отсюда я увижу, а меня вряд ли кто заметит.

Дверь кафе распахнулась, и на улице появился Василий, прозванный в поселке Чертом. Он грыз зубочистку и лениво смотрел по сторонам. Затем оседлал свой мотоцикл, мотор взревел, и Васька тронулся с места.

И тут на дороге, ведущей из города, появилась машина, черный «Мерседес» с тонированными стеклами. Почему-то я была уверена, что это машина Самарского, хотя дорогих машин здесь пруд пруди. Водитель «Мерседеса» посигналил. Черт оглянулся и притормозил. Машина поравнялась с ним, окно водителя открылось, а я от огорчения выругалась. Самое скверное, что увидеть водителя возможным не представлялось, слышать, о чем они говорят, я тоже не могла. Человек в машине что-то говорил, а Васька хмуро смотрел прямо перед собой. Потом кивнул.

Забыв об осторожности, я попыталась подобраться к ним поближе.

— Она утверждает, что это ты, — услышала я конец фразы. Голос, вне всякого сомнения, принадлежал Самарскому. Васька кивнул еще раз, машина направилась в сторону озера, а Васька развернулся и поехал в поселок.

«Ничуть не удивлюсь, если сегодня я получу по голове», — с грустью подумала я. «Она» необязательно я, но что-то подсказывало, что эти двое говорили обо мне. Что я там утверждаю? И где? Надо полагать, в милиции. Утверждаю, что Самарский был в доме. Если мне сегодня оторвут голову, что он от этого выиграет? Нет, здесь другое... или я все-таки ошибаюсь? Тут я вспомнила о своей деятельной сестрице. Очень может быть, она уже сигнализировала куда следует о дружбе Ирины с Чертом, о которой мы пока знаем лишь со слов карлика, да и то если я правильно отгадала его загадку.

Мои размышления на эту тему прервало появление такси. Я устроилась на переднем сиденье, дав себе обещание, что, если и сегодня Александру Петровичу понадобится срочно уехать, я вновь воспользуюсь услугами данного транспорта. На здоровье не экономят, как мудро заметила тетя Клава.

Расплатившись с водителем, я поднялась на веранду, и первой, кого увидела, оказалась Мария. Она стояла возле балюстрады, курила и любовалась озером. Значит, она, как и я, прощаться с поселком не спешила. Интересно, причина этому Кирилл или есть еще? В этот момент Мария повернулась и заметила меня, но вместо того, чтобы поздороваться, поспешно отступила в сторону, явно не желая со мной встречаться. Из зала как раз вышел Самарский, и она, должно быть, рассчитывала, что, увлеченная его лицезрением, я не обращу внимания на нее.

— Оленька, — со счастливой улыбкой приветствовал меня Александр Петрович. — Очень рад вас видеть.

Я тоже в долгу не осталась и так счастливо улыбалась, что сама же в свое счастье и поверила.

Мы устроились за столиком. Подошел официант, а я все поглядывала в сторону веранды, ожидая, появится ли Кирилл. Разумеется, я старалась делать это незаметно и поддерживала разговор с Самарским. Кирилл не появился, и Марию я больше не видела, продолжая ломать голову: кто эти двое? Любовники или партнеры? Или и то, и другое вместе?

— Прекрасно выглядите, — сделал комплимент Александр Петрович и нежно пожал мне руку.

«Он решил меня соблазнить», — подумала я, приглядываясь к красавцу-мужчине. И руку жал, и улыбался он вполне искренне, если при этом еще и мечтает меня укокошить, то он великолепный актер, заподозрить его в коварстве весьма сложно. Если бы не встреча с Чертом полчаса назад, я бы и вправду решила, что он не устоял перед моей красотой.

Мы выпили и даже потанцевали. Разговор ни разу не коснулся недавних событий, этой темы Самарский избегал, предпочитая разговор о пустяках. Правда, между делом выпытал мою биографию и поделился своей. Рассказал пару студенческих историй, думаю, с одной целью: сообщить, что учился в престижном вузе.

Я отправилась в дамскую комнату, не удержалась и заглянула на веранду. Ни Маши, ни Кирилла там не было. Я решила спуститься вниз, посмотреть, нет ли на стоянке его машины, и едва не столкнулась с ними в темноте. Они стояли неподалеку от машины Кирилла, от света фонарей их закрывала беседка, в настоящее время пустая и оттого не освещенная.

— По-твоему, я приехала... — нервно говорила Мария, но Кирилл перебил ее:

— Я тебя об этом не просил.

— Хорошо, — кивнула она с горечью. — Если ты боишься, что мой муж...

— С какой стати мне бояться твоего мужа, — засмеялся он. — Твой муж — твоя проблема.

— Хотела бы я знать, если ли проблемы у тебя?

— Есть, конечно. Но к тебе они отношения не имеют.

— Ты что, успел здесь найти кого-то? — Она хотела, чтобы ее слова прозвучали весело, но у нее это не получилось.

— Взрослый человек, а болтаешь всякую чушь, точно девочка. Я занят сегодня, о чем и сказал тебе по телефону. Но ты все равно приехала, так что это тоже твоя проблема. Согласись? — Он зашагал к своей машине и через минуту покинул стоянку.

— Сукин сын, — в сердцах сказала Мария. Ее машина стояла неподалеку, она села в кабину, откинула голову на спинку сиденья и замерла так с открытыми глазами.

Насчет сукина сына я была с ней полностью согласна. Кирилл и меня умудрился довести до состояния, когда очень хотелось швырнуть в него чем-то тяжелым. Скорее всего, они просто любовники. Встретились здесь несколько дней назад, занимались любовью, а потом ему это надоело. Вполне в духе такого парня. Вряд ли это как-то связано с убийствами. Я испытала что-то вроде облегчения, видеть Кирилла в роли убийцы, несмотря на его скверный характер, мне упорно не хотелось. Но ведь зачем-то он здесь появился? Его рассказу о кризисе среднего возраста я ничуть не поверила. Значит, должна быть причина. Или все-таки нет и я просто фантазирую, потому что он смог произвести на меня впечатление?

Тут я подумала, что задержалась в дамской комнате чересчур надолго, и поспешила к Самарскому. Остаток вечера ничем особенным не запомнился. Мы еще выпили и потанцевали. Александр Петрович восхищался моей красотой, увлекаясь все больше и больше. Я взглянула на часы, он это заметил и сказал:

— Вы ведь здесь отдыхаете, правда? Значит, никуда не должны спешить.

— Я обещала хозяйке не задерживаться. Она беспокоится, будет меня ждать и спать не ляжет.

— Ах, вот в чем дело. Не хочу показаться навязчивым, но, может быть, вам все-таки переехать ко мне? У меня большой дом. Вам там будет гораздо удобнее.

— Спасибо. Но об этом не может быть и речи.

— Но почему? — удивился он.

— Я считаю это неприличным.

— Глупости. Ведь мы с вами друзья. Разве нет?

— Друзьям положено съесть пуд соли, — попыталась отшутиться я. — Мы пока просто знакомые.

— Но я не теряю надежды, — заметил он с улыбкой и вновь пожал мне руку. — Что ж, если вы наставаете, я отвезу вас домой. Кстати, не хотите искупаться? Я покажу вам такое место...

— Я сегодня весь день провела на озере.

— Да, конечно. Не знаю, чем вас еще соблазнить, — развел он руками.

Мы направились к его машине. Я все ждала развития событий, но ничего не произошло. Александр Петрович отвез меня домой, вышел из машины и проводил до калитки, где мы с ним и простились. Он поцеловал мне руку и попросил разрешения завтра позвонить. Я, конечно, разрешила.

Дом был погружен в темноту. Стараясь не шуметь, я заперла за собой дверь и, не включая свет, прошла в свою комнату. Мыслей в голове было много, но все какие-то бестолковые. Я даже подумала: какого черта я здесь делаю? Мне надо работу искать, а я подслушиваю, подглядываю и сижу в ресторане с человеком, который мне не симпатичен. Кстати, откуда эта упорная антипатия? Ведь в самом деле красавец-мужчина и ко мне у него явный интерес.

Что, если я дурака валяю и он не имеет никакого отношения к убийству? Между прочим, я и вправду красавица и разведенному мужчине не грех за мной приударить. «Поживу до конца недели», — в конце концов решила я.

Утром я проснулась рано. До встречи с Молчановой оставалось еще три часа, но спать не хотелось. Я поднялась, по звукам в доме пытаясь определить, встала тетя Клава или еще спит. В доме кто-то разговаривал, я вошла и застала хозяйку на кухне в компании пожилой женщины. Обе пили чай.

— Ты чего так рано проснулась? — приветствовала меня тетя Клава.

— Привычка.

— Садись с нами чай пить. Это Зинаида, соседка наша.

— Очень приятно, — сказал я, устраиваясь рядом.

— А я вчера твоего ухажера видела, — с хитрой улыбкой начала тетя Клава. — Слышу, машина подъехала, вот и выглянула в окно. Не староват он для тебя?

— Тетя Клава, это же просто знакомый.

— Ну-ну, я так... к слову. Девки сейчас на возраст не смотрят, лишь бы человек самостоятельный. А у него, говорят, деньжищ...

— Это кто такой? — спросила Зинаида.

— Самарский Сашка. Хотя теперь какой он нам Сашка? Александр Петрович.

— Говорят, он с женой развелся? — спросила Зинаида.

— Давно уж. Вот видишь, к Ольге клинья подбивает.

— Вовсе нет. Мы и виделись-то всего пару раз.

— А ты не смущайся. Дело молодое. И он мужчина видный, дед его, царство ему небесное, тоже был красавец. Бабы по нему с ума сходили, но он ни-ни, только на супругу смотрел, никогда никаких разговоров не было.

— Так Александр Петрович из этих мест? — удивилась я.

— Дед с бабкой его здесь жили, в поселке. Дача у них была. Это уж он потом дом на озере выстроил. А старый-то продали. Наследников много, все никак не могли решить, кому достанется. Вот и продали, чтоб не обидно было. А Сашка мальчишкой все лето у бабки с дедом. Уж в институте учился, а все равно сюда приезжал. Ему, поди, дом жалко было, вот и выстроил свой здесь, когда вышла такая возможность. Он парень хороший, встретит где, непременно о здоровье спросит, как дела... Про него в поселке худого не говорили, да, Зинаида? — Та пожала плечами. Тетю Клаву она выслушала молча, но почему-то хмурилась. — Чего плечами жмешь? Что, неправду говорю?

— Пес его знает, какой он, — отодвигая чашку, ответила Зинаида. — Был мальчишка как мальчишка, а теперь я его вижу, когда мимо на машине катит. Только с Иркой он тогда некрасиво поступил. Заморочил голову девке, а потом уехал. А у нее и так голова набекрень.

— Ну, вспомнила... когда это было. Дело молодое, чего не случается. И парни девок бросают, и девки парней. Такая жизнь.

— Ирка — это?.. — насторожилась я.

— Костолевского племянница, царствие ей небесное, — взглянув на меня, подтвердила мою догадку Зинаида. — Уж так она его любила, прямо мексиканский сериал. Все слова только про него. Придет к хозяйке и давай про своего Сашу рассказывать. Та ее проводит и только головой качает, дурочка, говорит, разве так можно. Он старше, у него планы разные, зачем ему девчонка деревенская.

— Нельзя ли об этом чуть-чуть подробнее рассказать? — заволновалась я.

— А чего тут рассказывать? Я в то время у Исаевых работала, дом у них был возле озера, это сейчас там домов пятьдесят будет, а тогда только он и был. Исаев из городского начальства, на выходной сюда приезжал, а жена здесь жила.

— Это ее потом убили?

— Ее, — нахмурилась Зинаида. — Костолевский попросил Лидию Михайловну с Иркой музыкой позаниматься. Хозяйке моей все равно делать было нечего, она и взялась. Вот Ирка к ней и ходила. Девка она чудная, подруг у нее не было, дядя строгий, смотрел за ней, ну, она все секреты Лидии, хозяйке моей, рассказывала. А какие у нее секреты? В Сашку Самарского влюбилась. Он тогда уже институт заканчивал, приехал на лето, а она еще в школе училась. Хозяйка к ней хорошо относилась, жалела. После ее смерти Ирка сама не своя стала. И так была нелюдимая, а тут вообще от народа шарахаться начала.

— Конечно, такое пережить. Не чужой человек. И так бы умерла — горе, а тут убийство. И парнишку этого она хорошо знала, сына Исаева, что мачеху задушил, — закивала тетя Клава.

Зинаида нахмурилась.

— Не убивал ее мальчишка, — вдруг сказала она.

Тетя Клава покачала головой.

— Опять ты за свое. Как не убивал, когда убил? Убил и сам утопился. В милиции, поди, лучше знают.

— Знают, — отмахнулась Зинаида. — Чего они знают? Исаеву лишь бы дело замять. Не очень-то они искали. Я тогда говорила и сейчас скажу — мальчишка не убивал. Он тихий был. Глупенький, конечно, но добрый, мухи не обидит, мачеху любил. Смотрел он на нее жадно, это да. Так ведь она ему не мать, он парень да без ума. Всегда с ней, может, и сам не знал, что с ним происходит.

— Вы хотите сказать, он был влюблен в свою мачеху? — спросила я.

— Влюблен не влюблен, но смотрел на нее... так, знаешь, по-взрослому. Года-то шли, а он вроде уже парень, а вроде все еще ребенок... По уму-то ребенок, а ведь по природе-то мужик. Меня когда следователь расспрашивал, я как есть все рассказала, на вопросы его отвечала. Он только кивал, да опять вопросик. Вот и вышло, мол, пасынок на мачеху глаза пялил и в ту ночь приставать к ней стал. Она сопротивлялась, и он ее убил. А потом с перепугу утопился.

— Ну так ведь и было, — развела руками тетя Клава.

— Много ты знаешь, — шикнула на нее Зинаида. — Было, не было. Говорю, парнишка тихий, не посмел бы... Да он на нее точно на икону молился. Это следователь все мои слова переврал да по-своему вывернул. И воды он ужас как боялся, никогда даже на балкон не выходил, балкон у них как раз над самой рекой, так у него голова от страха кружилась. И вдруг утопился.

— Да кто ж знает, что у дурачка на уме?

— Не дурачок он, простоват слишком. А парнишка добрый. И доверчивый. И тут такое нагородили: мачеху задушил, сам утопился... Неправда все это.

— Кто ж ее тогда убил? — разозлилась тетя Клава, близко к сердцу принимая давно минувшие дела. Я тоже сидела крайне заинтересованная.

— Я вот все думала, думала... был у нее любовник.

— У кого?

— У Лидии. Хозяйки моей. Кто-то из местных. Если б приезжал из города, непременно бы заметили. У нас чужой человек на виду. Вот я и думаю: кто-то из местных к ней хаживал.

— Да с чего ты взяла?

— С того. Белье постельное я всегда меняла, а в то лето она то и дело простыни сама снимет и непременно выстирает. То скажет: чай пролила, то еще чего-нибудь. И сама постель заправляла, а то ленилась. И мальчишке с вечера таблетки успокоительные давала, скажет: «Что-то Вовочка сегодня очень возбужден» — и таблеток ему. Теперь я думаю, для того, чтобы спал парнишка и ей не мешал. Я в доме до семи работала, а приходила утром, в девять. Всю ночь она сама себе хозяйка, муженек только на выходные приезжал. Он ведь ее сюда вроде как в ссылку отправил. Я слышала, как они ругались. Любовь у нее в городе была, Исаев узнал, вот и злился. Может, у любовника семья была или просто не хотел на ней жениться... В общем, с Исаевым она не развелась, а он ее сюда на исправление отправил.

— Тебя не поймешь, если любовник городской...

— Нет. Она здесь кого-то присмотрела. Может, от безделья. А тот из города ей однажды звонил. Я слышала. Ругались, страсть. Она его все подлецом называла. А он ей — прости меня. И больше, говорит, не звони, не хочу тебя знать.

— Она что, при тебе звонила? — нахмурилась тетя Клава.

— Был грех, трубку внизу сняла и слушала. Она ему: у меня с мужем отношения испортились, а он опять — прости, а потом как разозлится и говорит: оставь меня в покое, и трубку бросил.

— Так, может, он ее и убил?

Зинаида головой покачала.

— Нет, не он. Я следователю о разговоре рассказала, нашли его. Видно, Исаев знал, кто таков. Но если парнишку обвинили, выходит, он ни при чем.

— А может, он свою вину на дурачка свалил. Если деньги есть...

— Я думаю, Ирка знала, кто убил, — заявила Зинаида.

— Да ты что? С чего ты взяла?

— А с того, что девка сама не своя ходила. Молчит, дичится и от людей прячется.

— Откуда же ей знать, кто убил?

— Может, кого видела в доме случайно. Говорю, спуталась Лидия с кем-то из местных. Может, мужу назло, а может, любовнику. Он-то ее и задушил и парнишку утопил, потому как тот был в доме.

— Зачем же кому-то из местных ее убивать? — удивилась тетя Клава, этот вопрос, признаться, и меня беспокоил.

— Так ведь с мужем она помирилась. То ли он ее простил, то ли уговорила, подластилась с женской хитростью, но меж собой решили, что лето здесь доживет, а осенью домой.

— Любовнику-то что за беда? Уж если непутная, так и в городе бы с ним спелась?

— Может, не по нраву ему пришлось такое. Любовь штука тонкая, поди разберись, что у человека на сердце. Повздорили, он ее и убил. А потом и парнишку, чтоб, значит, все на него свалить, а может, и с перепугу. А сам затаился.

— И это было в то лето, когда Ира влюбилась в Сашу Самарского? — спросила я.

— Ага. Уехал он в Москву, а Ирка здесь осталась, только его и видели. А потом и дед с бабкой у него померли. И уж встретились они, когда он дом здесь строить начал. Хотя, может, и раньше виделись, тут уж я ничего не скажу.

Признаться, услышанное произвело на меня впечатление. Самарский говорил о каких-то фотографиях... А что, если не было никаких фотографий и шантажировал его Костолевский вовсе не ими? Предположим, Ирина действительно что-то видела. Убийство произошло ночью. Что девочке понадобилось в это время возле чужого дома? Строгий дядя вряд ли разрешал ей гулять по ночам. А вот если у нее зародились подозрения, что любимый встречается с замужней женщиной, тогда и из дома сбежать не грех, чтобы подозрения проверить. В этом случае становится понятно и почему она следователю ничего не рассказала, и откуда ее замкнутость. Любимого не предашь, а знать, что он убийца, тяжело и страшно. Но ведь Самарского шантажировал Костолевский, а вовсе не Ирина. Хотя она могла рассказать обо всем дяде, а он этим воспользовался. Убийство — это серьезно, и тому, кто убил однажды, ничего не стоит убить во второй раз. Он разделался с Костолевским, а потом и с Ириной. Но зачем она пошла к нему да еще поздно вечером? Знала ли она о том, что Костолевский его шантажирует? А что, если это она шантажировала его? Вряд ли. На нее произвело гнетущее впечатление, что дядя оставил ей только дом, да и то с весьма странным условием. Будь у нее свои деньги, чего бы тогда расстраиваться? Что-то здесь не складывается. Наверняка Васька Черт знает разгадку, но захочет ли поделиться знаниями? Если он до сих пор молчит и милиции ничего не известно, вряд ли. А что означает их разговор с Самарским? Может, Черт сам решил его шантажировать? Надо идти к следователю. Только вот с чем? С бабкиными россказнями и моими догадками? А Самарский уважаемый человек, еще и в клевете обвинят. Но что-то подсказывало мне: я на правильном пути.

— Тетя Клава, — спросила я, — а почему в поселке решили, что Костолевский спутался с чертом?

— Это кто ж сказал такое?

— Женщины в магазине.

— Нашла кого слушать, — отмахнулась она. — Бабы не такое наплетут.

— Люди зря не скажут, — возразила Зинаида. — Костолевский сидел точно сыч в своем доме и все про всех знал. Встретит и так ехидно спрашивает: «Сынок ваш, Зинаида Васильевна, квартиру купил? Разбогател на пилораме». Квартиру купил, потому что Нинкины родители свою разменяли и денег дали.

— Ладно тебе. Это все карлик. Вертелся здесь с утра до ночи, подглядывал да подслушивал. Потом старику докладывал, у них дружба была.

— Вот-вот, не терпела я обоих, прости меня господи.

Тут дурным голосом заблеяла коза возле палисадника, запутавшаяся в длинной веревке. Тетя Клава бросилась ей на помощь. Зинаида отправилась с ней, и разговор пришлось прервать.

В половине десятого позвонила Анна, извинилась и сообщила, что встретиться со мной сегодня не может. Я выразила сожаление, решено было встречу перенести. Голос ее звучал как-то странно, и это мне показалось подозрительным. Поэтому я, схватив этюдник, побежала к ее дому. Объяснить свое поведение не берусь, в голове звучали слова карлика про кучера и карету и про то, что здесь все не так, как выглядит. В поведении Анны наблюдались странности, к тому же мне не давал покоя вопрос: чем она заинтересовала Кирилла? Не зря он за ней наблюдал. Ну, может, не наблюдал, однако что-то делал возле ее дома, и мое присутствие там ему не понравилось.

Конечно, дома я ее могла не застать, или у нее действительно были какие-то дела, и в ее отказе встретиться вовсе нет никакой тайны. Об этом я думала, подходя к ее дому. Выглянула из-за кустов и увидела Анну. Между прочим, с этюдником в руках.

Она прошла мимо, не заметив меня, а я отправилась за ней, горько сетуя, что не научилась ходить по лесу бесшумно. Я очень боялась, что Анна услышит мои шаги, но она торопливо шла по тропинке, ни разу не обернувшись.

Вдруг у меня зазвонил мобильный. Я повалилась в траву, чуть не взвыв от досады. Торопливо подняла крышку телефона, выглядывая из-за куста. Анна по-прежнему шла вперед не оглядываясь.

— Да, — буркнула я, прикрывая рот рукой.

— Ты что, в засаде сидишь? — спросила Танька с недоумением. Знала бы она, как оказалась права.

— Сижу. Чего звонишь?

— Узнать, как дела.

— Нормально.

— Да? А я на кладбище. Ирину хоронят. Здесь, в городе. Рядом с Костолевским. Среди родни нервозность, смотрят друг на друга не по-доброму. Сейчас с Самарским говорила, он сказал, что вчера с тобой ужинал. Правда, что ли?

— Правда, — ответила я, выбираясь из кустов. Анна ушла довольно далеко, и я боялась ее потерять.

— Это как понимать: опять разведка боем или ты одумалась и решила изменить свою жизнь к лучшему?

— Слушай, я тебе потом перезвоню, а сейчас мне некогда, — взмолилась я.

— Чем ты там занимаешься? — возмутилась сестрица, но я уже не слушала ее.

Я побежала по тропинке и вскоре увидела Анну. Шла она уверенно и быстро, вряд ли прогуливалась. Была у нее какая-то цель. Я начала оглядываться. Если честно, беспокоилась, нет ли поблизости Кирилла. Он любил появляться неожиданно. Почему-то я была уверена, что она идет в Сергеевку, к тому самому дому, но вскоре поняла, что ошиблась. Через некоторое время тропинка вывела нас в соседнее село. Теперь стало ясно, куда она направляется.

Так и есть, Анна толкнула калитку того самого крайнего деревянного дома, как и в прошлый раз, достала откуда-то из-под крыши ключ и вошла в дом. А я осталась наблюдать, что будет дальше. Если бы сейчас вдруг появился Кирилл, я бы ничуть не удивилась. Он мог ей рассказать о моем любопытстве, оттого-то она и не захотела встретиться со мной. А этот дом использовала как место для свиданий. Вполне сносная версия. Подруга (откуда-то она знает про ключ) приезжает редко, отчего бы и не воспользоваться домом? Я уже минут двадцать сидела в кустах напротив, а ничего не происходило. Сидеть и пялить глаза на дом мне в конце концов надоело. К тому же любопытно, что Анна там делает? Зачем ей вообще этот дом понадобился за несколько километров от родного жилья? Или ее любовник просто опаздывает? А почему, собственно, я решила, что любовник?

Оставив этюдник в кустах и беспокойно озираясь, я пошла вокруг дома, используя естественные укрытия. Забор в одном месте рухнул, я воспользовалась этим и подобралась к дому почти вплотную.

В тишине дома я отчетливо слышала нервное всхлипывание.

— Господи, господи, — громко сказала Анна. — Я не могу больше... Я больше не могу, — всхлипывания перешли в рыдания. — Прости меня, прости, — просила она, зарыдав еще громче, что-то уронила, отчаянно закричала, а я рискнула заглянуть в окно.

Анна стояла посреди комнаты, стиснув кулаки и подняв голову, лицо у нее было совершенно безумное. Вдруг она подскочила к кровати, схватила подушку и принялась колотить ею по стене. У подушки, кстати, был такой вид, что в голову поневоле приходила мысль: таким образом ее используют часто.

Приступ прекратился внезапно, женщина повалилась на кровать, плечи ее вздрагивали, она зарылась лицом в покрывало, постепенно успокаиваясь. В руках у нее появился какой-то предмет. Я удивилась, разглядев то ли большую фотографию, то ли картину в раме. Анна взглянула на нее, вытерла слезы и сунула под матрас. Тряхнула головой, громко сказала:

— Я хочу умереть. — И поднялась с постели. Ее слегка пошатывало, лицо больше не выглядело безумным, скорее отрешенным.

Она вышла из комнаты, я попыталась следовать за ней, но соседнее окно было плотно занавешено. В доме все стихло. Я ждала не менее получаса и наконец рискнула заглянуть в окно веранды. Анна была там, сидела в кресле-качалке, монотонно раскачиваясь. Вдруг резко поднялась, взяла этюдник, который стоял возле ее ног, и пошла к выходу, а я бросилась в кусты, чтобы не быть застигнутой на своем посту.

Анна вышла на крыльцо, заперла дверь, спрятала ключ и огляделась. Было очевидно, что она хочет сохранить посещение дома в тайне. Она быстро вышла на тропинку и углубилась в лес. А я задумалась: что делать дальше? Неплохо бы проследить, куда она пойдет. Хотя меня может постигнуть разочарование: Анна отправится домой или будет рисовать цветочки где-нибудь на полянке. Судя по всему, сюда она приходит, чтобы в одиночестве дать волю своим чувствам. Похоже, семейная жизнь у нее не заладилась или она не желает тревожить мужа своими проблемами. Проблемы, скорее всего, любовного характера. Когда еще женщина в отчаянии восклицает «я не могу больше» и «я не хочу жить»? В основном когда ее покидает возлюбленный (если он есть) или муж. Молчанов производил впечатление исключительно положительного человека, но внешность, как известно, обманчива. По словам тети Клавы, живут они давно, детей не имеют. Возможно, служака завел семью на стороне, Анне стало известно об этом, и начались ее душевные переживания. Или все-таки любовник? На ум сразу пришел Кирилл. В поселке он появился недавно, но как знать? С Марией преуспел и здесь вполне мог. Неспроста мы встретились возле дома Анны.

Мне нестерпимо захотелось взглянуть, что она прячет под матрасом. Так нестерпимо, что я, наплевав на уважение к чужой собственности, шагнула к крыльцу. Если меня здесь застукают... Я даже предположить затрудняюсь, что буду врать в свое оправдание.

Я испуганно огляделась и попыталась нащупать ключ. Через мгновение он был у меня в руках, а еще через мгновение я вошла в дом. Дверь за собой я заперла на крючок. По крайней мере, чье-то появление не явится для меня сюрпризом.

Многострадальная подушка валялась в кресле, несколько перышек украшали смятое покрывало. Стараясь запомнить, что где находится, дабы не вызвать подозрение Анны перемещением некоторых предметов, я сунула руку под матрас и извлекла на свет божий картину в простенькой раме. Она представляла собой групповой портрет. Женщина и двое мужчин стояли обнявшись. Женщина, безусловно, Анна, только моложе. На портрете ей было лет двадцать пять, не больше. Белое платье, роскошные волосы рассыпаны по плечам. Двое мужчин рядом выглядели старше. Один блондин, чемто похожий на Анну, по крайней мере на портрете, но с тяжелой, квадратной челюстью, которая вовсе не придавала ему мужественный вид, а скорее вносила некий резонанс в его облик. Второй темноволосый, узкое лицо, тонкий нос, в нем было что-то восточное. Глаза были хороши: большие, темные, они обещали райское блаженство.

— Значит, все-таки любовник, — вслух сказала я. — Интересно, который из двух?

Лично я предпочла бы блондина, хотя брюнет выглядит эффектнее. Но в нем через край коварства, и его ласковый взгляд вовсе не успокаивает. Портрет, скорее всего, был написан Анной, довольно умело, но кое-какие огрехи бросались в глаза. Прежде всего композиция. Расположение людей на портрете неудачное. На переднем плане стол, рядом с ним и замерли персонажи. Что за странная идея?

Стол точно преграда на их пути, черта, что отделяет одну половину картины от другой, совершенно пустой, между прочим. Такое впечатление, что Анна, изобразив себя и двоих мужчин, решила, что осталось еще слишком много места и добавила этот дурацкий стол. Ни одному художнику такое просто в голову не пришло бы. Впрочем, Анна и не художник. Надеюсь, ее работа ей нравится, а меня умные мысли высказывать никто не просил, так же как проникать в чужой дом и лезть под матрас.

Надо было поскорее сматываться, а я все пялилась на картину с одной мыслью: что-то здесь не так. В конце концов, я сунула ее под мышку и быстро покинула дом. Запирать дверь не стала, чтобы не задерживаться на крыльце. Нашла в траве свой этюдник и углубилась в парк по соседству со школой. Парк по причине школьных каникул был абсолютно необитаем. В учебном году здесь, скорее всего, проводили занятия физкультурой. Устроившись на скамейке, я поставила перед собой портрет, взяла бумагу, карандаш и быстро сделала два наброска. У меня получилось очень похоже. Вопрос, насколько портреты, написанные Анной, схожи с оригиналами. Однако ее собственный портрет позволял на это надеяться: ее-то я узнала сразу.

Закончив работу, я собрала свои вещи, прихватила портрет и вернулась к дому. Далее все повторилось: я спрятала этюдник, проникла в дом, вернула портрет на прежнее место и выбралась на улицу, на этот раз заперев дверь и спрятав ключ на прежнее место. Надеюсь, мое вторжение останется незамеченным.

Я зашагала по дороге в Дубровку в глубокой задумчивости и в конце концов решила: мне требуется помощь, одна я с этими загадками справиться не смогу. Есть вещи, которые мне просто не под силу. Я прикидывала, кто может мне помочь. Первым на ум пришел Марк. Хоть он болтун, трепло и бабник, но связи в милиции у него должны быть, раз он патологоанатом, а здание, в котором он трудится, снабжено табличкой «Судебно-медицинская экспертиза». «Марк — вот кто мне нужен», — удовлетворенно кивнула я где-то минут через пятнадцать и зашагала веселее.

Возможно, из-за переполнявших меня эмоций и мыслей я опять перепутала тропинки и умудрилась выйти возле кладбища. Только я сообразила, где нахожусь, как услышала автомобильный сигнал, повернулась и увидела «Жигули» с надписью «милиция» на боку. Сердце мое стремительно ухнуло вниз. «Все, — решила я. — Допрыгалась. Либо за убийство арестуют, либо за кражу со взломом, хоть я и не взяла ничего». Готовясь рухнуть в обморок в ближайший момент, я замерла на обочине. Машина остановилась, и из нее вышел Молчанов. Его веснушчатая физиономия неприятностей не предвещала, вообще было трудно поверить, что он замышляет какое-либо злодейство. Это позволило мне слегка расслабиться и даже улыбнуться.

— Добрый день, — приветствовал он меня, облокотился на дверь машины и широко улыбнулся.

— Здравствуйте, — пискнула я и поспешила откашляться.

— Урок закончили?

— Простите, что?

— Я имею в виду ваше совместное рисование. — Я открыла рот, готовясь произнести что-то невнятное, а Молчанов продолжил: — А где Анна? Пошла домой?

— Видите ли, — подбирая слова, начала я. — Мы с Анной не встречались сегодня. Она позвонила и сказала, что у нее какие-то дела.

— Дела? — На лице Молчанова появилось такое изумление, точно у его жены сроду не было и быть не могло никаких дел. — Ах, дела... значит, вы не встретились?

Что, если он меня проверяет? Вдруг Анна меня заметила и нажаловалась мужу?

— Нет, к сожалению.

Он посерьезнел и сказал:

— Я бы хотел с вами поговорить. Сядьте, пожалуйста, в машину.

Делать этого мне очень не хотелось, но и отказаться я не могла. Подошла и плюхнулась на переднее сиденье, дверь закрывать не стала, впрочем, Молчанов свою тоже не закрыл.

— Я очень обрадовался, когда жена рассказала, что познакомилась с вами, — начал он, но никакой радости в его голосе не чувствовалось. — Человек из города, художник. Аня тоже рисует. По-моему, отлично, хотя я в этом не разбираюсь. Понимаете, мы живем в деревне и ей не хватает общения.

— Да, конечно, — кивнула я, гадая, зачем он затеял этот разговор.

— Она мало видится с людьми. Иногда целыми днями бродит по лесу. Анна перенесла большую потерю: ее родители погибли во время пожара, их не смогли спасти, она как раз возвращалась домой из школы и видела в окне свою мать, они жили на пятом этаже. Спасаясь от огня, родители выпрыгнули из окна. И оба погибли. Прямо на ее глазах. Вы понимаете? — Я кивнула, не в силах ничего ответить. — С тех пор она... неважно себя чувствует. У нее бывают приступы депрессии, иногда она ведет себя странно.

«Это точно», — чуть не брякнула я.

— Врач рекомендовал ей занятия живописью. Это ее успокаивает. Я вам буду очень благодарен, если вы немного с ней позанимаетесь. Вы ведь настоящий художник. И Анне будет приятно. Собственно, ей здесь даже поговорить по-настоящему не с кем. Она ведь очень умная женщина и с образованием...

— Да-да, я с удовольствием.

— Вот и отлично. Вы надолго у нас?

— Не знаю. Возможно, на неделю, может, больше.

— Я думал, что вы уехали вместе с другими.

— Мне ведь не запретили оставаться здесь? — насторожилась я.

— Значит, вам понравились наши красоты... или еще кто-то? — Он сделал мгновенную паузу и улыбнулся.

— Что? А, нет... — «Неужели он знает о Кирилле? Или о Самарском? Но с Самарским я могла бы и в городе встречаться». — У меня отпуск, — соврала я. — Куда-то ехать — денег нет, а здесь у вас красиво и отдохнуть можно дешево.

— Надеюсь, вы не забудете про мою жену, — опять улыбнулся он. — Дадите ей несколько уроков. Если надо, я заплачу.

— Что вы, я с большим удовольствием и вообще... просто... сегодня мы не встретились, может, она действительно занята делами.

— Скорее всего, она испугалась.

— Испугалась? — не поняла я.

— Вы новый человек... у нее такое бывает. Она вам ни о чем не рассказывала?

— Нет, мы говорили о живописи.

— Иногда у нее странные фантазии... на это не стоит обращать внимания. Если вдруг... ну, что-то покажется вам... что-то будет вас смущать, позвоните мне. — Он протянул карточку и опять улыбнулся. — И еще... тут мало кто знает о наших проблемах.

— Я никому ничего не скажу, — отчаянно замотала я головой.

— Спасибо вам. Как идет расследование? Часто беспокоят? — вдруг сменил он тему.

— О расследовании я и понятия не имею. Я думала, вы лучше знаете...

— Отвезти вас домой? Вы у Ворониной остановились?

— У Ворониной. Я пройдусь, если не возражаете.

— Да-да, конечно. Всего доброго.

Я поспешила покинуть машину, Молчанов уехал, а я зашагала к дому. Итак, ларчик открывался просто: Анна чокнутая. Может, не совсем чокнутая, но близка к тому. Прячется в доме подруги (да и подруги ли? Может, как и я, она там непрошеный гость, просто пользуется тем, что хозяева подолгу не приезжают), прячется, скорее всего, от мужа, чувствуя приближение припадка и не желая его расстраивать. Оттого и все странности ее поведения: то на дом крестится, то подушкой по стене колотит. Чем Кирилла могла заинтересовать сумасшедшая? Хотя подушка не показатель, Танька, к примеру, любит колотить посуду, хоть и не подушка, но тоже впечатляет. Я сама один раз дверь пинала, и довольно долго. А еще этот портрет. Может, муж плохо осведомлен о некоторых сторонах жизни своей супруги?

Стало ясно, довольствоваться его объяснениями

и выбросить из головы мысли об Анне я не сумею. Подходя к дому, я заметила Танькину машину. Сама сестрица отдыхала на веранде, пила чай с вареньем в компании тети Клавы. Увидев меня, сестрица обрадовалась, ухватила за руку и потянула в светелку со словами:

— Я чуть с ума не сошла.

— Отчего? — удивилась я.

— Беспокоилась. Неизвестно, чем ты тут занимаешься, а между прочим, убийства...

— Ты должна мне помочь, — перебила я сестру, она с готовностью кивнула:

— Я свободна весь день.

— Отлично. Тогда найди Марка, пусть он выяснит следующее... Садись и записывай.

Танька устроилась за столом и терпеливо принялась писать, время от времени утвердительно кивая.

— Узнать, кому принадлежит дом в деревне Сергеевка за номером одиннадцать. Далее узнать, кому принадлежит дом номер пятьдесят шесть в поселке Отрадное по улице Ленина. Знакома ли хозяйка дома с Молчановой Анной Игнатьевной. Если сможет что-то узнать о самой Молчановой, буду очень благодарна. И самое главное: желательно установить личности вот этих граждан. — Я извлекла свои рисунки и положила их перед Танькой.

— Это кто такие? — удивилась она.

— Понятия не имею.

— Ты их подозреваешь?

— Я просто хочу что-нибудь узнать о них. К примеру, их имена.

— А зачем?

Это был весьма сложный вопрос, потому я его проигнорировала.

— Постарайся сделать это побыстрее, то есть убеди Марка, что это надо сделать уже сегодня.

— Слушай, я не понимаю, а зачем тебе эти дома? Как это вообще связано с убийствами? — Тут Танька взглянула на листок бумаги, исписанный ее красивым почерком, и на ее челе явилась печать вдохновения. — Молчанова всех замочила? Это та тетка, которой Костолевский картину завещал? Он ее шантажировал? Ну, ты молодец. Сию минуту еду к Марку. Я из него душу вытрясу, но...

— Не надо душу, пусть узнает, о чем я просила. Этого вполне достаточно.

Танька бросилась к двери, внезапно остановилась, нахмурилась, затем шагнула ко мне, обняла и сказала с чувством:

— Ты все-таки поосторожнее. Я верю в твои возможности, но ведь и враги не дремлют. Максимум осторожности. Поняла?

— Конечно, мы же не дети...

— Вот-вот. Будут новости, позвоню.

Танька стремительно исчезла, а я задумалась: чего бы еще полезного сделать для себя, то есть для расследования? Энергия переполняла меня, и на месте мне не сиделось, однако гениальных мыслей не наблюдалось. Наверное, по этой причине я и отправилась в магазин. Мы договорились с тетей Клавой, что вести хозяйство будем сообща. В магазине я купила кое-какой снеди, конфет, пачку макарон «Макфа», потому что заметила, что тетя Клава их очень уважает. Я, кстати, тоже, а при нашей дачной жизни и моей лености готовить продукт просто незаменимый. Нагруженная покупками, я вышла на крыльцо и в досягаемой близости обнаружила Ваську Черта и еще одного парня из его команды. Разумеется, оба верхом на мотоциклах. Увидев меня, парень протяжно свистнул, выдав скверную улыбочку. А я подумала, что не худо бы нам свести знакомство, и для начала ласково улыбнулась, а поравнявшись с ними, поздоровалась, доброжелательно и без намека на язвительность, памятуя, что последняя встреча вряд ли пришлась их дружкам по душе, так что мою улыбку они, чего доброго, расценят как издевательскую. Васька кивнул, никак не демонстрируя своих чувств, а его приятель ответил:

— Привет. — Покосился на Ваську и добавил: — Куда так затарилась? — Вопрос ответа не предусматривал, но я все же ответила:

— Воздухом питаться еще не научилась. Вы не могли бы меня до дома подвезти? — решилась я.

Парень вновь скосил взгляд на Ваську, но так как тот продолжал демонстрировать абсолютное равнодушие, кашлянул и неуверенно спросил:

— На Озерную, что ли?

— Нет, я у тети Клавы Ворониной живу, — и назвала адрес.

— Ну садись, — ответил парень, так и не дождавшись каких-либо указаний от приятеля.

Я взгромоздилась на мотоцикл, поставив пакеты между собой и парнем, и ухватилась за его жилетку. Он развернулся, и мы поехали к дому. Разумеется, я ожидала какой-нибудь шкоды с его стороны, и не ошиблась. Разогнавшись, он сложил руки на груди, и мотоцикл некоторое время ехал неуправляемый. Я зажмурилась и покрепче вцепилась в парня, точнее, в его жилетку, решив, безропотно принять обрушившееся на меня испытание. Парню этого показалось мало, и он продемонстрировал кое-что еще из богатого репертуара ковбоя, развлекающего публику на родео. Я даже не пискнула, вручив себя в руки господа. Не дождавшись моего визга, парень угомонился, и к дому мы подъехали уже спокойно, без цирковых трюков. Я сползла с мотоцикла и с бодрой улыбкой сказала:

— Классно ездишь. Спасибо, что помог.

— Пожалуйста, — кивнул он, но тоже без ехидства. — Тебя как зовут?

— Оля.

— А меня Володя.

— Очень приятно, — сказала я.

— А ты чего здесь-то? Ты же вроде к Костолевскому приехала?

— Так ведь дом продают. А я немного поработать осталась. Я занимаюсь живописью.

— Художница?

— Ага... Спасибо, — еще раз сказала я, направляясь к калитке, уверенная, что красота моя произвела впечатление и парень на что-нибудь решится.

— Искупаться не хочешь? — крикнул он мне вдогонку.

— Можно, — притормозив, ответила я. — Я все равно на озеро собиралась. Подожди, я переоденусь.

Я побежала к дому. Тетя Клава стояла у окна, с интересом разглядывая мотоцикл и седока.

— Вовка Игошин, — сообщила она, кивнув в направлении окна, когда я вошла. — Тоже здесь вырос. Отец у него в городе большой начальник. Дом построил...

— Тетя Клава, я на озеро. Вы сумки разберете?

— Разберу, конечно. Почто столько всего накупила? А обедать когда будешь? Окрошка есть и холодец.

— Вернусь, пообедаю.

Я пошла в светелку, надела купальник, шорты с майкой и поспешила к Вовке.

— Тетя Клава тебе родственница? — спросил он.

— Нет, я у нее комнату снимаю.

Оглашая округу громким треском, мы направились к озеру. Окрестности Вовка знал очень хорошо и место для купания выбрал изумительное. Крошечный полуостров, очень живописный и необитаемый. По крайней мере, ни одной души поблизости я не обнаружила. Поначалу меня это несколько обеспокоило, но потом стало ясно: никаких черных мыслей Вовка на мой счет не держит. Мы поплавали наперегонки, поныряли и устроились на траве греться.

— Красиво здесь, — сказала я мечтательно.

— Ага. Предки у меня каждый год в Турции отдыхают, а я один раз съездил и больше не хочу. Здесь лучше.

— А я в Турции не была.

— Да нечего там делать, — изрек он. — Ты где учишься? В университете?

Мы обсудили эту тему и ряд сопутствующих. Выяснилось, что Вовка с матерью как-то заходил в салон, где я работала, и уже тогда моя красота произвела на него впечатление.

— А картины ты настоящие рисуешь или эти... треугольники?

— Если хочешь, тебя нарисую... На самом деле я пейзажи люблю, вот и захотелось в поселке пожить немного. — Надо было выходить как-то на интересующую меня тему. — Здесь, кстати, художница живет. Анна Молчанова. Знаешь ее?

— Видел. Только она не настоящая художница, так... рисует от безделья. Моя мамуля с ней знакома. Молчанова эта шизоидная.

— Почему?

— Фиг знает. От людей прячется. Мать так говорит. У меня мамуля активистка, любит со всеми дружить и все такое... а Молчанова ни в какую. Мамуля сделала вывод, что у нее не все дома. Я сам-то видел ее пару раз всего. А чего там с убийствами? Тебя к следователю не таскают?

— С какой стати? — Я вздохнула. — Понадоблюсь — вызовут. Я же не прячусь, у них мой мобильный есть.

— Говорят, теперь вы бешеные деньги получите?

— Я ничего не получу. Муж сестры, может, и получит. Наследников полно, так что...

— Говорят, кто-то из родни всех троих убил, — хитро глядя на меня, сообщил Вовка.

— Мамуля твоя говорит, что ли?

— Ага. Третью ночь не спит. Капли пьет и прислушивается. Не чувствует себя в безопасности.

— Так если родственники, чего ж ей бояться? Или она Костолевскому тоже родня?

— Нет, конечно. Дурака валяет...

— А ты что думаешь?

— В каком смысле?

— Кто убийца?

— Мне-то что?

— Просто интересно. Мне вот вроде бы тоже дела никакого, а любопытство просто разбирает.

— Все бабы любопытны, — со знанием дела изрек он.

— А мужики нет?

— Чего гадать без толку? Похоже, что все это действительно из-за наследства. Значит, кто-то из родни и убил.

— Всех троих?

— Ну... а как же? Леопольд постоянно у Костолевского отирался. Его как свидетеля.

— А ты не знаешь, что в ночь убийства Ирины

твой дружок делал? — задала я вопрос. Он поверг Вову в изумление.

— Какой дружок?

— Василий. Он ведь твой друг?

— Ну... он-то здесь при чем?

— Так ведь он с Ирой встречался.

Вовка пару минут смотрел на меня, вытаращив глаза. Оглянулся, точно боялся, что нас подслушивают, и совершенно неожиданно перешел на шепот:

— Откуда ты знаешь?

— Это что, страшная тайна?

— Конечно. То есть... кто тебе сказал?

— Леопольд.

— А он откуда узнал? Тьфу, вот проныра...

— Почему Василий так не хочет, чтобы о его отношениях с Ирой кто-то знал? Если человеку есть что скрывать...

— Ага, — усмехнулся Володя. — Он ее и убил. А еще Костолевского и карлика заодно.

— Ничего смешного не вижу.

— Какой тут смех. Теперь Васька молчит, чтоб менты не придолбались. А раньше молчал, потому что стыдно. Сама подумай: Ирка его старше, к тому же уродина.

— Вот уж нет...

— Чего ты споришь, уродина и есть. Старая, толстая и страшная. А одевалась как? Точно моя бабушка, только моей бабушке скоро семьдесят, а Ирке вполовину меньше. Еще и дура.

— Это уж вовсе глупости.

— Что ты мне про Ирку рассказываешь? Дура. К Ваське привязалась... На нее никто не смотрел, даже когда молодой была. А Васька по пьянке... Ну, ты понимаешь... а она пристала, точно репей. Женщина понимать должна такие вещи. Если мужик от нее бегает и прячется... А она его возле дома подкарауливала.

— Тебе-то откуда знать об их взаимоотношениях? Может, Васька нарочно все врал?

— Ну конечно. Он не знал, как от нее избавиться, в смысле, от ее домогательств, — поспешно поправился он, сообразив, что данное утверждение прозвучало весьма зловеще. — Он ее жалел, обижать не хотел, — с энтузиазмом продолжил Володя. — Думал, дойдет до нее... Как же, она совсем свихнулась, замуж за него собралась.

— Это тебе Васька сказал?

— Я, между прочим, ничего не знал, пока эта чокнутая ко мне не подошла в магазине и не попросила письмо передать. Я удивился, чего это Ирка ему письма пишет?

— Ты письмо читал? — жадно глядя на него, спросила я. Вовка смутился.

— Ну... любопытно было.

— И что там?

— Сплошные сопли. Люблю, замуж хочу, денег ему обещала. Дядя помрет со дня на день, и она станет богатой невестой.

— Так и написала «дядя помрет со дня на день»?

— Ну, может, не так... я что, помню? Но смысл такой. Женись на мне, озолочу. Я Черту письмо передал, он вроде удивился, а потом мне говорит: ты, Вова, помалкивай, у бабы крыша едет. Спьяну трахнул ее, а теперь мучаюсь, и послать жалко, у нее ведь и так жизни никакой. А если кто, говорит, узнает, меня вовсе засмеют. И дядя, говорит, у нее чокнутый, еще засудит за лишение невинности. Я подумал и понял: Черт прав. И дядя с приветом, и Ирка психованная. Ну и молчал в тряпочку.

— Но ведь они встречались?

— Не знаю. Может, и встречались. Как же ему не встретиться, если она письма пишет? Чего доброго, домой припрется, а здесь деревня, через пять минут все узнают. Вот смеху-то будет. — Вовка неуверенно хихикнул и замолчал. — Ты это... что затеяла? В смысле, ментам расскажешь?

Тут следовало хорошо подумать. Я некстати вспомнила про парня на мотоцикле, который поджидал меня в аллее, и слегка запаниковала.

— По-моему, это не мое дело, — по истечении некоторого времени ответила я. — Пусть сами докапываются. Я ничего в милиции не скажу, если ты ему обо мне не скажешь.

— Лады, — с облегчением кивнул Вовка, а я начала одеваться. — Куда торопишься? — наблюдая за мной, спросил он.

— Тете Клаве обещала помочь. По хозяйству.

— Завтра купаться поедем?

— Может быть. Если время выберу.

Дома меня ждал сюрприз: на кухне с тетей Клавой сидел следователь, тот самый усатый дядька.

— А вот и Оля, — обрадовалась тетя Клава. — Ну что, накупалась?

— Да, — пискнула я, сразу же начав паниковать. Чего следует опасаться, я не знала и оттого беспокоилась еще больше.

— Вы чай пейте, — предложила тетя Клава, глядя то на меня, то на него. — А я в огород. — И поспешно ушла.

— Опять вопросы задавать будете? — сердито спросила я, с перепугу став отважной.

— Работа у меня такая, вопросы задавать. Так вы вроде бы все рассказали? Или не все?

— Хорошо, спрашивайте, — обреченно ответила я, садясь за стол.

— Вы чего здесь остались? — ласково поинтересовался следователь, но меня его доброжелательность не обманула.

— Отпуск у меня. Вот, отдыхаю. Пейзажи пишу.

— Дело хорошее. Вы в прошлый раз сказали... — далее последовали вопросы, на которые я отвечала, стараясь распознать подвох и не сболтнуть лишнего. Чем больше я в них вдумывалась, тем коварнее они мне казались. Минут через пятнадцать я испугалась, что отсюда меня поведут в наручниках, и затосковала. Когда мое беспокойство достигло критической точки, следователь вдруг встал и заявил с улыбкой: — Ну что ж, спасибо вам большое. Наверное, придется еще встретиться, может, и не раз. А пока до свидания.

— До свидания, — промямлила я. Он пошел к двери. Только я собралась вздохнуть с облегчением, как он повернулся, точно что-то забыл, и сказал:

— Ольга Александровна, а вы, случайно, собственное расследование не затеяли? Бывает, девушки детективов насмотрятся, вот им и приходят в голову разные глупые мысли.

— У меня нет глупых мыслей. Я с ними борюсь, — ответила я с достоинством и наконец решилась: — А вы знаете, что у Ирины был любовник? А еще она была влюблена в Самарского. Давно. Семнадцать лет назад здесь произошло убийство, и кое-кто уверен, что Ирина видела убийцу.

— И ей за это через семнадцать лет голову пробили? А Костолевскому за что? Или он тоже убийцу знал? Ольга Александровна, ехали бы вы домой. Дело-то не шуточное, убийца до сих пор на свободе. Очень может быть, совсем рядом, а вы с вопросами.

Неосмотрительно. — Он вздохнул, точно очень сожалел о моей глупости. Наверное, действительно сожалел, зачем ему еще один труп? — Будете мешать следствию, придется принимать меры.

Следователь ушел, а я начала переставлять посуду на столе, не в силах успокоиться.

Что теперь делать? Пока я нервничала и ломала голову, позвонил Самарский.

— Здравствуйте, Оленька. Чем занимаетесь?

— Только что вернулась с озера.

— Завидую вам. А у меня работы непочатый край. Устал, но очень бы хотел увидеться с вами. Вы не против, если мы и сегодня вместе поужинаем?

— Если вы устали, может, лучше не стоит?

— Ужин с вами для меня лучший отдых. Знаете что, давайте встретимся у меня? Посидим на веранде, будем пить шампанское и любоваться звездами...

— Я... — на меня вновь нахлынули сомнения. С одной стороны, встречаться с ним каждый вечер я не считала особо хорошей идеей, с другой, очень хотелось кое-что выяснить. Любопытство, как всегда, победило. — Я... с удовольствием.

— Отлично. Жду вас в восемь. Устроит? Я пришлю за вами машину.

— Не беспокойтесь, я отлично доберусь сама.

Из огорода вернулась тетя Клава.

— Ушел? — спросила она тихо, имея в виду следователя. — Сегодня с обеда по поселку рыщут. Выспрашивают, человек пять приехали. А чего мы знаем? У них на озере своя жизнь, а у нас своя. И сестра Леопольда в город ездила. К прокурору. Да. Ее соседка сказала. Найдут ли кого, как думаешь?

Ответить на этот вопрос я затруднялась, но очень хотела, чтобы нашли. Потому что, пока убийца на свободе, мы все на подозрении, а это для моих нервов практически невыносимо. Я позвонила Таньке. Новостей у нее не было, зато она дотошно выспросила, чем занималась я. Услышав о следователе, сестра загрустила.

— Меня на завтра вызвали. И Верка на похоронах жаловалась, что менты задолбали. Только будет ли толк? И чего это Самарский к тебе прилепился? Вдруг и вправду влюбился? А что? Мамка-то как обрадуется.

— Чему? — возмутилась я.

— Ну, будешь пристроена.

— Перестань глупости болтать. Он мне совсем не нравится.

— А что твой Кирилл? Виделись?

— Нет, — ответила я и пожалела, что проболталась о нем сестре, теперь надоест с расспросами. — Ладно, мне пора. Конец связи.

Я вышла из дома и задумалась: стоит ли идти на Озерную коротким путем, то есть через лес, или все-таки лучше по дороге? Зря я от машины отказалась. С какой стати, в самом деле? Неужто придется опять такси вызывать? Идти через лес я не решилась, но и такси в целях экономии вызывать не стала. Только я свернула на дорогу возле магазина, как услышала шум мотора, повернулась и увидела, что меня догоняет знакомый «Лексус». Сердце вдруг совершило стремительный скачок вниз. Я задрала нос повыше, решив наплевать и на Кирилла, и на поведение своего сердца. «Лексус» затормозил, и Кирилл сказал:

— Привет. Могу подвезти.

Отказываться было глупо, и я села рядом с ним. Он с усмешкой посмотрел на меня и спросил:

— У тебя романтическое свидание?

— Вам-то что? — съязвила я.

— Ничего. Должен я что-то спросить из вежливости?

— Так это вежливость, а я решила, что вы...

— Ты со мной кокетничаешь? — на этот раз он обошелся без ухмылки.

— Зачем? Вы же объяснили, как это бесперспективно.

— Так у тебя романтическое свидание или ты опять в роли Шерлока Холмса?

— Сами-то вы здесь в какой роли? — съязвила я. — Остановите здесь, дальше я сама доберусь.

Он остановил, я вышла, не попрощавшись, и он обошелся без слов, хотя, разумеется, ухмыльнулся. Дождавшись, когда Кирилл уедет, я повертела головой, пытаясь сориентироваться. Дом Самарского находился неподалеку от дома Костолевского, к нему вела дорога через лес, по ней я и отправилась.

К моему удивлению, дом выглядел довольно скромно, по сравнению с местными дворцами, я имею в виду. Одноэтажный, с верандой, которая шла вокруг всего дома. Забор отсутствовал, перед домом идеальная зеленая лужайка. Сразу за крыльцом начинался лес. Во вкусе хозяину не откажешь.

Сам хозяин возник на крыльце, как только я свернула на тропинку. Одет он был демократично: в джинсы и футболку, на ногах сандалии.

— Оленька, очень рад вас видеть. Прошу. Как вы добрались? Я должен был настоять и приехать за вами. У вас ведь нет машины... Кстати, вы водите автомобиль?

— Права у меня есть, а машины пока нет. Папа иногда дает свою.

— Так вы что, шли пешком?

— Вообще-то я собиралась прогуляться, но по дороге встретила знакомого, он привез меня сюда.

— Кто ваш знакомый? Впрочем, у такой красивой девушки должно быть много поклонников. Это вам. — Он вручил мне букет роз, суетливо выдернув его из огромной вазы.

— Спасибо, — сказала я, вертя букет в руках и оглядываясь. На веранде был накрыт стол для двоих, горели свечи (штук двадцать), звучала классическая музыка, стало ясно: меня будут соблазнять. — Не возражаете? — я вернула букет в вазу.

— Да-да, конечно. Присаживайтесь. — Он пододвинул мне стул и сел напротив. — Шампанское? Я не держу кухарку, еда из ресторана. Надеюсь, вам понравится.

— Не сомневаюсь.

— Так что у вас здесь за знакомый? — спросил Самарский, разливая шампанское.

— Снимает дом тут неподалеку.

— А... это, должно быть, тот самый тип из заграничных, о которых мне говорили.

— Из заграничных? — удивилась я.

— Да. Сначала бегут туда, потом возвращаются и учат нас жизни. Впрочем, вы его знаете лучше, чем я.

— Вряд ли. Мы познакомились два дня назад, на пляже.

— И он, конечно, сразу же стал ухаживать за вами? — хитро подмигнул Александр Петрович.

— Если у него и есть такие намерения, он их тщательно скрывает.

— Бог с ним. Давайте выпьем за нас.

Мы выпили, и полчаса Александр Петрович расхваливал мне достоинства своего повара, которого с великим трудом переманил сюда из ресторана «Кипарис». «Кипарис» по праву считался лучшим рестораном в нашем городе.

— Он стажировался в Париже. А какое фондю он делает... очень советую попробовать.

— Непременно, — заверила я и, вздохнув, сообщила: — Сегодня я разговаривала со следователем.

— Я в курсе, что они сегодня весь день рыщут в поселке. Что ж, это их работа. Если будут особенно допекать, скажите мне, я постараюсь оградить вас от излишней назойливости.

— Оказывается, вы давно знакомы с Ириной, — сказала я, стараясь собственную назойливость смягчить улыбкой.

— Разве я это отрицал? — удивился Самарский.

— И она была влюблена в вас?

Он вздохнул и отставил бокал.

— Как видно, до вас дошли местные сплетни.

— Почему сплетни? Этого не было?

— Господи, Оленька, это было так давно. В другой жизни. Я еще учился в университете. Приезжал сюда на каникулы, ну и... честно говоря, между нами ничего не было. Представьте бедную девочку, которая живет здесь со своими родственниками, живет довольно изолированно, не имеет подруг, зато читает любовные романы.

— Вы познакомились в доме Костолевского?

— Да. Как-то он пригласил нас в гости. Я имею в виду моих родных, деда и бабушку. Взрослые на веранде пили чай, а я исполнял Ирине песни собственного сочинения под аккомпанемент гитары, которая нашлась в доме. Этого оказалось достаточно, чтобы она влюбилась.

— И вы разбили ее сердце.

— Ничего подобного. Это все девичьи выдумки. Она писала мне письма, смешные и трогательные, подкарауливала возле дома. Представьте мое положение. Несколько раз мы ходили в кино. Иногда я приглашал ее на прогулку, просто потому, что мне было жаль бедную девочку.

— Но она расценила эти знаки внимания...

— Ее сгубили любовные романы, — засмеялся Самарский. — Я был Онегиным, а она Татьяной. В мечтах, разумеется. Переписала письмо Татьяны на тетрадный листок, сунула в конверт две ромашки и отправила мне. И я, как Онегин в романе, пытался объяснить... и, разумеется, она горько страдала.

— Людям свойственно страдать, когда на их любовь не отвечают взаимностью.

— Помилуйте, какая любовь, сплошные романтические бредни. Ей тогда было лет шестнадцать.

— Самый подходящий возраст.

— Вы так говорите, как будто меня в чем-то обвиняете, — посерьезнел он. — А между тем я сам тогда страдал от неразделенной любви и не меньше Ирины нуждался в утешении.

— И кто была ваша возлюбленная? Какая-нибудь замужняя дама? — В глазах Самарского мелькнуло беспокойство.

— С чего вы взяли?

— Мальчишки часто влюбляются в женщин старше себя.

— Вовсе нет. Это была моя сокурсница. Выскочила замуж за дипломата. Я казался ей неподходящей партией. — Он засмеялся, но смехом не смог скрыть своего беспокойства.

— Ирина была дружна с Исаевой? — не отступала я. — Лидией Исаевой, которую потом якобы убил пасынок.

Самарский нахмурился.

— Припоминаю эту историю. Правда, случилась она, когда я уже уехал отсюда. Мне рассказала о ней бабушка. Не уверен, что Ирина дружила с ней. Мне это даже представляется весьма сомнительным, слишком велика разница в возрасте. И почему «якобы» убил пасынок? Разве не к такому выводу пришли в милиции?

— Да, вывод они сделали такой, но лично у меня большие сомнения по этому поводу. Ирина регулярно приходила к Исаевой заниматься музыкой. Кстати, она много ей рассказывала о вас. По крайней мере, это утверждает работавшая у нее в то время женщина. И она же уверена, что у Исаевой был здесь любовник.

— Возможно, — пожал плечами Александр Петрович. — Но я не понимаю, чем вам интересна та давняя история. Или это простое любопытство?

— А вы были знакомы с Исаевой?

— Видел несколько раз, когда она приезжала в поселок. Говорили, что она живет затворницей. И все-таки, почему вас так интересует...

— Ирина могла знать, кто убил эту женщину.

— И молчала об этом больше пятнадцати лет?

— Возможно, у нее была на это причина.

— Подождите... — Самарский откинулся на спинку стула и строго посмотрел на меня. — Вы хотите сказать, что эти загадочные убийства связаны с тем давним преступлением? Но ведь это глупость.

— Почему? — обиделась я.

— Прежде всего, убийца ждал слишком долго. От свидетелей избавляются сразу, а не через полтора десятка лет.

— Возможно, он долго отсутствовал и вдруг появился здесь, уверенный, что о том убийстве давно забыли.

— Допустим. Но первым погиб Костолевский.

— Ему могла все рассказать Ирина.

— Разумный человек сразу бы сообщил об этом в милицию.

— А если доказательств нет?

— Тогда убийце ни к чему лишать его жизни.

— Согласна. Если только вдруг не появились доказательства.

— Довольно сомнительно. Скорее убийство связано с наследством. По крайней мере, это логично.

— Убийца наверняка рассуждал так же. Костолевский вас шантажировал. Что, если он намеревался шантажировать убийцу? Оттого и не спешил заявлять в милицию. Они встретились, и вскоре после этого Костолевский скончался. Потом убийца избавился от Ирины и Леопольда.

— И кто, по-вашему, этот убийца? — спросил Самарский. Голос его звучал нервно, и взгляд, которым он сопровождался, мне не понравился.

— Пока не знаю, — пожала я плечами, решив, что зашла слишком далеко. — Это должен быть человек, который отсутствовал здесь некоторое время и не так давно появился вновь.

— Но таких в поселке попросту нет, — развел руками Александр Петрович. — Здесь все жили долгие годы...

«Кирилл, — хмуро подумала я. — Он появился недавно. Если верить Маше, уже после убийства Костолевского».

— Они могли встретиться в городе, — пожала я плечами.

— И старик, и Ирина жили затворниками.

— Но иногда и они бывали в городе. Допустим, они встретились несколько лет назад и все это время убийца исправно ему платил. Но когда представился удобный случай...

— Так вот почему вы остались в поселке? Надеетесь выяснить, кто этот самый таинственный убийца? Я думаю, в милиции есть люди, которые справятся с этим лучше.

— В милиции, как и вы, уверены, что это дело рук наследников.

— А вы не увлеклись своими фантазиями? Услышали от местных бабок ту давнюю историю и поспешили связать ее с этим делом. И все потому, что Ирина занималась музыкой с погибшей Исаевой? Это даже для романа никуда не годится. — Он усмехнулся, но беспокойство из его глаз не исчезло. — Давайте оставим эту тему, — поспешно предложил он.

На самом деле только эта тема меня и интересовала, но я вынуждена была согласиться с ним. Однако и Самарский находился под впечатлением от услышанного, потому что подходящую тему для разговора найти не мог. Мы перескакивали с погоды на мою красоту, паузы длились все дольше, а Самарский блуждал мыслями где-то далеко, хоть и пытался скрыть это. В тот момент, когда я уже нашла повод, чтобы попрощаться, зазвонил мой мобильный.

— Ты где? — спросила Танька.

— У Александра Петровича, — ответила я. — Собираюсь домой.

— Так, может, я тебя встречу?

— Ты знаешь, где находится его дом? — В ту минуту я была очень благодарна сестрице, идея, по-моему, хорошая.

— Найду, — буркнула она. — Выходи минут через пятнадцать.

— Сестра приехала, — сообщила я с улыбкой. — Спасибо за прекрасный ужин.

Я поднялась из-за стола, чем огорчила Александра Петровича. По крайней мере, он сделал вид, что огорчен.

— Жаль. Я намеревался проводить вас.

— Нет-нет, она сейчас подъедет.

Мы вышли из дома, и вскоре я увидела Танькину машину. Я простилась с радушным хозяином, и мы поехали.

— Не пойму, у тебя с ним назревает роман или что? — сразу же спросила Танька.

— Ему очень не понравилось то, что я заговорила об убийстве Исаевой, — выпалила я.

— По-твоему, таинственный любовник и есть Самарский?

— Ведь это первое, что приходит в голову. Парень студент, живет у бабушки, а здесь красавица-затворница.

— С какой стати ему убивать красавицу?

— Она дала ему отставку. А Александр Петрович очень самолюбив.

— Брось, из-за ревности убивают только в кино.

— Ты его физиономию не видела. Он насторожился. Даже испугался.

— Надеюсь, ты не сказала, что подозреваешь его в убийстве?

— Намекнула.

— Чокнулась? — рассвирепела Танька.

— Намекнуть и обвинить разные вещи. Если за ним есть какой грех, он должен что-то предпринять.

— Ага. К примеру, убить тебя. Знаешь что, поехали домой. Нечего тебе здесь делать. Расшевелишь осиное гнездо, потом мало не покажется. А я твоя сестра, и душевные муки мне ни к чему. Собирай вещички.

— Карлик искал вовсе не золото-бриллианты, — не слушая ее, заметила я. — В доме должны быть доказательства.

— Зачем они карлику? — не поняла Танька. — То есть почему он ментам ничего не сказал?

— Старик шантажировал убийцу, и карлик надеялся продолжить его благородное дело.

— Но вместо этого утонул в бочке. У меня нет ни малейшего желания присутствовать на твоих похоронах. Так что прекрати все это. Мама, кстати, беспокоится. Почему ты сидишь здесь, а не ищешь работу.

— Мама всегда беспокоится. Скажи лучше, ты узнала, о чем я просила?

— Узнала, — недовольно буркнула она. — Молчанова действительно подруга владелицы дома в Отрадном. Они вместе учились в нашем городе и даже жили в одной комнате в общежитии. Родители Молчановой погибли много лет назад, она остались вдвоем с братом. Только вовсе она не сумасшедшая, по крайней мере, на учете в психушке не стоит. Замужем девять лет, домохозяйка. Больше ничего интересного. С домом в Сергеевке какая-то ерунда, куплен девять лет назад Молодцовым Виталием Сергеевичем, жителем города Пензы. На кой черт ему здесь дача понадобилась, не знаю. Молодцов скончался четыре месяца назад, наследники пока не объявились.

— Очень интересно. Дом заброшенным не выглядит. Надо будет расспросить соседей...

— Ничего не надо. Ты едешь домой, — отрезала Танька.

— Обязательно. Но только попозже. А что с моими рисунками?

— Ничего. Отдала Марку. Обещал узнать. Очень гневался, потому что сильно занят, а объяснять, на кой черт...

— Уймись, — попросила я ласково. Танька замолчала. Мы как раз подъехали к дому тети Клавы. — Знаешь, что я подумала? Если у Самарского рыльце в пушку, он попытается снова проникнуть в дом. Один раз он уже был там...

— Будет искать клад, то есть доказательства своей вины? Может, их и нет вовсе?

— Но ведь в прошлый раз...

— Помню я прошлый раз. Он нашел записку. Ее можно назвать доказательством? По-моему, нет. По крайней мере, я не знаю, доказательством чего она может быть. К тому же глупо лезть туда после вашего разговора, тем более что один раз мы его там уже застукали.

— А если он напуган?

— Что, в дом полезем? — вздохнула Танька.

— Ты умеешь открывать замки? — с надеждой спросила я.

— Ага. Я даже могу проходить сквозь стены. Ладно, едем. Вдруг он и впрямь такой дурак.

Однако на машине мы ехать не рискнули, оставили ее возле палисадника, вошли в дом. Тетя Клава крикнула:

— Оля, это ты?

— Да, — ответила я и сообщила, что приехала сестра.

Мы прошли в светелку, немного посидели там, потом открыли окошко и не без труда выбрались на улицу. Если бы за этим делом нас застукала хозяйка, наверняка бы решила, что мы спятили. Огородом мы выбрались в соседний переулок и поспешили к дому Костолевского.

Танька всю дорогу то ворчала, то ныла:

— Скажи на милость, зачем я это делаю?

— Сестре помогаешь.

— А тебе это зачем?

Вопрос меня смущал, и я спешила перевести разговор на другую тему.

Танька трижды споткнулась на темной дороге, и я испугалась, что она разозлится и повернет назад, но дух авантюризма был в ней не менее силен, чем во мне.

Наконец мы вышли к дому Костолевского и, немного посовещавшись, заняли позицию напротив черного хода. Решено было, что к центральной двери он сунуться не рискнет.

Мы ждали Самарского до первых петухов. Надеюсь, он провел ночь гораздо приятнее. Измученные и злые, мы тем же путем вернулись в светелку, и я уснула еще до того, как моя голова коснулась подушки. Несчастной Таньке в девять утра надо было явиться на работу, она уехала, проявив милосердие, то есть будить меня не стала.

Я проснулась от шума под окном, ругались соседки, чья-то курица забрела в чужой огород и едва была не побита камнями. Враждующие стороны долго не желали угомониться, и мне пришлось вставать. Где-то через полчаса позвонила Танька.

— Забыла тебе рассказать про твоего Кирилла. Он прибыл с Сахалина, если не врет, конечно. Несколько лет ходил из Владивостока штурманом в загранку. Похож он на штурмана?

— Не очень, — вздохнула я. — Слушай, а штурманы хорошо зарабатывают?

— Раньше вроде бы зарабатывали. Может, и

сейчас, только вряд ли штурман явится сюда на дорогущей тачке, чтобы снять дом за десять тысяч баксов в месяц.

— Что ты хочешь сказать? — испугалась я.

— Знаешь что, полюби кого-нибудь другого. Самарского, к примеру. Если его вдруг посадят, так хоть с бабками останешься.

Танька дала отбой, а я отправилась пить чай. Тетя Клава ставила в сумку литровую банку козьего молока.

— Надо Ленке снести, соседке, — пояснила она.

— Это какой Ленке?

— Кармен. Той, к которой Васька Черт захаживает, — хитро усмехнулась тетя Клава. — Отнесешь?

— Конечно, — обрадовалась я и, схватив банку, припустилась к Ленке, очень надеясь на везение: вдруг удастся ее разговорить.

Ленка встретила меня настороженно. На вид ей можно было дать лет двадцать семь, а можно и на пять лет больше. Вроде бы лицо молодое, но какое-то расплывшееся, что часто бывает у граждан, склонных к неумеренному употреблению спиртных напитков. На ней было вишневое платье, не дорогое, зато выгодно подчеркивающее достоинства фигуры: высокий бюст и узкую талию, бедра широковаты, но мужчины, скорее всего, считают это достоинством, волосы темные, вьющиеся, перехвачены лентой, яркая помада довершала облик. С моей точки зрения, максимальное сходство с Кармен.

Ленка стояла, облокотившись на калитку, ожидая моего приближения.

— Здравствуйте, — радостно приветствовала я

ее, очень боясь, что она заберет банку, не говоря ни слова.

— Привет, — без всякого намека на любезность ответила она, оглядела меня с ног до головы и поджала губы.

— Тетя Клава просила молоко передать, — продолжая улыбаться, сказала я. Она взяла банку из моих рук, не открывая калитки. «Сейчас уйдет», — решила я в отчаянии, недооценив любопытства местных жителей.

— Ты ее жиличка, что ли? — спросила Ленка после непродолжительной паузы.

— Да. Меня Оля зовут.

— Да знаю я, как тебя зовут. Чего прибежала, вопросы задавать?

— Какие вопросы?

— Брось, ты по поселку шаришь и всех выспрашиваешь. Мало нам ментов с их вопросами. Это ты на Ваську настучала? Его два часа мурыжили, говорит, всю душу вынули. И ко мне пристали.

— Ирина ваша подруга, и вполне естественно... — начала я оправдываться, но она перебила:

— Подруга... как же. Змея подколодная. Задумала у меня мужика увести. Еще порядочной прикидывалась. Вот дрянь.

— Это вы про Василия?

— Конечно, про Василия. У меня под носом с ним шашни крутила. «Леночка, ты у меня единственная подруга», — передразнила она. — Вот стерва.

— Значит, с Василием у нее был роман?

— Чего? Больно нужна она Ваське. Вот дурища, что о себе вообразила. Позарится он на эту кикимору, как же. Чего стоишь, топай отсюда, — вдруг разозлилась она.

— Рада, что вы так уверены в своем любовнике, — съязвила я. — Только мне кажется, что он вас обманывает.

— С Иркой, что ли? Если обманывал, то бог его уже наказал, менты в него вцепились крепко.

С Кармен ее роднила не только внешность, но и непредсказуемость поведения, потому что Ленка вдруг распахнула калитку и сказала:

— Заходи. — Я с некоторой опаской вошла в калитку, Ленка огляделась и предложила: — Идем в дом. Ух, глазищи-то вытаращили, морды любопытные, — неизвестно кого она имела в виду, улица выглядела пустынной.

Мы вошли в дом. Кухня, куда я прошла следом за Леной, была чистой, уютной, с добротным гарнитуром и цветами на окошке.

— Садись.

Я устроилась возле окна, а Ленка замерла напротив, сложила руки на груди, приглядываясь ко мне.

— Чего ты к Ваське привязалась? — спросила она вполне мирно. — Не виноват он ни в чем. Это все Ирка, дрянь эдакая, покоя ему не давала и теперь не дает, хотя господь ее прибрал...

— Как-то вы о подруге слишком сурово, — не без яда сказала я.

— Заслужила. Любовь у нас с Васькой. Поняла? Настоящая. А эта стерва... тьфу, вспоминать о ней противно.

— Чего от вас в милиции хотели?

— Известно чего. Расспрашивали, что у них с Васькой за отношения. У Ирки сроду мужиков не было, и рада бы с кем в койку завалиться, да охотников не находилось. Мы с ней в школе учились, не особо дружили, она ведь старше. Так, иногда в кино вместе сходим. Подруг у нее тоже не было.

А где-то с год назад она ко мне зачастила. Уж теперь-то я поняла: из-за Васьки. Он у меня частый гость. Вот она глаз на него и положила. Ну а он, известное дело, дурак, как все мужики, рад стараться. Теперь небось локти кусает. Ничего у них не было, поняла? Вот на этой кухне сидели, она слюной исходила, да ничего ей не обломилось.

— Леопольд другое говорил, — упрямо ответила я.

— Леопольд известный болтун, нашла кого слушать.

Я хотела сказать, что, и кроме Леопольда, есть свидетель, но выдавать Вовку сочла бесчестным.

— Зря ты на него ментов натравила. Не виноват он ни в чем.

— Если не виноват, чего ж тогда бояться?

— Ментам лишь бы кого в каталажку упечь, вот и боится. Только когда Костолевского убили, Васька вместе со мной и с Иркой вот на этой кухне сидел. И когда Ирке голову пробили, у меня был. Соседка Нюрка подтвердить может, она холодильник новый купила, зашла ко мне, решили обмыть, тут Васька, мы его еще за бутылкой послали и просидели до утра. Нюрка к себе ушла, а он здесь дрых.

— А Ирина точно была у вас в вечер убийства Костолевского? — спросила я.

— Конечно. Менты об этом сто раз спрашивали.

— И Василий никуда не отлучался?

— Нет, — сердито топнула ногой Ленка. — Ирка ушла уже, когда Молчанов старика нашел. Он сразу в дом, там пусто, вот и сообразил мне позвонить, кроме как ко мне, Ирка никуда не ходила. Ирка перепугалась, бросилась бежать, а Васька у меня остался. Нам-то какое дело до убийства.

— А вот у меня есть сведения... — упрямо возразила я, хотя никаких сведений, конечно, не было.

— Все врут. Оговор и клевета. Ты этих гадов не знаешь, чего только не придумают. Мужу моему письмо какая-то сволочь накатала, ведь не поленились и адресом где-то разжились. Все врут.

— Но ведь мужу не соврали.

Ленка немного посверлила меня взглядом, соображая, что сказать на это.

— А вот Василий ваш точно врет. Между прочим, они собирались с Ириной пожениться, — добавила я.

— Что? — рявкнула она так, что стекла звякнули, а я невольно поежилась. — Да быть такого не может.

— Почему? Он ведь считал ее богатой наследницей. Может, сама по себе она и была ему неинтересна, но деньги...

— Ах он, мерзавец... То-то мне Вовка с пьяных глаз болтал, мол, смотри, сведут Ваську, как цыгане лошадь. А я-то дура... Неужто правда? Черт, одно слово Черт, и веры ему никакой. А ведь уходил он в тот вечер, — зашептала она, шагнув ближе и наклонившись ко мне со сверкающим взглядом. — Хотел, видите ли, сеть проверить, вот уж глупость. С какой стати? Он мне потом сказал, что просто Ирка до смерти ему надоела. Вернулся минут через двадцать, рожа недовольная и мне шепчет: «Долго она еще здесь просидит? Я думал, ушла уже». И ментам ничего рассказывать не велел. Может, и впрямь сговорились с Иркой да и ухлопали дядю? Ну, он у меня теперь попляшет.

— Надо в милиции все рассказать, — поддакнула я и тут же поняла, что сваляла дурака. При упоминании милиции Ленку перекосило.

— А если ты врешь, а не он? Кто тебя знает? Откуда ты вообще взялась, а? Упекут невинного человека в тюрьму... Вот что, иди отсюда. Ничего я тебе не говорила, так и знай. Отопрусь от любых слов, здесь он был, здесь. А я его по злобе оговорила. Ревнивая я. — Она зачем-то схватила чайник. Я испугалась и решила бежать, пока она на меня не накинулась, но Ленка вдруг впала в задумчивость. — Ирку-то когда убили, он точно у меня был. Вот тебе крест. — Она истово перекрестилась, оставив в покое чайник. — Не виновен он в ее убийстве. Кто ж ее тогда, а?

— Лена, а Василий с Самарским знаком? — решила я воспользоваться переменой в ее настроении.

— Как же, конечно. Он у него шофером работал. Месяцев пять. Потом отказался. Он же лодырь, раскатывает на мотоцикле своем, точно малолетка. На работе работать надо, каждое утро будь любезен, а Васька до обеда дрыхнет, и мать ему кофе в постель подает.

Лену я вскоре покинула, оставив ее предаваться своим страстям. На душе у меня скребли кошки, в основном потому, что моя деятельность не осталась незамеченной. Ваське о моем интересе точно известно. Может, Вовка проболтается о нашем разговоре? Черта не могла не насторожить наша внезапно вспыхнувшая дружба. Если отношения с Ириной зашли у него далеко и он намеревался извлечь из них выгоду, то вполне мог договориться с ней и убить дядю. Тем более что Ленка утверждает: в тот вечер он куда-то уходил. Карлик же убеждал меня, что Ирина пыталась отравить дядю. Если Василий знал об этом, ему логичнее было остаться у Лены.

А если он сомневался, что арахис, или что там было, подействует? Пошел проверить и, увидев Костолевского на лесной тропе, поспешил огреть его поленом? Хорошая версия. Но кто ж тогда Ирину убил, не Васька же? Ведь это глупость: с ее смертью он лишился вожделенных денег... Ирина в день своей гибели узнала, что никаких денег не получит. И дом продать не сможет. Вряд ли бы Ваську устроили триста баксов ее пенсии. Представляю, как он разозлился, вполне мог сгоряча и поленом. А карлика как свидетеля. Выходит, Самарского я зря подозревала? Но зачем Ира к нему пошла? Искать защиты? Но ведь она в своем уме и не стала бы рассказывать, что убила родственника? Могла поделиться своими подозрениями. Но Самарскому какой резон Ваську выгораживать? И как Черт узнал о том, что Ирина наследство не получит, ведь ее убили через несколько часов после того, как она сама узнала об этом. Конечно, она могла позвонить ему по телефону, но на ее месте логично попридержать такую новость. Нет, что-то здесь не так. Почему она все-таки пошла к Самарскому? Давняя любовь, обманувшая ее надежды... взгляды, которые она на него бросала, ничего общего с дружбой не имели. Опять же, по словам Самарского, он встречался в доме Костолевского со своей любовницей, не знать об этом Ирина не могла, раз уж она домоседка. Хотя дядя мог отправить ее на это время с каким-нибудь поручением. Кого же стоит опасаться: Самарского или Черта? Или обоих? Вполне возможно, они в сговоре. Я лично наблюдала их встречу на дороге. И мотоциклист в темной аллее. Самарский мог поручить ему избавиться от назойливой личности, то есть от меня. Просто диву даюсь, как я жива до сих пор.

При этой мысли мне сделалось так нехорошо, что я всерьез вознамерилась уехать. Сию минуту. Вызвать такси и домой... Возможно, так бы я и поступила, но, войдя в дом, услышала телефонный звонок. Трубку сняла тетя Клава, но тут же передала ее мне.

— Тебя, Молчанова.

Это в самом деле была Анна. После долгих извинений за беспокойство последовало предложение встретиться. Через полчаса возле озера. И я, вопреки всякой логике и недавним страхам, схватив этюдник, пошла на озеро. Анна ждала меня на тропинке.

— Отличная погода сегодня, — сказала она ласково. Я с ней согласилась, и мы приступили к рисованию, выбрав очень живописное место. — Говорят, вы встречаетесь с Самарским? — вдруг спросила она.

— Здесь ничто не остается без внимания, — ответила я, решив, что для затворницы Анна хорошо осведомлена о происходящем в поселке. Впрочем, ее муж начальник районной милиции, а ему положено знать обо всем...

— Издержки деревенской жизни, — пожала она плечами. — Все обо всех все знают.

— Один из жителей поселка для меня загадка, — засмеялась я.

— Да? Кто же это?

— Некий мужчина по имени Кирилл. Он снял дом рядом с Костолевским.

— А... муж что-то говорил... вроде бы Фигнеры сдают дом. И чем вас так заинтересовал этот Кирилл? — Я пожала плечами. — В вашем возрасте легко влюбляются, — засмеялась она. — Вам удалось с ним познакомиться?

— Удалось, но до любви у меня дело не дошло. По-моему, он довольно наглый тип.

— Кто-нибудь из новоявленных богачей. Что с них взять? Наверняка думает, что любой девушке за счастье познакомиться с ним. Я угадала?

— Пожалуй. Я хотела вас спросить: тот дом, возле которого мы встретились в Сергеевке, кому он принадлежит?

Она не спешила ответить, отложила кисть, вытерла руки.

— Почему вы спросили?

— Не знаю, просто так, — как можно равнодушнее ответила я.

— По-моему, там никто не живет. По крайней мере, мне ничего не известно об этих людях. А дом, кстати, расположен удачно. Место очень красивое.

— Тем более странно, что у него нет хозяев.

— Хозяева, конечно, есть. Разные бывают обстоятельства... — Она замолчала, и некоторое время наш разговор не клеился. Она стала очень сдержанной, мне даже показалось, Анна жалеет, что встретилась со мной.

Понемногу мне удалось разговорить ее, но теперь мы беседовали исключительно о живописи. Три часа пролетели незаметно. Анна засобиралась домой, я пошла ее проводить. Теперь она выглядела оживленной и вполне довольной. Простились мы дружески, решив встретиться вновь.

От нее я сразу же отправилась в Сергеевку. Мысль о том, что Анна что-то скрывает, не давала мне покоя, и это «что-то» связано с домом. И Костолевский не зря завещал ей пейзаж. Что-то это должно значить. В Сергеевке в этот день было довольно многолюдно, что я классифицировала как везение. Однако расспросы ничего не дали. Свой интерес к дому я объяснила намерением купить его. Граждане беседовали со мной охотно, но кто хозяин дома, не знали. Более того, никто за последние годы предполагаемого хозяина не видел. Может, конечно, и приезжал, постоянно ведь здесь никто не живет, только дачники.

— Сват у меня одно время на этот дом зарился, — рассказал мне один мужчина. — Тоже купить хотел. Пытался разыскать хозяина, но он где-то в Пензе, так ему в сельсовете сказали. Налог платит вовремя и страховку, а почему не живет, никого не касается. Так и не смог его отыскать. Адрес, что ли, неправильный дали.

— Но ведь кто-то страховку платит? — продолжала допытываться я.

— Платит. Фирма какая-то в городе. Им деньги переводят, они платят.

— Откуда переводят?

— Из Пензы, наверное.

Если верить Таньке, хозяин дома уже умер, а наследники объявляться не торопятся. Впрочем, Анна права, разные бывают обстоятельства.

— Воды у нас нет. Ездим на колодец в Отрадное, — вздохнул мужчина, а я вспомнила: тетя Клава рассказывала, что здесь колодец провалился. — Вот и умирает деревня. Только в четырех домах дачники остались. За бесценок продавать дома не хочется, а дороже кто возьмет?

Я отправилась на хутор, прошлась возле дома. Дом как дом. Обветшалым не выглядит. Хотя он кирпичный, не один год простоит, прежде чем придет в негодность. Железные ставни и дверь выглядели несокрушимо и надежно защищали от непрошеных гостей. При ближайшем рассмотрении стало заметно, что крыша давно требует покраски. И вновь я поразилась некой зловещей атмосфере, которая здесь имела место. Может, потому, что дом стоял в стороне, скрытый от глаз деревьями?

Не знаю, чего мне хотелось больше: заглянуть хоть одним глазком вовнутрь или бежать без оглядки?

Домой я возвращалась не спеша и, как ни странно, успокоенная. По крайней мере, желание немедленно покинуть поселок меня не посетило. К вечеру позвонила Танька, приехать сегодня она не сможет, о чем горько сожалела и заклинала меня не делать глупостей. Я было собралась рассказать ей о разговоре с Леной, но подумала, что Танька, наплевав на свои дела, явится сюда и увезет меня силой. Так что решила с этим не торопиться. Вечером я помогла тете Клаве полить огород. Потом явился Вовка, звал на дискотеку, но я отказалась. Он парень ненадежный, что, если это Васька надоумил его пригласить меня? Мысль о дискотеке он оставил и битых два часа играл с нами в подкидного дурака. Вскользь упомянул Самарского, с которым я встречалась в ресторане. Я сурово пресекла его намеки, сказав, что Самарский мне в отцы годится и встречалась я с ним из чувства уважения к депутату и выдающемуся человеку. Вовка при этих словах впал в задумчивость и вскоре наконец-то отбыл. А я пожалела, что отпустила его, потому что в голову мне пришла мысль наведаться в дом Костолевского. Такому парню, как Вовка, поди не в диковинку чужие двери взламывать. Впрочем, это глупость, конечно. А брать его в напарники глупость еще большая.

Но к тому моменту мысль посетить дом Костолевского уже крепко обосновалась в моей голове.

Загадки казались неразрешимыми, но я была уверена: ответы на все вопросы в доме. Ведь что-то искал там карлик? Теперь ясно что: документы или предмет, которые прямо указывали на убийцу. Я провела ревизию в сарае тети Клавы, нашла железяку с острым концом, которая могла мне пригодиться, и спрятала ее в кустах. Тетя Клава отправилась спать, и я вроде бы тоже. Когда стемнело, я покинула свою комнату через окно, боясь, что, если воспользуюсь дверью, тетя Клава услышит. Я намеревалась сохранить свое предприятие в тайне. В руках у меня был фонарик, который я тоже обнаружила в сарае, а в кармане мобильный. Правда, в целях конспирации его пришлось отключить. Милейший пес по кличке Миша лежал на крыльце, на мое копошение в кустах никак не отреагировал, за что я была ему очень благодарна. Подумала взять его с собой, но навыков общения с собаками у меня не было, чего доброго, залает в самый неподходящий момент.

Прихватив железяку, я огородом выскользнула в переулок и заспешила к дому Костолевского. Пока шла полем, все было более-менее нормально, но стоило войти в лес, как на меня напал такой страх, хоть назад возвращайся. Вдвоем идти в разведку не в пример легче. Я горько сожалела, что рядом нет сестрицы, даже захныкала, но продолжала идти вперед. Фонарь я не включала, боясь привлечь к себе внимание, и надеялась, что смогу найти дорогу в темноте без труда, раз уж она стала настолько знакомой. Но свои возможности я переоценила. Вскоре выяснилось: я где-то не там свернула. Тропинок здесь великое множество, так что немудрено в темноте перепутать одну с другой. Пришлось включить фонарь, но это помогло далеко не сразу.

Только я решила, что мне придется дожидаться

рассвета, чтобы выбраться отсюда, как лес чудесным образом расступился и я вышла к дому. Правда, это был не дом Костолевского, но в ту минуту я была рада любому жилью.

Я отважно зашагала по тропинке и почти уперлась носом в стену дома, хозяева здесь тоже заборов не признавали. Взяла правее с намерением обойти дом, выбраться на улицу и наконец-то сориентироваться и замерла от неожиданности. Не иначе нечистая сила и здесь постаралась, потому что стало ясно: передо мной дом соседей Костолевского, который в настоящее время снимает Кирилл. Сие никаких сомнений не вызывало, потому что сам Кирилл сидел на освещенной единственным фонарем веранде, точно герой Генри Фонда в классике жанра: ноги вытянуты и лежат на перилах, руки скрещены на груди, кресло-качалка слегка поскрипывает под его весом. Правда, шляпа отсутствовала. Надвинь он шляпу на самый нос, сходство было бы полным.

Я едва не чертыхнулась от досады и замерла, прикидывая, как поступить. Вернуться назад или попытаться прошмыгнуть в боковую аллею, пока он с таким увлечением вглядывается в звездное небо. Правда, был еще вариант: немного понаблюдать за Кириллом. Вдруг он ждет кого-то? С полным отсутствием логики, к чему я уже успела привыкнуть, я тут же выбрала третий вариант и замерла в кустах.

Я стояла, Кирилл раскачивался в кресле, кресло скрипело. Прошло минут пятнадцать, но мне показалось, что протянулась целая вечность. И как только разведчики сидят в засаде по несколько часов? «Никого он не ждет, — решила я с обидой. — Может, у него бессонница?» Я попятилась назад, с намерением осуществить первоначальный замысел. Фонарь я предусмотрительно выключила, еще подходя к дому, и была уверена, что осталась незамеченной. Напрасно.

— Ну и долго ты там будешь стоять? — громко спросил он. — Поднимайся на веранду. Я тебя вижу.

— Должно быть, у вас в роду были кошки, — съязвила я, хотя разумнее было бы убраться восвояси. Только о каком разуме может идти речь в моем случае?

— Ничего подобного, — ответил он, убирая ноги с перил. — Ты топаешь, как бегемот, к тому же у тебя в руках фонарь, а на веранде горит свет и отражается в его стекле.

Я с неодобрением взглянула на фонарь, вздохнула и поднялась на веранду, спрятав в кустах железяку.

— Как вы догадались, что это я? — спросила с обидой.

— А кому еще надо бродить здесь по ночам? — удивился он.

— Кого-нибудь ждете?

— Точно не тебя. Но раз уж ты здесь... — Он взглянул на меня и покачал головой. — Неуемная ты наша... Кстати, если ты упорно «выкаешь», надеясь, что я стану вежливее, то напрасно.

— Это я уже сообразила. «Тыкайте» на здоровье, вы ведь старше.

Он усмехнулся, пододвинул мне стул ногой.

— Зачем пожаловала? Надеешься, что осчастливлю?

— Вы сами сказали, что лечить вас бесполезно, поэтому ваш вопрос я оставлю без ответа. Вы ни за что не поверите, но я заплуталась в лесу и вышла сюда случайно. Так кого вы ждете? Машу?

— Маша пройденный этап, так что можем перейти прямо к делу. Ну что, хочешь взглянуть на мою спальню?

— С чего вдруг такая щедрость?

— Не дожидаться же, когда ты залезешь ко мне в окно.

— Вы в самом деле считаете себя неотразимым? — вновь не удержавшись, съязвила я.

— Нет. Я считаю тебя дурой. Такой ответ устроит?

— Вполне, — кивнула я, разворачиваясь на пятках. — Приятно было поболтать.

— Надумаешь, приходи, — бросил он насмешливо.

Хорошо, что в темноте не видно мою физиономию. Очень хотелось разреветься, так безобразно со мной не разговаривал ни один мужчина.

Однако реветь я себе категорически запретила, пошарила в траве рукой, нашла железяку и направилась к дому Костолевского. Темной громадой он возник справа. Я продвинулась еще метров на десять и затосковала, потому что идиотизм моей затеи стал теперь абсолютно ясен. Навыков взлома замков у меня не было. Однако я подошла к черному ходу и подергала дверь. Разумеется, она была заперта. Недавняя обида перешла в раздражение, а оно, соответственно, в ослиное упрямство. Я перехватила железяку поудобнее и попыталась поддеть дверь.

— Кто ж так замки вскрывает, — услышала я насмешливый голос и не удивилась. Кирилл проявил любопытство и выследил меня.

— Вы-то наверняка специалист в этой области, — ответила я.

— Ты что, забыла в доме бюстгальтер, который тебе особенно дорог? — продолжал резвиться он.

— Нет, руководство «Как избавиться от надоедливого придурка».

Он подошел ближе и взял железяку из моих рук.

— У тебя в роду полно сумасшедших, — изрек он с печалью. — Ты хоть понимаешь, что делаешь?

— А вы на меня в милицию заявите. Получите благодарность.

— Что тебе надо в доме? — посерьезнел он.

— Так я вам и скажу.

— Ты в самом деле надеешься найти убийцу? — Этот вопрос я оставила без ответа. — И там есть нечто, что, по твоему мнению, указывает на него?

— Потрясающая сообразительность, — буркнула я.

— Отойди, — сказал он ворчливо, и я отошла, потому что звучало это как приказ, причем из тех, которые обсуждать не принято.

Через минуту я смогла убедиться, что замки для Кирилла не проблема, потому что дверь с громким щелчком открылась.

— Плевый замок, — прокомментировал он, пожав плечами. — Ну, дерзай.

Глядя на него с большой опаской, я вошла в дом и включила фонарь. И тут меня посетила здравая мысль: а не связана ли доброта Кирилла с его собственными корыстными интересами? Я ведь по-прежнему не знаю, какое он имеет отношение к этой истории. Возможно, Кириллу нужно то же, что и мне, только с другой целью. По спине побежали мурашки, а я едва не заорала от страха. Можно немного потоптаться в коридоре и уйти. Но второй раз в дом я вряд ли смогу попасть. Конечно, есть шанс, что на взломанную дверь не обратят

внимание, а если все-таки обратят? Я заявлюсь
сюда и окажусь в ловушке. Занятая этими невесе-
лыми мыслями, я замерла возле фикуса и порадовалась, что недавняя экзекуция на нем никак не отра-
зилась. «Карлик прятался здесь, — лихорадочно думала я. — Мы решили, что его интересовал
кабинет, но если мы все-таки ошибались и искал
он именно в этом месте?»

— Что конкретно ищем? — подал голос Кирилл.
Не похоже было, что его особенно беспокоит тот
факт, что мы влезли в чужой дом.

— Возможно, здесь есть тайник, — все-таки ответила я.

— Где здесь?

— За фикусом.

— Хорошо, посмотрим.

Он отодвинул кадку, присел, после чего принялся водить рукой по полу и стене, время от времени их простукивая. Лично я пользы от этого не
видела, оттого несказанно удивилась, когда он заявил:

— Что-то есть. — Он, кстати, тоже удивился и
как-то по-особенному взглянул на меня, а потом
даже головой покачал.

Достал из кармана складной нож и поддел одну
из плиток пола. Она легко отошла, и я увидела от-
верстие в полу, квадратное, со стороной примерно
сантиметров тридцать. Кирилл сунул туда руку, а я
замерла. Когда он выпрямился, в руках у него были
четыре толстые тетради в разноцветных обложках.

— Держи, — сказал он. — Надеюсь, это то, что
ты искала.

Я открыла первую тетрадь, и стало ясно: это дневники Ирины. Почерк красивый, а главное, разбор-
чивый. «Сегодня я встретила Его («Его» с большой

буквы)». Должно быть, это о Черте... или о Самарском? От волнения у меня перехватило дыхание.

— Я рад твоей радости, — хмыкнул Кирилл. — Но, может, ты найдешь более подходящее место для чтения?

— Да-да, — пробормотала я. Он вернул плитку на место, передвинул фикус. Я бестолково топталась рядом.

Мы покинули дом и поторопились отойти от него на значительное расстояние.

— Ты там случайно ничего не забыла? — спросил Кирилл.

— Железяка здесь, фонарь, мобильный в кармане, больше у меня ничего не было, — кашлянула я и не без смущения произнесла: — Спасибо.

— Пожалуйста.

— Спасибо еще раз... ну... я пойду? — Я сделала шаг, пытаясь обойти Кирилла, но он схватил меня за руку.

— Куда?

— Домой.

— Слушай, у тебя что, вообще мозгов нет?

— Есть у меня мозги. Кто, по-вашему, нашел эти тетради?

— Деточка, здесь троих уже убили, а у тебя, по твоим собственным словам, в руках разгадка этих убийств. И ты собираешься топать ночью через лес, да еще одна?

— А что же делать? — ахнула я, усмотрев в его словах здравый смысл.

— Нормальный человек не полез бы в дом, а сообщил ментам о своих подозрениях. Но ты ведь ненормальная. К тому же любопытная. Хочется узнать, что там?

— Конечно, хочется, — рассердилась я.

— Тогда идем ко мне. Там ты сможешь удовлетворить свое любопытство.

— Ага. Нашел дуру, — ответила я, прижав тетради к груди и отступая на шаг. — Только шевельнись, заору так, что весь поселок проснется.

— И мы на пару угодим в каталажку. Тебе не приходило в голову, что кто-то, как и ты, интересуется домом и сейчас поглядывает на нас из кустов? Судя по всему, он лихой парень.

— Ты меня запугиваешь, — поежилась я.

— Идем, — сурово отрезал Кирилл, взял меня за локоть и потащил к дому. Сопротивления я не оказывала. Во-первых, его слова произвели на меня впечатление, во-вторых, если бы он намеревался меня укокошить, логичнее это сделать в лесу, а не в доме.

Мы поднялись на веранду. Входная дверь была заперта, Кирилл достал ключ, открыл дверь, пропустил меня вперед, запер дверь и оставил ключ в замке. Потом быстро прошелся по дому, закрыл рольставни и включил свет. Я стояла в огромной гостиной и ломала голову: он дурака валяет или всерьез чего-то опасается? Кирилл устроился на тахте перед камином, сунув за спину подушки, и кивнул мне:

— Располагайся.

Я устроилась в кресле и с жадностью просмотрела дневники, для начала рассортировав их по датам.

Начала свой дневник Ирина семнадцать лет назад. Сначала записей было много, потом перерыв в несколько лет и вновь записи, которые она делала почти ежедневно. Последняя за несколько дней до убийства Костолевского. Я не удержалась и начала с нее. Но там не было ничего особенно интересного, просто горькие сетования Ирины, что жизнь проходит, а ничего не меняется. Тут я вспомнила о Кирилле.

— Вслух читать?

— С какой стати? Меня эта история совершенно не касается. Если не возражаешь, я немного подремлю. Захочешь чаю или кофе, кухня рядом. Холодильник забит до отказа, так что с голоду ты не умрешь.

— Тебе действительно неинтересно? Тогда зачем ты...

— Я же сказал, красивые дурочки вызывают у меня приступы острой жалости. Кстати, я тебе уже не кажусь таким старым? С чего это вдруг ты мне «тыкаешь»?

— Мы же вместе ограбили дом и теперь... как это называется...

— Подельники, — подсказал он.

— Вот-вот. Так что глупо церемониться.

Я уткнулась в дневник и вскоре забыла о существовании Кирилла. Какие-то записи не содержали ничего интересного, и я их пропускала. Читала я быстро, и к утру все четыре тетради были мною освоены. Я сидела со слипающимися от бессонницы глазами, с головной болью и ощущением счастья, потому что теперь знала все. И этими знаниями мне очень хотелось поделиться. Я перевела взгляд на Кирилла. Он спал, скрестив на груди руки, но как только я подошла к нему, открыл глаза.

— Ну что? Закончила?

— Их всех убил Самарский, — выпалила я.

— Красивый мужик, с которым ты ужинала? И чего в этом хорошего?

— Я же с самого начала подозревала...

— А... тогда конечно.

— Ирина в него влюбилась семнадцать лет назад, а у него был роман с замужней дамой.

— Ирина — это та женщина, которую нашли в лесу?

— Конечно. Ирина заподозрила Самарского и стала следить за ним. Он пришел к любовнице ночью, как обычно. И он, и она проявляли осторожность, поэтому об их связи никто не догадывался. Их выдала случайность: Исаева подарила Самарскому роскошный ежедневник, а Ирина видела его у Исаевой. И когда обнаружила ежедневник у своего возлюбленного... Понимаешь?

— Конечно, чего ж не понять.

— И это заставило ее следить за Самарским, ведь она просто с ума сходила от ревности.

— Как все глупые бабы.

— Она бродила возле дома в ту ночь, — не обращая внимания на его реплики, продолжила я. — Хотела убедиться... Исаевой к тому моменту уже надоел роман со студентом, она помирилась с мужем и собралась переехать в город. Самарский был в отчаянии. Забыв об осторожности, они бурно выясняли отношения, и он ее задушил. На их крики прибежал пасынок.

— Там еще и пасынок был?

— Да. Самарский понял, что свидетеля оставлять нельзя, оглушил мальчишку и сбросил с балкона, зная, что тот не умеет плавать. А Ирина видела все это. Она была в шоке. Представляешь, пережить такое?

— Представляю, — зевнул Кирилл и с хрустом потянулся.

— Тебе что, совсем неинтересно? — возмутилась я.

— Напротив, ты так захватывающе рассказываешь. Ирина в шоке, что дальше?

— Она же любила его и не могла никому довериться. А между тем ее допрашивали в милиции, и она была вынуждена лгать, спасая его.

— Ужас. Так жаль бедняжку.

— Вот именно. А он уехал и забыл про нее.

— Лучше б пристрелил, чтоб не мучилась.

— Он ведь был уверен, что никто его ни в чем не заподозрит. Мне Самарский соврал, что в момент убийства был далеко отсюда. На самом деле он уехал только через три дня. Вновь они встретились с Ириной через несколько лет, когда он, став преуспевающим бизнесменом, решил построить здесь дом. А теперь самое главное, что многое объясняет: Ирина ничего не рассказывала дяде, молча переживая свою трагедию.

— Как же дядя обо всем узнал? Ведь он узнал?

— Разумеется, раз он шантажировал Самарского. Ирина подозревала, что старик нашел ее дневник. Думаю, на самом деле нашел его карлик и сообщил старику.

— Поэтому она начала прятать дневник в тайнике?

— О котором карлик тоже узнал, раз хотел забрать тетради после ее смерти. Ирина случайно подслушала разговор своего дяди с Самарским и поняла, что дядя его шантажирует.

— У нее опять был шок?

— Еще какой. По-моему, она его ненавидела. Прямо об этом в дневнике не сказано, но...

— Самарского ненавидела?

— И его тоже. Но она не могла пойти в милицию даже спустя годы. Прежде всего боялась, а потом этот шантаж...

— Увлекательно. Что дальше?

— Дальше все ясно. Ирина была убеждена, что дядю убил Самарский. Ему надоел шантаж, и он избавился от старика. Хотя Самарский утверждает, что в тот вечер находился в Москве. Врет, как всегда. Полгода назад Ирина познакомилась с местным парнем, точнее, они были знакомы раньше, а тут встретились у подруги.

— Его она тоже полюбила?

— Что в этом удивительного? Прошло столько лет, и Самарский не отвечал ей взаимностью. Они вскоре стали близки. Но старик не пожелал бы и слышать об их романе, Ирина в этом была убеждена.

— Может, она старика и убила?

— Здесь ничего подобного нет.

— Что она, совсем дура о себе такое писать? Тем более зная, что дедок любитель порыться в ее бумагах. — Я замерла, хмуро разглядывая Кирилла. — Вижу, что эта мысль в голову тебе не приходила. Рассказывай свой детектив дальше.

— Дальше... все. Здесь больше ничего нет, то есть, конечно, есть, но к делу это не относится. Но ведь ясно же, Ирина была разочарована тем, что, кроме дома и пенсии, ничего не получит, а дом продать не сможет. Она подозревала, что Ваське это не понравится. И бросилась к Самарскому, но вовсе не за помощью. Я думаю, она требовала у него денег. — Я увлеченно рассказывала, начисто забыв, что данная история для Кирилла темный лес и о большинстве персонажей он слышит впервые. Он полулежал на кушетке, все еще скрестив руки на груди и с удовольствием поглядывая на меня. — Самарский ее успокоил, обещал денег, а когда она возвращалась домой, догнал в лесу и убил. Это видел карлик, и он поспешил утопить ненужного свидетеля.

— Гениально. Менты подарят тебе наручные часы с дарственной надписью. Или воздушный шарик.

— Но ведь по-другому и быть не может. Самарский убийца, а значит...

— Горд и счастлив, что оказался рядом с тобой в такую минуту. Теперь самое время идти к ментам. Видишь, давно рассвело, убийцы попрятались, а тебя ждут великие свершения.

— Ты отвезешь меня в город?

— Я вызову тебе такси. Я был бы весьма признателен, если бы ты не называла ментам моего имени. Я не интересуюсь наручными часами. И шарики меня тоже не прельщают.

— Но ведь меня спросят, как тетради попали в мои руки?

— Наверняка. Скажешь, что сама взломала замок. У тебя такой героический вид, они поверят.

— Хорошо, — нахмурилась я. — Я буду молчать. У тебя что, есть повод опасаться милиции?

— У меня есть желание жить спокойно, по возможности избегая неприятностей. Многочасовой допрос — это лучшее, что мне светит.

Такая перспектива и на меня произвела впечатление.

— Но я ведь не могу утаить дневник? Ведь здесь важнейшее доказательство.

— Не можешь, — кивнул Кирилл. — Поэтому я вызываю такси.

Его желание поскорее избавиться от меня слегка нервировало. Я нахмурилась и ядовито сказала:

— Кстати, здесь есть кое-что об Анне.

— О ком? — удивился Кирилл.

— Не придуривайся. Ирина пишет, что старик

в последнее время часто с ней встречался и заинтересовался домом в Сергеевке.

— Дом в Сергеевке? — переспросил Кирилл. — Ты не могла бы объяснить...

Сообразив, что сболтнула лишнее, я обозлилась:

— Как я могу объяснить, если сама ничего не знаю.

— Удивительно. — Он прошел к телефону и вызвал такси, а когда машина приехала, даже не соизволил проводить меня. Помахал ручкой и ехидно сказал:

— Надеюсь, больше не увидимся.

Я заехала к тете Клаве и оставила ей записку, что отправляюсь в город, а потом всю дорогу до милиции решала: рассказать следователю о Кирилле или нет? И склонялась к мысли, что должна все сообщить, как есть. Однако, оказавшись в кабинете следователя, Кирилла ни разу не упомянула. Что было потом, описывать не буду. Вместо благодарности и обещанных Кириллом часов, меня запугивали, грозились, и раза три, как минимум, я решила, что ночь встречу в тюрьме. Я отчаянно заревела, и грозные дядьки подобрели. Один даже сказал: «Что вы на нее накинулись? Конечно, девчонка дурочка, но, в конце концов, нам хотела помочь». В тот момент я рада была стать дурочкой, да хоть полной идиоткой, лишь бы прекратить все это.

Только к вечеру мне разрешили уйти. Зато настал Танькин черед. Я честно созналась, что на первом допросе лукавила и Самарского видела в кабинете, когда искала там дневники Ирины, то есть клад, упомянутый Леопольдом. Таньке ничего не оставалось, как тоже изменить свои показания. Нечего говорить, что сестрице тоже здорово досталось, и, когда мы встретились, добрых чувств она ко мне не питала.

Однако, когда мы приехали домой, Танька с гордостью сказала родителям:

— Наша Ольга вывела убийцу на чистую воду. — Тут мы вспомнили, что все это время мама пребывала в неведении, по какой такой причине я застряла в Дубровке. Танька прикусила язык. Мама побледнела, а папа вознамерился вызывать «Скорую», но обошлось. Я вспомнила про тетю Клаву и позвонила ей. О своих достижениях я распространяться не стала (в милиции настойчиво рекомендовали помалкивать), сказала просто, что завтра вернусь.

На следующий день Танька милостиво дала мне машину, чтобы я съездила за своими вещами. К тому моменту я была уверена: коли уж у Самарского крупные неприятности, то и возвращаться в Дубровку я могу без всяких опасений. Но еще по дороге мне позвонила Танька и доверительно поведала, что если с убийством семнадцатилетней давности все более-менее ясно, то с убийством Костолевского вышла неувязочка: в ту ночь Самарский действительно был в Москве, праздновал юбилей товарища-депутата, чему есть множество свидетелей. Однако меня это не обескуражило: подобные хитрости хорошо известны любителям детективов, тряхнут друзей как следует, и выяснится, что они попросту лгут, прикрывая Самарского.

Тетя Клава встретила меня ласково. Только я хотела сообщить ей, что вернулась для того, чтобы забрать вещи, как позвонила Молчанова.

— У меня муж уезжает в город, вернется только

завтра. Я была бы очень рада, если бы вы зашли вечером ко мне на чашку чая.

Я тут же согласилась. Пришлось звонить сестрице и долго объясняться. Так как убийца находился под пристальным вниманием милиции и здесь мне ничего не угрожало, возразить ей было нечего. Она заикнулась было о машине, но я напомнила, что сестре грех жмотничать. После работы Танька все-таки приехала на такси и забрала свою ненаглядную «Альфа-Ромео», а я отправилась на озеро. До встречи с Анной оставалось еще много времени.

На пляже, как всегда, было многолюдно, но Кирилла среди отдыхающих я не обнаружила. Искупавшись и с полчаса поглазев по сторонам, я пришла к выводу, что вполне могу заглянуть к нему по-дружески.

Его машина стояла рядом с домом, а сам он устроился в своей излюбленной позе на веранде со стаканом пива в руке. Увидев меня, он чуть не подавился.

— О господи! — воскликнул он со стоном. — Опять ты. Все враги повержены, чего тебе еще надо?

— Я просто шла мимо...

— Ну так и шла бы себе.

— Ты что, нисколечко не рад меня видеть? — растерялась я и, как видно, от растерянности мгновенно поглупев.

— Слушай, отстань от меня, а? Я совершенно не готов к высоким чувствам. Я же говорил тебе, у меня кризис, я хочу побыть в тишине, наедине с природой. Ты и тишина вещи совершенно несовместимые.

— Ты хотел побыть наедине с природой, поэтому сразу же завел роман с Машей, — ядовито ответила я, очень сожалея, что пришла сюда. Но повернуться и с достоинством удалиться почему-то не могла.

— От Маши я счастливо отделался. Избавиться от тебя гораздо сложнее.

— Ты меня нарочно дразнишь, — нахмурилась я. Он поставил стакан на перила, поднялся, подошел ко мне, тяжко вздохнул и покачал головой.

— Ладно, заходи.

— И не подумаю.

— Слава богу.

— Ты помог мне, чтобы я поскорее уехала?

— Конечно. Потому что моей выдержки надолго не хватит. Ее уже практически нет. Потом ты будешь рыдать на моем плече, а я чувствовать себя мерзавцем.

— Ты женат, — с горечью констатировала я.

— Нет. И не хочу. Меня буквально мутит при одной мысли об этом. Поверь взрослому человеку: я самая неподходящая кандидатура на роль возлюбленного.

— С чего ты взял, что я... я совершенно не поэтому осталась. Просто меня пригласили в гости. Анна Молчанова. Ее муж уехал в город, и она...

Лицо Кирилла изменило выражение. Он о чем-то задумался, вроде бы вовсе забыв про меня.

— Вот что, — серьезно сказал он. — Я, пожалуй, пойду с тобой.

— К Анне?

— Конечно, к Анне.

— Но... она же меня приглашала, а не...

— Позвони ей и попроси разрешения прийти с приятелем. Скажи, что я внезапно свалился тебе на голову и ты не знаешь, что делать.

— Она что, в самом деле тебе нравится? — нахмурилась я. — Между прочим, она почти старуха, ей лет тридцать пять. — Тут я прикусила язык, сообразив, что говорить этого не стоило, ведь Кириллу примерно столько же.

— Мой интерес ничего общего с ее возрастом и половой принадлежностью не имеет. Ты умеешь хранить тайны?

— Конечно, — с готовностью кивнула я.

— Ну так вот. Я хочу, чтобы мы встретились, вроде бы случайно и при свидетеле.

— А где тайна?

— Будет потом. Звони.

Я позвонила Молчановой и изложила ей свою просьбу. После непродолжительной паузы она ответила:

— Конечно, приходите. Буду рада.

Я перевела взгляд на Кирилла, ожидая объяснений. Совершенно напрасно. Объяснять он ничего не собирался.

— Я жду, — посуровела я. Он взглянул на часы.

— Еще слишком рано. Она сказала в восемь.

— Я жду объяснений.

— А-а... Я хочу познакомиться с тобой поближе, — совершенно серьезно ответил он. — Провести вечер вместе. Возможно, в гостях ты напьешься и мне удастся тебя соблазнить.

— Десять минут назад ты был готов выставить меня за дверь.

— Я натура противоречивая.

— Тогда оставайся со своей противоречивой натурой, а я пойду к Анне одна. — Угроза не произвела на него впечатления.

— Иди, — пожал он плечами.

— Но хоть что-нибудь ты мне можешь сказать? — не выдержала я.

— Пожалуйста. Ты девушка моей мечты.

— Но тебе не нравлюсь?

— Сейчас ты нравишься мне гораздо больше. А если не будешь приставать с дурацкими вопросами, я тебя, возможно, полюблю.

— Где встречаемся? — переминаясь с ноги на ногу, спросила я.

— Заходи в 19.45. За пятнадцать минут мы легко доберемся до ее дома.

Я начала спускаться по ступенькам веранды, даже не надеясь, что он решит меня проводить.

— Может, сходим на озеро? — все-таки предложила я.

— Я уже был на озере. Если хочешь, отвезу тебя домой.

— Спасибо. Прогулка пойдет мне на пользу.

Хотя мои атаки на Кирилла ни к каким существенным результатам не привели, более того, он умудрился заинтриговать меня еще больше, я возлагала большие надежды на вечер. Наконец-то станет ясно, что ему здесь понадобилось и что за человек он вообще. К убийствам в доме Костолевского он не причастен, это очевидно, и с Марией их ничего не связывает. По крайней мере, ничего такого, что имеет отношение к убийствам. А вот что за интерес у него к Анне? У Молчановой есть некая тайна, и Кирилл, скорее всего, как-то с ней связан.

Занятая своими мыслями, я не заметила, как вышла к поселку, и тут меня ждал сюрприз. Неприятный. На тропе замер мотоцикл, на нем восседал Васька Черт и взирал на меня без всякой приязни. Я поспешно оглянулась и с прискорбием констатировала, что вокруг ни души. До ближайшего дома добрых полкилометра, и мы скрыты от глаз общественности кустарником. Сердце мое с перепугу вроде бы перестало биться, но я попыталась взять себя в руки. С какой стати Ваське особенно злиться на меня? Ну, помучили его немного расспросами в милиции. Мне, кстати, тоже досталось. Зато убийца найден. Этого он отрицать не может. К тому же Васька, несмотря на свое гнетущее прозвище, представлялся мне довольно здравомыслящим парнем, по крайней мере, вел он себя сдержаннее, чем его полоумные дружки.

Эти соображения придали мне силы, я нерешительно улыбнулась и сказала:

— Добрый вечер.

— Привет, — ответил Васька, слез с мотоцикла и шагнул ко мне. — Откуда чешешь? — Он пытался говорить приветливо, даже улыбнулся. Может, парень собрался выразить мне благодарность?

— С озера.

— Купаться ходила?

— Да.

Он быстро огляделся, точно проверял, нет ли кого рядом, и, понизив голос, сказал:

— Уезжала бы ты отсюда. — Я нахмурилась. Желание граждан поскорее отделаться от меня уже действовало на нервы. — Что ты везде суешься?

— Никуда я не суюсь, — на всякий случай отступая на шаг, буркнула я.

— Чего ты к Молчановой пристала?

Это меня удивило.

— Я пристала?

— А то нет? Чего ты возле нее вертишься?

— Слушайте, вам-то что за дело? — возмутилась я.

— Мне — никакого. Просто жалко тебя. Таких дел опять наворотишь...

— Чего это я наворотила? — Теперь меня переполняло возмущение, вот тебе и благодарность.

— Того. Невинного человека в тюрьму упекла.

Я в растерянности хлопнула ресницами.

— Это кто же невинный? Самарский?

— Конечно, — серьезно кивнул Черт.

— Он убил Исаеву семнадцать лет назад, чему есть...

— Кого он там убил семнадцать лет назад, я не знаю. Но ни Костолевского, ни тем более Ирку он не убивал. И топить карлика ему резона не было.

— Откуда ты знаешь? — не поверила я.

— От верблюда, — огрызнулся он. — Уезжай. Не то тебе, не ровен час, башку отвернут. А ты девка неплохая, жалко.

— Спасибо, конечно, — хмыкнула я, и тут меня озарило. — Ты видел убийцу. Ну конечно. Ты сказал, что поедешь проверить сети, а сам...

Он схватил меня за руку, вновь нервно огляделся и сказал тихо:

— Чего ты орешь?

— Кого бояться-то? — растерялась я. — Самарский теперь...

— Дался тебе Самарский.

— Это Самарский велел меня в аллее поджидать? Не вздумай отнекиваться, я тебя видела, а еще видела, как вы на дороге встретились и разговаривали. Может, ты совсем другого боишься?

— Хочешь сказать, что я соучастник убийства, он алиби зарабатывал, а я людей мочил?

— Уже не хочу, — сообразив, что утверждать такое по меньшей мере опасно, ответила я.

— Был я в аллее. Потому что парни тебя в ресторане видели и хотели продолжить знакомство. Я велел им выбросить глупости из головы, но народ они ненадежный, вот и приглядывал за ними, заодно и за тобой. Увидел, что тебя этот тип провожает, и успокоился.

— Это правда?

— Конечно, правда. С Самарским я встречался, помощи просил. У него большие связи, а на меня менты со всех сторон напирали. Я же был уверен: кто-нибудь о нас с Иркой проболтается. Так и вышло.

— Почему вы с ней скрывали свои отношения? Что в этом такого?

— Шутишь? У нее же дядя, его бы инфаркт хватил, скажи она ему... и наследство бы точно не оставил.

— А ты хотел наследства?

— А ты думала, я за красивые глаза собрался на ней жениться? Между прочим, тут есть девки и получше. А Ирка вовсе не подарок... была. Ей кое-что от дяди перепало, не только в смысле бабок, но и приятных черт характера. Правильно говорят: с кем поведешься, от того и наберешься.

— Не стыдно тебе так говорить о ней? Я же читала ее дневник. Она любила тебя.

— Ага. Между прочим, она дядю отравила. Такого в дневнике не написано?

— Ты это серьезно?

— Конечно, серьезно. Как думаешь, зачем я потащился туда? Не знаю, что там в дневнике, а на самом деле было так... С Иркой мы встретились у Ленки. Конечно, я ее и раньше знал, но не обращал внимания. И здесь бы не обратил, если б не злился: сидит и не уходит. На следующий день еду, а она по дороге бредет, руками мне машет. Ну, я ее подвез... и пошло: то здесь встречу, то там. И что характерно: ни души рядом. Конспирацию соблюдает. В конце концов до меня докатило: девка меня клеит. Счастьем это даже не пахло. На что она мне?

— Но вы ведь стали любовниками?

— Стали, — поморщился Васька. — Знаешь, мужики иногда спят с девками без всякой любви.

— Ага. Для здоровья.

— Вот именно. Она взрослая баба, старше меня, и я ей ничего не обещал.

— Наверное, все-таки обещал.

— Ничего подобного. Вы сами такого навыдумываете... Короче, в один прекрасный день она заявляет, что хочет за меня замуж. Я чуть не рехнулся на радостях, но потом успокоился, вряд ли дядя будет счастлив, когда узнает. А дядю она боялась. Потом карлик нас застукал и старику донес. Дядя устроил ей дикий скандал. Вот после этого она и решила его отравить.

Я нахмурилась, размышляя, стоит ему верить или нет. Судя по всему, Васька говорил серьезно.

— Я-то сначала думал, что она это говорит несерьезно, но эта мысль в ее башке крепко засела.

— Она же любила тебя...

— Большое ей спасибо за это. Короче, в тот вечер я пришел к Ленке, и Ирка там. Сама мне велела прийти, хотя к Ленке ревновала, а я клялся, что хожу к ней, чтоб Ленка не сообразила, что между нами любовь, и не трепала языком по поселку. Сидим, Ленка вышла, а Ирка мне говорит: я, говорит, дядю отравила. И смотрит не мигая, точно ящерица. Я сижу дурак дураком и что делать не знаю. На хрена мне, скажи на милость, весь этот детектив? Пришьют соучастие, а у меня еще год условно. Я здорово перепугался и решил проведать Костолевского. Если Ирка не врет и старикану действительно плохо, хоть «Скорую» вызову. Доехал до Михайловых, мотоцикл спрятал и дальше пешком пошел, на всякий случай. Но старикан лежал на тропинке и вовсе не с отравлением, а с пробитой башкой.

— Ты видел убийцу? — насторожилась я.

— Знаешь, чем Костолевский на жизнь зарабатывал? — спросил он, игнорируя мой вопрос. — Шантажировал богатых дядей, что живут с ним по соседству. Мне Ирка сама говорила.

— И про Самарского тоже?

— Намекала. И я намек понял.

— Так, значит, он и убил.

— Ничего подобного.

— Если ты уверен, что не он, значит, ты видел убийцу. Так?

Мой вопрос вызвал у него приступ злости.

— Нам этот дядя не по зубам. И не мечтай, что упечешь его в тюрьму. А ему человека убить — раз плюнуть.

— Ты сказал о нем Ирине?

— Нет. Я о нем никому не скажу. Потому что не желаю, чтоб и мне голову пробили.

— За что же тогда ее убили? — нахмурилась я.

— Не знаю. Возможно, она о чем-то догадалась. Она ведь в дядю, глазастая.

— А зачем она пошла к Самарскому?

— Я думаю, шантажировать его хотела. Чего смотришь? Говорю, они с дядей одного поля ягодки. Карлик мне сказал, Ирке старикан денег не оставил.

— И она справедливо решила, что в этом случае ей тебя не видать, и бросилась к Самарскому с требованием денег.

— Не знаю, что она у него требовала, я с ним,

понятное дело, эту тему не обсуждал. Но думаю, что ты права.

— И он ее убил, — упрямо кивнула я.

— Да ничего подобного. Зачем? Ему легче заплатить. Денег у него немерено.

— Легко сказать. Думаешь, приятно, когда тебе выкручивают руки? Почему ты так уверен в его невиновности? Или ты и в ночь ее убийства встретил кого-то на тропинке? — нахмурилась я.

— Я у Ленки сидел. При свидетеле.

— Тогда откуда такая уверенность? — наседала я. — Когда карлика утопили, Самарский был в доме Костолевского, я его сама видела.

— Короче, не хочешь послушать доброго совета, продолжай болтаться здесь и искать приключения на свою задницу. Мое дело предупредить.

— Ты должен пойти в милицию и рассказать, кого там видел. Если не врешь, конечно.

— Ничего я говорить не стану, а ты настучишь, буду все отрицать. — Он хмуро вздохнул, потом мрачно посмотрел на меня и попросил: — Уезжай, а?

— И не подумаю, — отрезала я. Чем дольше он уговаривал, тем больше хотелось остаться.

— Как знаешь, — махнул он рукой и взгромоздился на свой мотоцикл. — Мое дело предупредить.

Через мгновение он уже пылил по дороге. Я побрела к дому. Не очень-то я ему верила. С другой стороны, на момент убийства Костолевского у Самарского есть алиби. Если он платил старику, возможно, продолжил бы платить Ирине. Семнадцать лет назад он совершил убийство, будучи влюблен в женщину, которая его бросила. Можно считать, преступление произошло в состоянии аффекта. Правда, ее пасынка он тоже убил. Надо сказать, довольно хладнокровно. Но если убийца все-таки не Самарский, то кто? В принципе, любой из богатых соседей или кто-то из родни. Самарский даже назвал возможных претендентов: Егора и Виталия. Если Костолевский их шантажировал... В любом случае, это человек, которого Васька просто панически боится, хотя на пугливого он не больно-то похож.

Вернувшись домой, я помогла тете Клаве полить огурцы и начала готовиться к вечерней встрече. Перетрясла свой гардероб и осталась им недовольна. Хотелось выглядеть ошеломляюще, но, отправляясь сюда, я думала валяться на пляже вместе с Танькой, а не сводить мужчин с ума. Чтобы не впадать в уныние, я сказала себе, что я в украшении не нуждаюсь, будучи восхитительна сама по себе. И с этой мыслью вскоре отправилась к Кириллу.

Он ждал меня, прогуливаясь возле своего дома. Одет он был в джинсы и светлую рубашку с коротким рукавом. Если честно, в украшении он тоже не нуждался.

— Ну что, потопали? — сказал он весело, однако чувствовалось в нем что-то... вряд ли тревога, скорее напряжение.

От его дома до дома, где жили Молчановы, мы шли пятнадцать минут, ровно столько, сколько и предполагал Кирилл, из чего я сделала вывод, что этот маршрут ему хорошо знаком. Дверь на веранду была открыта, но я все-таки позвонила, звонок, как ему и положено, был рядом с дверью.

— Входите, — крикнула Анна, и мы вошли. Она накрыла стол к чаю, выбрав уголок на веранде, сплошь уставленный цветами. — Очень рада, — сказала она, поворачиваясь к нам.

Я никогда не видела, чтобы люди так бледнели. Лицо ее вдруг стало мертвенно-серым, точно из нее мгновенно выжали всю кровь, в распахнутых глазах застыл ужас. Она сделала шаг, ноги ее подкосились, и, чтобы не упасть, ей пришлось опереться рукой на стол.

Я наблюдала все это, открыв рот. Разумеется, чего-то я ожидала, коли уж Кирилл интересовался Анной и даже напросился в гости. Но реакция превзошла все мои фантазии. Глупо было спрашивать, знакомы ли они.

Сам Кирилл вел себя как ни в чем не бывало, улыбнулся и сказал:

— Здравствуйте.

— Это Кирилл, — растерянно произнесла я. — А это Анна.

Она кивнула, отвела взгляд и попыталась справиться с охватившими ее чувствами. В конце концов ей это удалось.

— Прошу к столу, — сказала она почти спокойно. — Чай будет готов через минуту.

Ничего нелепее данного чаепития я в своей жизни припомнить не могу. Мы сели за стол, Анна подала чай, руки ее предательски дрожали, она вымученно улыбалась и пыталась делать вид, что распрекрасно чувствует себя в нашей компании. Кирилл молчал, время от времени на его физиономии появлялась ухмылка. Я старалась скрыть неловкость, болтала за троих, прекрасно понимая, что ни она, ни он меня не слушают.

Анна боялась взглянуть на Кирилла, однако и не смотреть не могла, в результате взгляд ее от чашки мгновенно перемещался на его физиономию и тут же возвращался на исходную позицию. Цвет лица у нее нормализовался, но вряд ли она чувствовала себя лучше, в ее глазах застыло откровенное страдание. Мало того, что я понятия не имела, как себя вести, я еще изнывала от любопытства и поклялась, что не отстану от Кирилла, пока он мне все не объяснит.

Я продержалась минут сорок. Анна к тому моменту выглядела так скверно, точно сиюсекундно готовилась рухнуть со стула, мои разглагольствования о живописи были сейчас совершенно неуместны. Я посмотрела на Кирилла и сказала:

— Нам, пожалуй, пора.

Ни она, ни он возражать не стали, и мы отправились восвояси. Я едва дождалась, когда мы отойдем от дома, и зашептала, схватив его за руку:

— Что все это значит?

— Что «все»? — передразнил он меня.

— Не притворяйся, ты прекрасно понял...

— Ты доберешься одна домой? Еще светло, и врагов у тебя вроде не осталось.

— Даже не надейся. Я иду к тебе.

Как ни странно, он не возражал. Наверное, понял, что отделаться от меня не получится.

— Хорошо, только повремени с вопросами несколько минут, у меня от них голова трещит.

На самом деле он о чем-то размышлял и предпочитал делать это в тишине. До его дома я не произнесла ни слова. Но как только мы вошли в гостиную, спросила:

— Вы давно знакомы, так?

— Ты могла в этом убедиться.

— Почему она испугалась?

— Люди бледнеют не только от страха, но и от большого душевного волнения.

— Я хочу знать, в чем дело, — твердо сказала я.

— Зачем? — искренне удивился он.

— Но...

— Вот что, — заявил Кирилл хмуро. — Не придумывай очередной детектив. В моей истории нет ничего интересного. Точнее, вовсе нет никакой истории. Идем, я отвезу тебя домой.

Я демонстративно устроилась в кресле.

— Ты что, ночевать здесь собралась? — удивился он.

— Прошлую ночь мы провели вместе, и ничего. Я тебя не съела.

Он подошел, наклонился ко мне и сказал:

— А ты не боишься, что я тебя съем? — И так взглянул на меня, что я поежилась, а еще подумала: такому парню ничего не стоит съесть меня в буквальном смысле.

— Прекрати меня пугать. Я этого не люблю.

— А мне плевать, что ты любишь.

— Вы были близки?

Он вздохнул и устроился в соседнем кресле.

— Были. История тебя разочарует. Когда-то мы были любовниками. Довольно давно. Потом она меня бросила. — В это я ни на мгновение не поверила. Он не производил впечатление парня, которого могла бы бросить женщина, да еще нанеся ему при этом глубокую душевную рану. Впрочем, если это было давно... Возможно, тогда он был другим человеком. — Много лет я ничего о ней не слышал. А когда приехал сюда, случайно увидел в поселке. Было интересно взглянуть на нее. Но к замужней женщине неприлично являться просто так. Вряд ли она захочет что-то объяснять мужу, а он может быть ревнивым. Портить ей жизнь в мои планы не входило. Но когда ты сказала, что он уехал, я подумал: а почему бы и нет? И напросился в гости. Вот и все.

— Уж очень она разволновалась, — пробурчала я. — И делала вид, что с тобой незнакома.

— Она же не знает, какие у нас с тобой отношения, вот и молчала. К тому же вряд ли она хочет, чтобы здесь кто-то знал о ее прошлом.

Я вздохнула, врет он или говорит правду, одно несомненно: он больше ничего не расскажет.

— Когда вы виделись в последний раз?

— Лет восемь назад. Или девять. Я предупреждал: детектива из моей истории не получится.

— Почему-то мне кажется, это ты ее бросил, — приглядываясь к нему, сказала я.

— Напрасно.

— Ты что же, не мог забыть ее и поэтому приехал сюда?

— Потянуло на мелодраму? — усмехнулся он. — Я встретил ее здесь случайно. Понятия не имел, где она живет. Да, собственно, и не интересовался. Девять лет слишком большой срок для моей любви. Месяц, два от силы я еще могу потерпеть, а больше — извини. — Он развел руками и опять усмехнулся.

— Значит, она тебе безразлична? — Я и сама не знала, почему меня это так интересует.

— Мне было любопытно. Я свое любопытство удовлетворил. У нее все в порядке, хороший дом, хороший муж. Располнела, подурнела, все, как я думал. Теперь ты поедешь домой?

— Ты хочешь с ней встретиться? — озарило меня. — Потому и торопишься от меня отделаться?

— Если бы хотел, так у нее бы и остался. Интересно, как бы ты могла помешать этому?

— Тогда почему ты меня гонишь?

— Потому что твой внешний вид наводит меня

на грешные мысли. А я дал себе слово с тобой не связываться.

— Почему?

— О господи! — закатил он глаза. — Потому что ты уморишь любого своими вопросами. От общения с женщинами надо получать удовольствие, а от тебя одна головная боль. Теперь все?

С большой неохотой я поднялась с кресла, и тут в дверь позвонили. Кирилл чертыхнулся.

— Еще одна нетерпеливая дура.

— Так вы договорились встретиться?

— Когда? Ты же была все время рядом. Сиди здесь и не вздумай высовывать нос.

Он пошел открывать, я на цыпочках двинулась следом. Наверное, Анна боялась, что их может кто-то увидеть, и Кириллу пришлось впустить ее в дом. Дверь в гостиную он закрыл плотно, но, на счастье, она была застекленной, поэтому кое-что увидеть и услышать из их разговора мне удалось.

— Это ты, — сказала она. — Это ты, — повторила она с такой душевной мукой, что я поневоле стиснула руки на груди от сочувствия к ней. А он еще врал, что Анна его бросила.

— Говори, пожалуйста, тише.

— Ты не один? А-а... та девочка. Она твоя... твоя подруга?

— Ты пришла это выяснить?

— Нет, конечно, нет. Господи, когда я тебя увидела... Но как? Ведь я была уверена...

— Ты была уверена, что мои кости догнивают на помойке, — подсказал он.

— Нет, нет, все не так... Господи, ты же ничего не знаешь... ты думаешь, что я... — Тут она повалилась ему в ноги и запричитала: — Прости меня, я испугалась. Я сама не знала, что делаю. Он меня вынудил. Но я не думала, клянусь, я не думала, что он...

— Не могла бы ты говорить потише, дорогая? У девчонки уши как локаторы, а взгляд прямо-таки соколиный. И перестань валяться на полу, ты, должно быть, забыла: это на меня не действует.

— Как ты нашел меня? Ты ведь меня искал? Ты любишь меня?

— Мне нужен твой братец. Где он? — Он рывком поднял ее с пола. — Где он?

Теперь в голосе Анны слышался ужас:

— Ты ничего не знаешь...

— А хотел бы знать. Так где он?

— Сережа...

— Заткнись! — рявкнул он. Она испуганно сжалась в комок и торопливо заговорила:

— Все не так, как ты думаешь. Я любила тебя, я тебя всю жизнь люблю. Все эти годы... Господи, я тысячу раз хотела покончить с собой, потом хотела все забыть. Я уничтожила все фотографии, я...

— Твои душевные переживания меня не волнуют. Скажи мне, где он, и катись к своему мужу.

— Ты ненавидишь меня... Я знаю, я это заслужила, я не должна была... но я все исправлю. Я верну тебе деньги.

— К черту деньги. Где он?

— Его нет. Он умер.

— Ну разумеется, — рассмеялся Кирилл. — Передай своему братцу, я его из-под земли достану. А сейчас убирайся.

Он схватил Анну за плечи и буквально выпихнул ее за дверь. Я юркнула в кресло, сердце у меня колотилось. В голове царил полный кавардак. С какой стати она назвала Кирилла Сергеем? Ведь она его так назвала?

Он вошел в гостиную, громко хлопнул дверью. Губы его кривились от ярости. Я поняла, что сваляла дурака, отказавшись уйти отсюда, когда мне предлагали.

— Я, пожалуй, пойду, — сказала я, поднимаясь, он толкнул меня назад в кресло.

— Подслушивала? — спросил он зло.

— Ничего подобного, я с места не вставала.

Он уставился в мои глаза, стиснув зубы.

— Вот что: ты ничего не видела и не слышала. Поняла? Поняла? — повторил он грозно.

— Конечно. Теперь я могу уйти?

— Э-э, да я напугал тебя, — вдруг сказал Кирилл и улыбнулся. — Она пыталась прикинуться бедной овечкой и запудрить мне мозги, а я этого не люблю. Оттого мы немного поскандалили. Такое случается между бывшими любовниками. Хочешь выпить?

— Нет, спасибо. Хозяйка, наверное, волнуется.

— Прошлой ночью она не очень волновалась.

— И все же я пойду.

Я поднялась, сделала шаг в сторону, стараясь не смотреть на него. Он притянул меня к себе и поцеловал. Я попыталась вырваться, но он только сильнее сжал меня в объятиях. Потом отстранился и спросил:

— Разве ты не этого хотела?

— Нет.

— Что «нет»?

— Отпусти меня.

— Хорошо. Иди.

Он в самом деле отпустил меня. Пошел в кухню, сказал, не оборачиваясь:

— Надо бы выпить кофе. Можешь ко мне присоединиться. Потом я тебя отвезу домой. Скоро стемнеет, ни к чему тебе шляться по ночам.

Он стал готовить кофе, что-то напевая. Выглядел он совершенно безопасно. Это сбивало с толку. Я вошла в кухню, он поставил на стол две чашки, посмотрел на меня и засмеялся.

— Давай, давай, я не кусаюсь. — Я все-таки села за стол. — Утром ты была смелее, — продолжая расточать улыбки, заметил он. — И против поцелуев уж точно бы не возражала. Я прав?

— Зачем тебе ее брат? — спросила я, должно быть, рассудок у меня окончательно помутился.

— Значит, все-таки подслушивала, — кивнул он. — Так я и думал.

Он разлил кофе в чашки и устроился напротив.

— Ты не ответил.

Кирилл вздохнул, взглянул на меня и сказал:

— Башку ему хочу оторвать.

— За что?

— За то, что сволочь. Кинул меня на большие бабки. У нас был общий бизнес, он, прихватив денежки, смылся, а я все это дерьмо расхлебывал. Можешь поверить, мне здорово досталось. Я был уверен, что он появится у сестрицы. Они были дружной парочкой. Но он, как видно, осторожничает. Теперь она заявила, что он умер.

— А если правда умер?

— Тогда я хотел бы взглянуть на его могилу.

— Она считала тебя погибшим.

— Ага. Была уверена, что мне не сносить головы после того, что сделал ее братец. Под защитой мужа-мента она чувствовала себя в безопасности. Думаю, если братец все-таки жив, она сообщит ему, что я объявился здесь. Или скажет мне, где его искать. Вот и все.

Этот рассказ вполне мог быть правдой. Я вздохнула и выпила кофе.

— Но ты ведь не собираешься в самом деле отрывать ему голову? — все-таки спросила я.

— Я собираюсь набить ему морду. Да так, что он пару недель носа из дома не высунет. Эта мысль меня занимала до такой степени, что ни о чем другом я думать не хотел. Потому и от тебя старался избавиться, чтоб не отвлекала от заветной цели. Свяжись с тобой, и цель самая заветная уже побоку. Но, как это часто бывает, я переоценил свои возможности.

— Что ты имеешь в виду? — насторожилась я.

— То и имею. Так и подмывает тебя поцеловать.

— Думаешь, я такая дура и тебе поверю?

Он подошел, сгреб меня в охапку и поцеловал.

— Теперь веришь? Ничего не могу с собой поделать.

— Ты это нарочно. Ты...

— Все. Марш домой. Только сцен мне еще не хватало. Одной за глаза.

— Она назвала тебя Сергеем.

— Слух у тебя исключительный. Назвала. Ну а теперь я Кирилл. Пришлось сменить имя, чтобы избавиться от неких шустрых мальчиков. И даже немного пожить за границей. Подобные ребята не прощают обид, и, если они узнают, что я вернулся... велика вероятность, что я пойду на корм рыбкам в озере. Поэтому я и приехал сюда с чужим паспортом. Теперь все?

— А когда ты набьешь ему морду, опять уедешь?

— Ты что, хочешь, чтобы я признался тебе в любви? Я этого принципиально никогда не делаю. Один раз скажи, потом будешь повторять одно и то же, точно попугай. Иди сюда, — вдруг изменившимся голосом сказал он.

— Я... ты обещал меня отвезти, — мой голос тоже звучал хрипло. Я кашлянула, пряча от него взгляд. Он сделал шаг и потянул меня за руку.

— Тебе понравится, — сказал он тихо.

И, между прочим, оказался прав. Конечно, понравилось, еще как. Однако, несмотря на это, страх мой не исчезал, и, лежа рядом с ним в спальне, где горел ночник, я, заглядывая в его глаза, в сотый раз спрашивала себя: верю я этому человеку или нет? Одно несомненно: поверить очень хотелось.

Под утро сомнения разрешились, но совсем не так, как я того желала.

— Ты звонила хозяйке? — лениво спросил Кирилл, я как раз пристроила голову у него на плече.

— Звонила. Ты же слышал.

— Хорошо. Утром отвезу тебя в город.

— Зачем? — приподнявшись, спросила я.

— Что значит «зачем»? Тебе здесь совершенно нечего делать.

— Позволь мне самой решать... — начала я. Он тоже приподнялся, и теперь в его лице не было и намека на недавнюю безмятежность.

— Утром, — медленно произнес он, — я отвезу тебя в город. И ты останешься там, пока я не разрешу тебе вернуться.

— Впечатляет, — задумчиво произнесла я, поднялась с постели и попыталась отыскать свою одежду.

— Что ты делаешь? — спросил Кирилл.

— Пожалуй, не стоит ждать так долго, я могу уйти сейчас.

— А потолковее нельзя? — усмехнулся он, наблюдая за мной.

— Ты уверен, что теперь я буду делать только то, что ты пожелаешь?

— По-моему, это разумно, — серьезно кивнул он, причем без всякого намека на издевку.

— Поэтому и потащил меня в постель? — не сдержалась я, хотя, скажите на милость, к чему спрашивать очевидные вещи.

— О господи! — воскликнул он, отбрасывая обеими руками волосы со лба. — Каждый раз одно и то же. Неужели нельзя обойтись без выяснения отношений в пять часов утра?

— Можно. Оттого я и тороплюсь уйти. Исключительно чтобы не наговорить лишнего. Хотя, как ты понимаешь, сказать очень хочется.

— Не держи в себе, милая, — предложил он. — Выскажись, станет легче.

— Вряд ли. Ты, конечно, прав, шансы у нас неравные. Ты роскошный парень, таких, как я, у тебя было несколько десятков, и ты прекрасно знаешь себе цену. А мой опыт исчерпывается тремя прыщавыми мальчишками.

— Точно тремя? — улыбнулся он, как видно желая обратить наш разговор в шутку.

— Если кого-то забыла, значит, он ничего лучшего и не заслуживал. По большому счету, претензий я к тебе иметь не могу, ты ведь честно предупреждал, что не подарок. Да я не поверила. — Я наконец-то нашла все свои вещи, что придало мне сил. Быстро оделась и закончила свою мысль: — Теперь верю.

— Хватит дурака валять, а? Разбудишь старушку ни свет ни заря.

— Она встает рано.

Кирилл поднялся с постели и тоже начал одеваться.

— Ты куда-то собрался? — проявила я интерес.

— Собираюсь. Отвезу тебя в поселок, раз уж ты твердо решила бежать сломя голову.

— Не беспокойся. Я способна добраться сама.

— Не дури, — попросил он, а я твердо сказала:

— Я не хочу никуда с тобой ехать.

— Изумительно, — кивнул он. — Все в лучших традициях.

— Я стараюсь. — Я направилась к двери, а он окликнул:

— Ольга!

Я остановилась, он подошел вплотную и сказал:

— Не вздумай лезть в мои дела. — И повторил: — Не вздумай.

— И что ты сделаешь, если полезу? — усмехнулась я. — Голову мне оторвешь?

— Голову жалко, — вздохнул он. — Придется запереть тебя в подвале... Все-таки я провожу тебя.

— Извини, но мне этого совершенно не хочется.

Я поспешила покинуть дом и успела удалиться на несколько метров, прежде чем заревела, горько, с причитаниями. Если бы Кирилл меня сейчас видел, он лишний раз убедился бы, как глупы бабы, и еще раз тяжко вздохнул. Ну что же, я в умные и не лезу.

Я плюхнулась в сырую траву и всласть наревелась. Слезы кончились, но легче мне не стало. Стало даже горше. Ясно, что эта наша с ним встреча — последняя. Он вряд ли решит продолжить знакомство, да и мне гордость не позволит.

Я встала и направилась к тропинке, прошла по ней метров двадцать и вдруг замерла как вкопанная. Потому что на тропинке увидела Анну. Она быстро шла, придерживая за руль велосипед, к багажнику которого был приторочен чемодан. Средних размеров матерчатый чемодан в красную клетку. В лице Анны было что-то безумное, решимость или надежда, поди разбери. Сначала я подумала, что Анна оставила мужа и сейчас направляется к Кириллу. Но шла она в противоположном от Озерной направлении. Выходит, просто надумала сбежать, беспокоясь за брата? Разумнее остаться под защитой мужа. Или она уверена, что от Кирилла он ее не защитит?

Я отправилась за ней, держась на расстоянии. Песчаная дорожка скрывала звук моих шагов, Анна целеустремленно двигалась к цели. Через некоторое время мне стало ясно, куда она направляется: в соседний поселок. Так и есть. Она приставила велосипед к дереву, сняла чемодан и пошла с ним к хорошо знакомому мне крайнему дому. Но на этот раз входить в дом она не стала. В огороде был погреб, убогого вида развалюха под покатой толевой крышей. Анна отодвинула засов и втащила чемодан вовнутрь, минут десять я ее не видела. Наконец она появилась, заперла низкую дверь на засов и вернулась к велосипеду. Теперь она не везла его, а поехала на нем. Скорость она развила неплохую, так что мне пришлось попыхтеть, чтобы угнаться за ней. Она и в этот раз не оглядывалась. Я боялась ее потерять из виду и совершенно напрасно. Путь ее лежал к родному дому. Она бросила велосипед возле крыльца, поднялась по ступенькам и исчезла за дверью.

Прошло полчаса, в доме было тихо, и Анна не появлялась. Торчать возле ее дома показалось мне глупым. Если она отправится к Кириллу, я не смогу помешать их встрече. Похоже, в этой ситуации я вообще ничего не смогу сделать. Мне вновь захотелось зареветь, я взглянула на часы и побрела к поселку. Вдруг он ее действительно любит? Говорят, старая любовь долго не забывается. Не очень-то, правда, он походил на влюбленного, но как знать. Лучший выход для меня — уехать отсюда побыстрее. Я подумала о Таньке и достала телефон, включила его, и тут же раздался сигнал вызова. Звонила сестра, точно мысли мои прочитала.

— Ольга, — голос ее звучал испуганно. — Где тебя носит?

— Так... отдыхаю, — буркнула я, объяснять что-либо Таньке в настоящий момент не хотелось, просто попрошу ее забрать меня отсюда.

— А чего мобильный выключила?

— Разрядился. Ты чего звонишь в такую рань?

— Я еще вечером звонила и, между прочим, всю ночь не спала.

— С какой стати, ведь твой Витька в Англии?

— Слушай, эти дурацкие рисунки... портреты эти... откуда они у тебя?

— Тебе что, непременно сейчас нужно выяснять это?

— Меня Марк задолбал с ними. Скажи на милость, что я должна ему сказать?

— Марк? — нахмурилась я.

— Ну... мужики эти в розыске. Прикинь! Он ведь хотел выяснить, кто они, и теперь менты к нему придолбались, а он ко мне.

— Подожди, что значит в розыске?

— В розыске — это значит, что этих людей разыскивает милиция за совершенное ими преступление. Растолкуй, что я должна сказать Марку?

— Пошли его подальше.

— Дважды посылала, но он не отстает. Дело-то серьезное. Он, то есть менты, хотят знать...

— Продержись еще немного, — разволновалась я.

— Мне-то ты можешь объяснить?

— Я пока сама ничего не понимаю.

Танька еще поныла немного, но все же обещала на некоторое время уйти в подполье.

Я убрала телефон и задумалась. И тут...

— Картина, — пробормотала я. — Ну конечно... — И бегом бросилась в соседний поселок. Ключ от дома был там же, где и в прошлый раз, а картина спрятана под матрасом.

Вот тебе и странная композиция, и стол этот дурацкий... Скорее всего, Анна нарисовала его позднее, чтобы скрыть... Что?

— Мне понадобится скипидар, — вздохнув, вслух произнесла я.

Моя беготня по лесу заняла много времени, а магазин в поселке открывался рано. Заскочив домой, я спрятала картину в светелке и побежала в магазин, а потом, заперев дверь на крючок, чтобы неожиданно не вошла тетя Клава, приступила к работе. Очень скоро стало ясно: под слоем краски было еще одно изображение. Конечно, я догадывалась, кого увижу, и не ошиблась. Теперь портрет предстал в своем первоначальном виде. Двое мужчин и женщина стояли обнявшись. Женщина опиралась одной рукой на спинку стула, на нем, нога на ногу, с насмешливой улыбкой сидел Кирилл, точно спрашивая: «Ну, как тебе, дорогая?»

Он рассказал мне про фирму, друга-мерзавца и свои трудности, из-за которых ему даже пришлось сменить имя. А теперь я знаю, что двое из этих людей на портрете преступники, которых разыскивает милиция. Двое?

Я потерла лицо ладонями, стараясь успокоиться. Что я должна сделать? Рассказать все следователю? Конечно, рассказать. Только не будет ли это местью за то, что Кирилл не пожелал в меня влюбиться? Если мои догадки верны, его упорное нежелание иметь со мной дело теперь можно истолковать иначе: он не хочет впутывать меня в скверную историю. С самого начала не хотел. И даже неоднократно намекал, как с моей стороны неразумно... Давай, оправдывай его... Так что же мне делать?

Повинуясь внезапному порыву, я сорвала холст с подрамника, разрезала его маникюрными ножницами и вынесла обрывки в туалет. Анна сказала, что уничтожила все фотографии. Теперь нет и картины.

А мне надо уезжать. Немедленно собрать вещи и уехать.

— Оля, — позвала тетя Клава. — Иди завтракать.

И я пошла завтракать, а потом затеяла уборку в доме. Как известно, физический труд успокаивает и способствует работе мысли.

Я драила полы в сенях, когда возле дома остановилась милицейская машина и из нее вышел Молчанов. С перепугу я едва не разлила ведро с водой, а потом кинулась в свою светелку, сама не зная за каким чертом. Молчанов вошел в дом, и я услышала, как он зовет тетю Клаву.

— Клавдия Семеновна, квартирантка ваша дома?

— Дома. Вот, чистоту наводит. Оля, — крикнула она. Прятаться было глупо, и я направилась в кухню.

— Здравствуйте, — поздоровался со мной Молчанов. — Вы с моей супругой виделись?

— Вчера вечером она приглашала меня на чай.

— А сегодня вы ее не видели?

— Нет, — соврала я поспешно.

— Странно, — нахмурился он. — Где она может быть?

— А что случилось? — вклинилась в разговор тетя Клава.

— Да вот вернулся из города, а ее нигде нет.

— Может, ушла в магазин?

— Был я в магазинах. В поселке ее сегодня никто не видел.

— Не могла она куда-то уехать? — спросила я.

— Это исключено. Она бы позвонила или оставила записку.

— Мобильный у нее есть?

— Нет, конечно. Зачем ей мобильный? Странно, — повторил он. — Извините за беспокойство. — Он развернулся и ушел.

А я с удвоенной энергий принялась надраивать пол. Выходит, Анна все-таки уехала. Не зря чемодан собирала. И Кирилл вместе с ней? Чего проще: сходить к нему и все выяснить. Но я знала, что не пойду. Надо уезжать. «Вот домою полы и уеду», — решила я. Но, закончив уборку, осталась. «Уеду завтра утром, и Таньке звонить ни к чему, здесь автобус ходит, а вещей у меня немного».

Утром я проснулась рано. Тетя Клава готовила завтрак, отваривала макароны.

— Вот, решила с сыром приготовить. Ты любишь макароны?

— Люблю, — кивнула я. На душе у меня было

скверно, я никак не могла решиться сказать, что уезжаю. Точнее, я не могла решиться уехать. Если я уеду, я никогда его больше не увижу. Я его и так больше не увижу. Он сбежал с этой Анной. Или все-таки не сбежал и все еще здесь?

— Хорошие макароны «Макфа», — продолжала неторопливо тетя Клава. — Я смотрю, ты тоже их купила.

— Привычка. Мама признает только их, папа один раз принес другие, так мама ему скандал устроила.

На самом деле поначалу мама признавала только итальянские макароны, начисто забыв, что значительную часть своей жизни счастливо обходилась без них, так как в прежние времена итальянские макароны в глаза не видела, разве что в кино. Более того, как большинство соотечественников, считала их исконно русским продуктом, не интересуясь происхождением данного слова. Танька решила прекратить «дурацкое мамино мотовство» и однажды приготовила «Макфу», приурочив данное событие к возвращению мамы из командировки (папа был предусмотрительно удален с кухни, а упаковка по-шпионски уничтожена). Мама с удовольствием откушала Танькиной стряпни, после чего была поставлена в известность, что за макароны только что попробовала. Если бы я отважилась на такую шутку, ее бы классифицировали как гнусную выходку, но, во-первых, мама искренне считала: все, что делает Танька, практически гениально, во-вторых и в-главных, макароны были и впрямь хороши, так что мама в очередной раз поразилась здравомыслию старшего ребенка. «В самом деле, нечего швырять деньги на ветер», — вынесла она вердикт и даже произнесла небольшую речь, суть которой сводилась к известному изречению «поддержим отечественного производителя». Однако поддерживала мама лишь одну марку, далее ее любовь не распространялась.

— Привычка дело такое... да ведь и правильно. От добра добра не ищут. Мне вот иной раз для себя одной готовить лень, я наварю кастрюлю макарон и ем, то с соусом, то с сыром. Я ведь через эти самые макароны жениха себе нашла, — хитро засмеялась тетя Клава. — Не веришь?

— Почему же? Вы ведь еще молодая, почему бы не быть жениху?

— Скажешь тоже, молодая... Прошлым летом рыбаки приезжали, я пошла в магазин, покупаю макароны, а Верка-продавщица мне и говорит: «Бери три пачки, последние остались». Она знает, что я только «Макфу» беру, а за мной мужчина стоит, солидный и видно, что непьющий. И говорит мне: «Не оставите ли мне пачку?» А Верка ему: вот эти возьмите, а он ни в какую. Не люблю, говорит, их. Пришлось уступить. Он обрадовался, все благодарил меня и вызвался сумку до дома донести. А пока шли, рассказал, что на рыбалку к нам приехал. Оказалось, вдовец. Дети взрослые и живут в другом городе. Вот здесь на кухне с ним сидели и болтали часа два. Я и макароны приготовила. Хвалил меня, сказал, что хозяйка хорошая. Потом он еще приезжал, зимой два раза был и в начале лета. У меня останавливался. А вчера звонил, на юбилей приглашал. Обещал на машине за мной в субботу приехать. Может, чего и выйдет у нас? А и не выйдет, тоже не беда. Человек-то он хороший. Места ему наши нравятся, а мне уезжать отсюда не хочется. Только ведь смешно в нашем-то возрасте, и дети... Как думаешь?

— Моя мама говорит, что после пятидесяти жизнь только начинается. Вы же сами сказали: дети живут отдельно, они только рады будут, если у вас все получится.

— Ну, посмотрим, — кивнула тетя Клава и, почему-то застеснявшись, отвернулась. — Оля, — позвала она минут через пять. — У нас с тобой хлеба нет. Сбегаешь в магазин?

— Конечно, — охотно согласилась я, потому что с отъездом так ничего и не решила.

Подходя к магазину, я обратила внимание на «Жигули», которые притормозили возле меня. В машине сидел молодой мужчина, посмотрел на меня как-то странно. Я заторопилась, поднялась на крыльцо, чувствуя, что он провожает меня взглядом.

Купив хлеба, я вышла на улицу и вновь обратила внимание на «Жигули», нахмурилась и быстро зашагала по улице. Машина тронулась с места, однако еле плелась сзади.

— Девушка, — позвал мужчина, — может быть, вас подвезти?

Я сделала свирепое лицо и не ответила. Он продолжал тащиться за мной, чем очень нервировал. Обнаружив узкий проход между заборами, я юркнула туда, очень довольная, что оставила своего преследователя с носом. Тропинка вывела меня к картофельному полю, откуда я благополучно добралась до дома.

Мы сели завтракать, а я так и не определилась, чего хочу больше: уехать или остаться. Уплетала уже вторую порцию макарон, попутно пытаясь решить, чему следует радоваться: аппетиту, который никакие душевные переживания не портит, или тому, что от макарон (по крайней мере от этих) я не полнею. Никак не могла отличить одно счастье от другого и, должно быть, по рассеянности, продолжала уминать макароны с удвоенным рвением.

И тут в дверь позвонили. Я бросилась открывать и обнаружила на пороге типа, который преследовал меня на «Жигулях».

— Это уже слишком, — буркнула я.

— Пошутили, и хватит, — без улыбки сказал он. — Мне, Ольга Александровна, надо с вами поговорить. — И сунул мне под нос удостоверение.

— Вы по поводу Самарского? — растерялась я. Вот тебе и жених!

— Нет, я по другому поводу. Войти можно?

Я провела дорогого гостя в комнату. Тетя Клава, узнав, в чем дело, плотно закрыла за нами дверь. Мужчина извлек из папочки, которую держал в руках, два моих наброска и выложил их на стол. Я едва не застонала от отчаяния.

— Откуда у вас это? — спросил он.

— Это не мое, — поспешно соврала я.

— А чье?

— Не знаю.

— Тогда другой вопрос: как это к вам попало?

— Ничего я не знаю, — упрямо повторила я.

— Ольга Александровна, дело очень серьезное. И я бы вам советовал так же серьезно отнестись к своим словам.

— Да я правда не знаю, они ко мне случайно попали.

— Когда, от кого, при каких обстоятельствах?

— А не могли бы вы пояснить, в чем дело? Если честно, вы меня здорово напугали.

— Дело, как я вам уже сказал, очень серьезное, — неторопливо начал он. — Девять лет назад было совершено ограбление. И преступники до сих

пор не найдены, не найдены и деньги, очень круп-
ная сумма. Очень, — подчеркнул он. — В соверше-
нии ограбления подозреваются трое, двое из них
вот эти самые люди. Так при каких обстоятельствах
рисунки попали к вам? И почему вы решили навес-
ти справки об этих людях? Вы их видели? Это ваши
знакомые?

— Я вам сейчас кое-что принесу, и вы все поймете, — сказала я, находясь в полуобморочном состоянии.

И отправилась в светелку, тогда еще не зная
зачем, бормоча под нос:

— Вот тебе и старая любовь, и фирма, и Сережа,
который стал Кириллом.

Войдя в светелку, я заперла дверь на крючок, открыла окно, выбралась в огород и почесала в переулок. Когда не знаешь, что делать, лучше ничего не
делать. А когда не знаешь, что отвечать, лучше помалкивать. Я бежала к лесу, потому что там была
возможность укрыться. О том, что я буду делать
дальше, мне даже думать не хотелось.

Вдруг раздался треск мотора, я полезла в кусты,
но тут услышала:

— Ольга. — На своем мотоцикле меня догонял
Вовка. — Ты куда бежишь?

— А ты куда?

— К озеру. Говорят, Молчанова утонула. С утра
водолазы приехали.

Я застыла как вкопанная, вытаращив глаза.

— Как утонула, когда?

— Вчера. Муж ее полдня искал, а потом на берегу нашел этот... мольберт и ее шмотки: сарафан, та-
почки... Теперь тело ищут. Поеду смотреть.

— Я с тобой, — сказала я, устраиваясь за его
спиной.

На берегу собралась толпа, должно быть, все жители Озерной. Стояли, тихо перешептываясь. Водолазы, было их двое, работали, народ ждал. Молчанова нигде я не увидела.

— Там глубина метров пятнадцать, — не выдержал кто-то. — Она где-нибудь ближе к берегу, за какую-нибудь корягу зацепилась.

Я стояла в стороне от граждан, возле самого леса, памятуя о том, что меня теперь разыскивает милиция.

— А я надеялся, что ты уехала, — вдруг услышала я над самым ухом, вздрогнула и увидела Кирилла.

— Это ты ее... — начала я. Он зажал мне рот ладонью и, пользуясь тем, что на нас никто не обращает внимания, потащил меня в кусты.

— Не вздумай орать, — сказал он сурово. Правда, как только мы достигли кустов, он меня отпустил.

— Ты убил ее, — выпалила я.

— Скажи на милость, зачем мне это нужно? Но кто-то ее точно убил. Конечно, она могла утопиться с горя, но лично я в этом сомневаюсь. Топиться следовало девять лет назад. К тому же это не в ее стиле. Так что я склонен думать, что ей кто-то помог, и по этой самой причине я и хотел, чтобы ты оказалась подальше от поселка.

— Но если ты сам не веришь, что она сама утонула... Кто же тогда ее?..

— Именно это я и собираюсь выяснить. А ты быстро в город, чтоб я тебя здесь больше не видел. — Он схватил меня за руку и потащил по тропинке.

— Я не могу в город, — забормотала я. — Меня милиция ищет.

— С какой стати? Ты же им такой подарок сделала?

— И не один.

— Интересно... Ну, так в чем дело?

— Я... я кое-что нашла среди рисунков Анны. Два наброска... мужские портреты...

— Ну и?..

— Решила узнать, кто это.

— Та-ак, — протянул Кирилл. — И у тебя нашелся знакомый мент, к которому ты обратилась с этой просьбой. — Я молча кивнула. — Отлично. Дальше можешь не продолжать. Что ж теперь с тобой делать? — озабоченно спросил он. — Видишь ли, мне нужно время. Наверное, придется тебе все-таки посидеть в подвале.

— Отпусти меня.

— Не могу. Я же объяснил: мне нужно время. Они тебя тряхнут как следует, и ты им все выложишь. Кстати, когда я спасал тебя от домогательств местных байкеров, у меня было предчувствие, что это мне выйдет боком. Нет ничего хуже для мужчины, как встретить в неподходящий момент красивую женщину. Чем дольше живу на свете, тем больше в этом убеждаюсь.

— Ты повторяешься.

— Не удивительно. Вот еще что: когда ты читала дневник, то как-то особо произнесла одну фразу: «Костолевский видел Анну возле дома в Сергеевке».

— Ну да.

— Почему тебя это заинтересовало?

— Да потому что и я там видела Анну.

— Ну и что с того?

— Она вела себя как-то странно.

— А поточнее?

— Смотрела на него... по-особенному смотрела. А потом перекрестилась.

— Действительно странно. Никогда не замечал в ней набожности. Впрочем, женщинам свойственно менять убеждения.

— Я узнавала... В этом доме уже долгие годы никто не живет. Хозяин откуда-то из Пензы. Он умер, наследники не объявились. Соседи так вообще ни разу никого не видели.

— Долгие годы? — Кирилл вдруг задумался.

— Да. Фирма оплачивает все расходы, но хозяева...

— Так, — перебил Кирилл. — Придется взглянуть на этот дом.

— Я пойду с тобой, — сказала я.

— Хуже уже не будет, пойдем, — согласился он, но отправились мы к его дому, а в Сергеевку поехали на машине.

Не доезжая с полкилометра до деревни, оставили машину в лесу.

— Жди здесь, — скомандовал Кирилл и полез в багажник. — Если случайно здесь кто-то появится, запри двери и ляг, чтобы тебя не видели.

— Я хочу пойти с тобой.

— А если нас там застукают? — Он прихватил монтировку и еще какие-то железки.

— Но ты же не знаешь, где этот дом, — возразила я и тут же подумала: «Или знает?»

— Ты сказала: он на отшибе. Найти будет не сложно.

Кирилл зашагал к деревне, а я осталась ждать. Хватило меня минут на двадцать. Потом я бросилась следом за ним.

Дом выглядел особенно зловеще. Калитка была плотно закрыта, но, когда я ее толкнула, она со скрипом распахнулась. Я направилась к дому. Кирилл к тому времени уже вскрыл дверь, выходящую в заросший сад.

Я вошла в дом, здесь было темно.

— Кирилл, — испуганно позвала я. Он появился из кухни.

— Я тебе где велел ждать?

— Но я не могу сидеть там.

— Тебя мучает любопытство? Осторожно, здесь нет света, хорошо, что я прихватил фонарик. Дом пустой, даже мебели нет.

— Ничего странного, раз здесь никто не живет. Это что за дверь?

— Думаю, в гараж.

Дверь оказалась запертой, но Кирилл легко с ней справился. Однако входить туда не торопился. Осветил пространство гаража фонарем. Здесь был свален всякий хлам: ржавые бочки, пластмассовые канистры, груда ненужного железа.

— Осторожно, — вновь предупредил Кирилл, когда я шагнула в гараж. — Здесь яма. Смотровая яма или погреб. Не успели доделать и просто настелили сверху доски. Возможно, они прогнили. Свернешь себе шею, а мне потом мучайся с тобой.

Запугав меня, сам он все-таки пошел вперед, правда, осторожно. Потом позвал:

— Ольга, держи фонарь.

Я подошла, взяла из его рук фонарик, а Кирилл стал отбрасывать в сторону мусор.

— Что ты делаешь?

— Видишь ли, я тоже любопытный.

Работал он сноровисто. Очистил довольно большое пространство, затем подцепил одну из досок и поднял ее. Я заглянула в образовавшуюся щель.

Там тоже виднелся какой-то хлам, но это не остановило Кирилла, он трудился с удвоенным рвением.

Я не понимала, зачем он занимается подобной ерундой, а на мои вопросы он не отвечал. Свет фонаря иногда падал на его лицо, брови сурово сдвинуты, он был очень серьезен, так что я заподозрила, что у него есть некая цель.

— Вот так так, — вдруг сказал он.

— Что такое? — испугалась я.

— Ну-ка, посвети. Как думаешь, что это?

— Не знаю, — честно ответила я.

— Это машина.

Теперь и я поняла, что Кирилл стоит на крыше легковой машины. Краска с нее облупилась. Свет фонаря отразился в грязном стекле, стекла сохранились. Довольно странно.

— Как здесь душно, — облизнув губы, сказала я. — И запах какой-то подозрительный.

— Это точно, — ответил Кирилл, продолжая свою работу.

— Что за странная фантазия — загнать машину в яму? Если она ни на что не годна, легче отогнать ее на свалку.

— Наверное, хозяин думал иначе.

Кирилл спрыгнул с крыши машины в расчищенное сбоку пространство. Теперь стекла, грязные, заляпанные какой-то дрянью, были хорошо видны. Он ударил по стеклу монтировкой, оно треснуло, а после второго удара рассыпалось. Я присела и направила луч фонаря в окно. А потом заорала и выронила фонарь. Хотела бежать сломя голову, но сил не было. Я стояла на коленях, стиснув руки, и таращилась в темноту. Кирилл подобрал фонарь, и я вновь увидела это. Но кричать уже не могла.

На заднем сиденье машины виднелись останки

двоих мужчин. Всклокоченные волосы, темные впадины глаз, истлевшая одежда. Такого даже в фильмах ужасов не увидишь.

— Привет, ребята, — сказал Кирилл. На меня он не обращал внимания, как будто вовсе забыл о моем существовании. — Не ожидал увидеть вас обоих. Выходит, кто-то и вас облапошил?

— Что это такое? — взвизгнула я. Кирилл наконец-то поднял голову.

— Просто встреча старых друзей. — Он быстро выбрался из ямы и схватил меня в охапку. — Идем, дорогая.

По дороге к машине меня вырвало.

— Боже мой, — запричитала я. — Это действительно трупы? Там трупы! Мне ведь все это не привиделось? Надо немедленно идти в милицию... — Я встретилась взглядом с Кириллом и застонала: — Но что же делать?

— Сесть в машину. Вот так. Теперь закрой глаза и постарайся думать о чем-нибудь приятном.

— Ты издеваешься? У меня перед глазами... Извини, но мне нужно заорать, иначе я свихнусь.

— Хорошо, ори, — кивнул Кирилл. Я завопила и занималась этим не меньше минуты. Стало легче. — Умница. Теперь попробуй успокоиться. Дыши глубже, вдох-выдох, а еще лучше считай до тысячи. Сейчас выпьешь водки и придешь в норму.

Когда мы подъехали к его дому, он загнал машину в гараж и, подхватив меня, повел в гостиную.

— Ложись, — сказал Кирилл, устраивая меня на диване. Через несколько минут он принес мне рюмку водки и заставил выпить.

Может, кому-то она и помогает, но только не мне. Меня трясло, зуб на зуб не попадал, а руки так дрожали, что я бы рассмеялась, увидев подобное в какой-нибудь комедии.

Сообразив, что водка на меня не действует, Кирилл заварил чай, а еще закрыл ставни и включил свет. Чашку он держал сам, я осторожно прихлебывала, вцепившись в его руку, этим только мешая, потому что от моей тряски и его руки начинали дрожать, и чашкой дважды стукнуло мне по зубам.

Я откинула голову на подушку и через некоторое время смогла успокоиться.

— Ну вот и отлично, — сказал Кирилл, погладив меня по голове.

— Эти люди, в машине, они действительно твои друзья?

— Были.

— И один из них брат Анны?

— Ты догадлива.

— И ты не ожидал его там увидеть?

— То, что он там, значительно усложняет дело.

— Какое дело? Какое дело, Кирилл?

— Мне нужен человек, который все это затеял. Я был уверен, что это брат Анны. Но он сидит в машине с тремя пулями в груди.

— Сегодня следователь сказал мне, что девять лет назад было совершено ограбление. Ты мне врал о фирме, о долгах... Ты мне врал! Ты был одним из тех, кто совершил ограбление.

Он внимательно посмотрел на меня, потом усмехнулся.

— Вот видишь, ты почти все обо мне знаешь.

— Нет, не все. Расскажи мне. Расскажи мне, чтобы я не сошла с ума.

— Хорошо, — пожал он плечами. — Жили-были три друга, и у одного из них была красавица-сестренка. И один из друзей в нее влюбился, а она полюбила его. У друзей было огромное желание разбогатеть, но делать они ничего толком не умели, а разбогатеть хотели сразу. И вдруг подвернулся королевский случай. И друзья решили его использовать. Взять деньги было половиной проблемы, надо еще было с ними уйти и переждать в укромном месте, пока утихнут страсти.

— И кто-то из вас купил этот дом по чужому паспорту? — подсказала я.

— Врут, что блондинки дуры, — засмеялся Кирилл. — Точно. Так и было. У Анны здесь неподалеку жила подруга, она у нее часто гостила и хорошо знала эти места.

— Подруга жила в соседнем поселке?

— Наверное... Я не интересовался. Девять лет назад здесь было потише, а от города совсем близко. Дом на отшибе, крепкий забор, ставни. С месяц можно безвылазно просидеть в доме. Скучновато, но что поделать? Таков был наш план. Сначала все шло отлично. После ограбления в одном из гаражей еще в городе мы меняли машины. И, когда пересаживались из одной машины в другую, мой друг Славка дважды выстрелил в меня.

— Брат Анны?

— Ага. Взял и выстрелил, ничего не сказав. Они уехали, а я остался валяться на цементном полу.

— Но как же ты выжил?

— Повезло, — пожал плечами Кирилл. — Стрелять этот придурок никогда толком не умел. К тому же мне очень хотелось выжить. С простреленным брюхом я кое-как добрался до подвала неподалеку, где меня нашли бомжи. Ментам сдавать они меня не стали. Даже ветеринара привели. Оставаться в городе я не мог. Меня искали, пришлось уносить ноги. Пару лет я думал только о том, как спасти свою шкуру. Меня здорово помотало по свету, но, как ни странно, все сложилось вроде бы удачно. Но одна мысль не давала мне покоя.

— Почему он это сделал?

— Да. Почему он это сделал. И с каждым годом этот вопрос мучил меня все больше. И я решил вернуться. О Славке не было ни слуху ни духу. Такое впечатление, что они с дружком испарились, что с большими деньгами и немудрено. Мог смыться за границу и жить припеваючи. Но я готов был потратить несколько лет на его поиски. А вот Анну нашел довольно быстро. И поначалу очень удивился тому, где она обосновалась. Пока не узнал, кто ее муж. Нас усиленно искали. Ей наверняка тоже досталось, и такое замужество... вполне разумный шаг. Они с братцем примерные родственники. Я был уверен, где бы он ни был, но ей даст о себе знать. Следовало просто проявить терпение. Я снял здесь дом и терпеливо ждал, что будет дальше. Потом решил ускорить события. Далее ты знаешь.

— Но если оба мертвы... то кто тогда... кто их убил?

— Выходит, в нашей теплой компании оказался некто пятый, о ком я ничего не знал. И он наверняка был любовником Анны. Они спелись с ее братцем за моей спиной, они и решили, что я останусь в гараже. Но этот пятый ни с кем не желал делиться и, когда эти олухи появились в доме, пристрелил их обоих и устроил им склеп в смотровой яме.

— Но кто же он?

— Об этом знала Анна. Оттого и утонула. Отсюда вывод: он здесь. Что меня очень радует. Не надо бегать за ним по всему свету. Я буду охотиться на него, а он на меня. Я его не знаю, а он меня наверняка. Отсюда вывод: находиться здесь для тебя опасно. Поэтому я сейчас вызову такси и ты уедешь в город. Постарайся укрыться у кого-то из знакомых. Если все-таки менты тебя найдут, ты им скажешь, что нашла эти портреты у Анны. Она почему-то занервничала, а тебя это страшно заинтересовало. Это ведь правда? И ты попросила знакомого узнать, что это за люди. А сбежала, потому что испугалась, ведь эти портреты ты взяла без разрешения. Ты хотела сначала поговорить с ней, но она уже утонула к тому моменту. Это напугало тебя еще больше, и в результате ты совершенно потеряла голову. О доме молчи. Поняла?

— Да, — кивнула я.

— Отлично. Я вызываю такси. Хозяйке позвонишь из города, придумаешь срочное дело.

Такси подъехало через полчаса. Кирилл вышел меня проводить. Я замешкалась на мгновение перед тем, как сесть в машину. Он быстро меня поцеловал.

— Прощай, — сказал он.

— Кирилл...

— Прощай, — повторил он сердито и захлопнул дверь.

Машина тронулась с места, а я смотрела, как он поднимается на веранду. Водитель с любопытством поглядывал на меня в зеркало. Именно это удержало меня от слез и прочих проявлений душевных страданий. Мы проезжали мимо магазина, стоявшего на краю поселка. Водитель притормозил и повернулся ко мне:

— Не возражаете, если я в магазин забегу, куплю сигарет.

— Пожалуйста, — ответила я. Он ушел в магазин, а рядом с такси почти тут же остановилась знакомая машина с надписью «милиция», и из нее вышел Молчанов.

— Куда собрались? — спросил он, открыв дверь с моей стороны.

— В город, — ответила я.

— Очень хорошо. Надеюсь, сразу в милицию? Вам, наверное, известно, что вас ищут?

— Я, собственно, и собиралась...

— Давайте-ка, чтобы вы ненароком не передумали, я вас сам отвезу. Прошу...

Когда представитель власти просит так убедительно, отказать невозможно. Вздохнув, я вышла из машины.

— А как же такси? Надо хотя бы водителя дождаться...

— Ничего страшного. Он найдет пассажиров.

Молчанов распахнул дверь своей машины, и мне пришлось сесть в нее. Мы тронулись с места под изумленным взглядом таксиста, который как раз вышел из магазина.

— Вы, оказывается, большие друзья с нашим новым жильцом, что у Фигнеров дом снимает.

— Что вы, едва знакомы.

— В самом деле? — удивился Молчанов.

— Ну да...

— А разве вы не от него сейчас едете?

— Мы встретились на озере, и он пригласил меня выпить чаю. Простите, а что с вашей женой? — спросила я и сразу прикусила язык. Он ничего не ответил, а я вздохнула, сердясь на себя, нечего приставать к человеку. Но тут меня посетили другие мысли. Молчанов свернул на лесную дорогу. Я слегка удивилась:

— Куда мы?

— Здесь короткая дорога к городу, — буркнул он, наверное, все еще переживая из-за моего вопроса. Мы дальше углублялись в лес, и стало ясно, что ни о какой короткой дороге просто речи быть не может.

— Куда вы меня везете? — испугалась я.

— Сейчас увидишь.

Мне хватило терпения еще минут десять сидеть молча. Мы выехали к охотничьему домику, больше напоминавшему избушку бабы-яги.

— Что это? — промямлила я, еще не понимая, что происходит. Молчанов лихо защелкнул на моих руках наручники и сказал:

— Выходи.

Мы поднялись на крыльцо и вместе вошли в маленькую комнату, с топчаном, столом и двумя скамьями, стекла в крошечных окошках были выбиты.

— Извини, но я тебя привяжу, — сказал Молчанов и в самом деле привязал меня веревкой к оконной раме.

— Вы что, с ума сошли? — не выдержала я.

— Не думаю, — покачал он головой. — Видишь ли, твой дружок кое-что взял у меня. Надеюсь, он это охотно вернет.

Вот тут я и вспомнила в очередной раз слова карлика: про кучера и крысу, добропорядочных граждан и оборотней. Труп Костолевского обнаружил Молчанов, а Васька, по его признанию, видел убийцу, но боялся назвать его имя и даже утверждал, что этот самый убийца нам не по зубам. А что еще он мог говорить, зная, что убийца — начальник районной милиции? Теперь, после страшной находки в доме, я даже знаю, почему Молчанов это сделал, ведь в дневнике Ирины было написано: старик вдруг заинтересовался домом в Сергеевке.

Учитывая его дотошность... Тайна, которая была погребена под грудой мусора девять лет назад, могла внезапно открыться.

— За что вы убили Ирину? — выпалила я. — Она что, знала, кто убил Костолевского?

«Могла знать, — подумала я. — Если Васька проболтался. Хотя вряд ли, он парень осторожный».

Молчанов хмуро взглянул на меня.

— Видно, знала, — пожал он плечами. — По крайней мере, Самарскому сказала, что знает. Врала, наверное, что у Ленки сидела. Она ведь дядю-то отравила, вот он ночью к соседям и бросился... Не удержался я, случай выпал удачный. И ее пришлось...

— Значит, это вы девять лет назад организовали ограбление и убили всех своих подельников?

— Так ты была в доме, — кивнул он. — Ясно. Эта дура вечно там бродила. И Костолевский догадался, и ты. Странно, что раньше никто не заподозрил.

— Леопольд был прав: вы самый настоящий оборотень.

— А твой Кирилл? Он кто?

— Разве он служил в милиции? — усмехнулась я. Странно, что мои слова произвели на Молчанова впечатление: лицо его страдальчески скривилось.

— Ты ничего не понимаешь... Ты думаешь, я из-за денег? Нет. Я любил ее. Больше всего на свете любил. Так любил, что готов был на все.

— Вы говорите о своей жене?

— Конечно, — вздохнул он. — Она жила в то лето у подруги в Отрадном. Там мы и познакомились. Но у нее был парень, и на меня она не очень-то смотрела. Зато я с нее и с их компании глаз не спускал.

— И кое о чем заподозрили, — подсказала я.

— Они считали себя очень умными... сосунки.

— Вы узнали о готовящемся ограблении и договорились с ее братом?

— Да, уговор был: ему деньги, а мне сестру.

— Он должен был убить Кирилла, то есть Сергея?

— У него, как видно, от тебя секретов нет. Что ж... Так оно и было.

— А когда брат и его дружок приехали сюда, вы пристрелили их обоих, чтобы не делиться.

— Ты ничего не поняла, — поморщился он. — Я убил их вовсе не из-за денег. Они бы просто исчезли. И она ничего бы не узнала. Я спас ее...

— На самом деле вы ее запугали и вынудили выйти за вас замуж. Вы хотели, чтобы она считала, что их убил Кирилл и сбежал с этими деньгами.

— Да, хотел, — посуровел он. — Хотел. Потому что любил ее. Но она нашла эти деньги и все поняла.

— Значит, у нее хватило сообразительности заглянуть в дом...

— Я любил ее, — повторил он упрямо.

— Ага. Поэтому и утопили. — К тому моменту мне стало ясно: живой он меня не отпустит, так что скрывать свои догадки смысла не было.

— Она отдала ему деньги. И собиралась бросить меня. Стоило ему появиться... я не мог ее отпустить.

— Конечно. Проще было утопить. Ведь вы ее так любили, — передразнила я.

— Я не хотел ее убивать. Мы поссорились. Я не мог позволить ей уйти. Не знаю, как это получилось. Я схватил ее и...

— Убили. А потом спрятали труп и оставили этюдник и ее вещи на берегу. Водолазы ведь ничего не нашли? Надо полагать, и не найдут. — Он молча кивнул, подтверждая мои догадки. — Меня вы, конечно, тоже убивать не хотите, просто у вас нет другого выхода, — усмехнулась я.

— Я вовсе не собираюсь тебя убивать. Ни тебя, ни этого типа. Я хочу вернуть свои деньги. И уехать. Я не могу уехать без денег. Поэтому ты сейчас позвонишь ему...

— Я даже номера его телефона не знаю.

— Я знаю. Ведь он живет в доме Фигнеров.

Молчанов достал мобильный телефон, набрал номер и протянул мне. После пятого звонка Кирилл снял трубку.

— Это я, — сказала я со вздохом.

— Ты уже в городе?

— Нет.

— Она у меня, — взяв трубку из моих рук, заговорил Молчанов. — Я хочу получить свои деньги.

Я не слышала, что ответил Кирилл, но Молчанов тут же заговорил повелительным тоном:

— На выезде из поселка свернешь направо, дорога ведет в лес. Езжай все время прямо и упрешься в сторожку. Там и встретимся... Надеюсь, ему не потребуется слишком много времени, — убирая телефон, заметил Молчанов.

— Надеюсь, у него хватит ума сообщить в милицию, — буркнула я. — Хотела бы я знать, как вы будете выкручиваться в этом случае?

— Он не позвонит в милицию. Думаешь, ему хочется оказаться в тюрьме?

— Он успеет удрать довольно далеко, пока они будут тут разбираться.

— Хочется верить, что ты ему не безразлична, иначе мне придется тебя убить. После этого уносить ноги я буду без денег, так что в наших общих интересах, чтобы твой Кирилл не валял дурака.

В здравомыслии Кирилла я ничуть не сомневалась, так что видела себя уже покойницей. Скверные мысли к разговору не располагают, и я замолчала. Тем более что свое любопытство я удовлетворила, можно было умирать со спокойной душой, только вот очень не хотелось.

Размышляя о своей незавидной доле, я услышала шум мотора, Молчанов выскользнул из сторожки, но тут же вернулся и встал сбоку от двери, а через несколько минут вошел Кирилл.

— Руки подними, — появляясь из-за его спины, приказал Молчанов. Кирилл выполнил приказ, и Молчанов его обыскал. — Где деньги? — спросил он.

— Для начала я хотел бы убедиться, что с девчонкой ничего не случилось. — Кирилл перевел взгляд на меня. — Что я тебе говорил? Свяжись с бабой и получишь пулю. Предчувствие меня не обмануло.

— Я не собираюсь вас убивать. Где деньги?

— В кармане бумажник, — вздохнул Кирилл. — Там кредитка, код я тебе скажу. Доберешься до первого банкомата и проверишь.

— Ты положил деньги в банк? — справедливо не поверил Молчанов.

— Какие деньги? — удивился Кирилл.

— Брось валять дурака. Где мои деньги? Анна украла их у меня и отдала тебе.

— Это она так сказала?

— Считаю до трех. Будешь упрямиться, пристрелю девчонку. — Представляете, как я обрадовалась? — Раз, — начал он, пистолет был направлен не на меня, а по-прежнему на Кирилла, но ничего хорошего я в этом не видела. — Два...

Кирилл вдруг сделал резкое движение и нырнул под его руку. Молчанов не удержался на ногах, упал на спину, и в то же мгновение грохнул выстрел. Я отчаянно завизжала, закрыв глаза.

Когда я их снова открыла, Кирилл стоял живой и невредимый, а у его ног лежал Молчанов с пистолетом в руке. Только вряд ли он теперь мог им воспользоваться. Пулей ему снесло подбородок, изувеченное лицо было залито кровью. Кажется, он был еще жив. Я завизжала отчаяннее, но Кирилл шагнул ко мне и сказал:

— Прекрати. — Отвязал меня, потом нашел в кармане Молчанова ключ и освободил от наручников. — Сматываемся.

— А как же он?

— В его интересах скорее скончаться. Надо же, и рук пачкать не пришлось.

Кирилл вынес меня на руках из домика.

— Значит, ты явился сюда через девять лет за своими деньгами? — не удержалась я.

— Какие деньги? Что за бред? Я был уверен, что за эти годы от них ничего не осталось.

— Но ведь он сказал... Разве Анна не вернула их тебе?

— Я не видел Анну с того вечера.

— Но ты не удивился, застав здесь Молчанова? Тебе Анна о нем сказала?

— Еще раз повторяю, Анну я не видел. А удивляться тут нечему, достаточно пошевелить мозгами. Садись в машину.

Я покорно села и молчала всю дорогу, пытаясь прийти в себя.

— Куда мы? — спросила я, заметив наконец, что мы въезжаем в город.

— Ты в милицию.

— А ты?

— А мне лучше оказаться подальше от этих мест. Девять лет — большой срок, только вот дело еще не закрыто. Сможешь сама добраться отсюда?

— Смогу, конечно. Но...

— Никаких «но», — покачал он головой.

— Но ведь ты приехал... — жалобно сказала я, не находя нужных слов. — Ты приехал...

— В сторожку? Куда же мне было деться? Жалко дурочку. Кстати, по этой самой причине я и тороплюсь с тобой проститься.

— У тебя ведь есть мобильный? — спросила я очередную глупость.

— Хочешь поздравить меня с Рождеством? Хорошо, запиши. — Он продиктовал мне номер, а я подумала, что могла бы его и не записывать, вряд ли Кирилл отзовется.

Он высадил меня на площади и уехал. А я заревела, устроившись на скамейке. Не знаю, сколько бы это продолжалось, если бы сначала ко мне не пристали какие-то парни, а потом мне не пришла в голову мысль о деньгах. Молчанов утверждал, что Анна отдала их Кириллу, Кирилл сказал, что даже не видел Анну, при этом выглядел вполне искренним. Так где же тогда деньги?

— Чемодан, — пробормотала я. Ну конечно. Она спрятала чемодан и стала ждать возвращения мужа. А когда он вернулся из города, поставила его в известность, что уходит от него. Наверное, она и вправду сумасшедшая. Или была так уверена, что он ее не тронет? Позволит ей уйти? Но он убил ее, а потом обнаружил пропажу денег. И решил, что жена успела отдать их Кириллу. Мы не знали, кто тот самый таинственный любовник Анны, а вот

Молчанов обратил внимание на нового жителя Озерной. Странно, что его он не пытался убить. Или пытался? Впрочем, расправиться с таким парнем труднее, чем огреть поленом старика, беззащитную женщину или утопить карлика. Сдать его милиции он не мог, не подставив жену и себя в конечном счете. Но деньги-то должен был спрятать понадежнее... Может, так и поступил, только Анна оказалась хитрее и выследила его. Конечно, все это лишь мои догадки. Но их надлежало проверить. Я набрала номер Кирилла и убедилась, что он находится в зоне недосягаемости. Чертыхнулась и пошла искать такси.

Я попросила водителя высадить меня возле остановки и от нее к дому пошла пешком. Подходя к погребу, почувствовала такое волнение, что поневоле вспомнила Таньку. Золотая лихорадка заразна. Я отодвинула засов и оглядела небольшое помещение. Здесь громоздились какие-то ящики, по большей части сгнившие. В земляном полу виднелся люк с крышкой, обитой фанерой, вместо ручки дыра. Я приподняла крышку и перегнулась вниз. Пахло из погреба скверно. «Вдруг там еще труп?» — в ужасе подумала я, потом нащупала деревянную лестницу. Перекладины угрожающе скрипнули. Хорошо, что погреб оказался неглубоким. Я замерла, ожидая, когда глаза привыкнут к темноте. В углу стояла рассохшаяся бочка, и все. Погреб был пуст. Я заглянула в бочку, а потом отодвинула ее. И увидела чемодан. Он оказался довольно тяжелым, и подниматься с ним по лестнице было нелегко. Не выходя на улицу, я расстегнула его «молнию» и тихо ойкнула. Потом испуганно огляделась, застегнула чемодан и заспешила к дороге, чтобы поймать такси.

По дороге домой я думала: что делать с этакой прорвой денег? И вдруг мне стало очень грустно. Я во всем разобралась и даже заимела чемодан баксов. И что? Да ничего. Самое время сказать: не в деньгах счастье.

В город я вернулась уже поздно и свой визит в милицию отложила до утра. Была мысль, что меня ожидают в собственной квартире, но, как видно, в милиции не сочли меня особо опасным преступником, чтобы устраивать засаду.

Я затолкала чемодан на антресоли и проревела всю ночь. А когда утром пошла в милицию, уже твердо знала, что ничего не скажу о Кирилле. Появляться у следователя было все же страшновато, и для начала я поехала к Марку. Он сурово взглянул на меня и с чувством заявил:

— Убил бы тебя.

А я ответила:

— С восторгом предаюсь в руки родной милиции.

И мы поехали. Рассказ мой сводился к следующему: рисунки я нашла в папке Анны и, удивившись ее реакции на мое любопытство, передала их Марку. Когда меня посетил следователь, я, испытывая к Анне добрые чувства, для начала решила поговорить с ней, вот и удрала через окно. Но Анну к тому времени уже искали в озере. Ее внезапная кончина здорово меня испугала, а заодно сподвигла заглянуть в дом около Сергеевки, возле которого я и познакомилась с Анной и который, из-за ее странного поведения, меня тоже весьма интересовал. После того, как я проникла в дом Костолевского, мои способности взламывать двери у милиционеров сомнения не вызвали. Обнаружив трупы в гараже, я впала в прострацию, вызвала такси и поехала в город, по-прежнему находясь в шоке. В милицию позвонить я не догадалась, но, когда возле магазина увидела Молчанова, все рассказала ему. Мы поехали в Сергеевку, но по дороге Молчанов повел себя как-то странно: отвез меня в сторожку и зачем-то привязал веревкой к окну. Он уехал, а мне с трудом удалось освободиться и бежать. Я вернулась домой и всю ночь думала, что мне теперь делать? А утром пошла к Марку.

После моего сообщения о трупах в Сергеевке началось нечто невообразимое. А дальше все развивалось как в американском триллере. Трупы опознали, вспомнили, что жена Молчанова — родная сестра одного из грабителей. Стали искать самого Молчанова, но тут выяснилось, что еще утром его машину, а затем и его самого, обнаружили мальчишки, отправившиеся на рыбалку. Прибежали в село Ковригино, что было неподалеку, и собрали всех местных жителей. Весть о том, что милицейское начальство застрелилось от тоски по жене, повергло всех в трепет. К сторожке началось настоящее паломничество. В результате к приезду милиции все возможные следы были затоптаны. Так что в моих словах никто не усомнился, а главное, о Кирилле никто не вспомнил. Не считая меня, конечно. Я о нем в эти дни ни на мгновение не забывала. И когда интерес милиции ко мне значительно ослабел, я набрала заветный номер. То есть набирала я его раз пятьдесят, прекрасно понимая, что могу развлекаться этим до бесконечности с одним и тем же результатом. Я ревела и набирала номер снова и снова, не желая угомониться. И вдруг телефон зазвонил сам.

— Разве на дворе Рождество? — спросил Кирилл, а я ответила:

— Я нашла деньги.

— Поздравляю.

— Там целый чемодан баксов.

— Считай, что тебе повезло.

— Ты что, не хочешь их забрать?

— Вместе с тобой не хочу, — ответил он.

— Ты думаешь, это ловушка? — озарило меня. — Я ничего о тебе не рассказала.

— Верю, — вздохнул он. — Ладно, говори адрес.

Он приехал вечером, я указала ему на антресоли, он достал чемодан. Посмотрел на пачки денег и покачал головой.

— Надо же. Выходит, мент даже не попользовался ими как следует... — И перевел взгляд на меня. Вздохнул и начал с печалью: — Ты ведь знаешь обо мне достаточно, чтобы понять... могла бы найти парня и получше. Особенно с этими бабками. Купишь себе тачку, все, что угодно, купишь...

— Мне не нужны эти деньги, — сказала я.

— Значит, все-таки надеешься, что я заберу тебя с собой? — опять вздохнул он. — Ты бы хоть спросила: куда и есть ли там что хорошее?

— Я в семье дурочка, — ответила я.

— Это я уже понял.

— И я ни на что не надеюсь. Просто очень хотелось увидеть тебя еще раз.

— Ты готова отдать чемодан баксов за то, чтобы еще раз взглянуть на мою физиономию? — засмеялся он.

— Я тебя люблю. Для тебя это ничего не значит, а для меня — очень многое.

Он с минуту очень серьезно смотрел на меня, потом пожал плечами.

— Ну что ж ты увидела? Оставь деньги себе. — Я покачала головой. Он выждал немного и кивнул: — Как знаешь. — Поднялся, взял чемодан и пошел к двери, но все-таки оглянулся. — Я ведь предупреждал, настоящий Робин Гуд далеко не такой хороший парень.

И ушел. А я сидела в тишине квартиры, и даже плакать у меня не было сил.

Потом в дверь позвонили, и я бросилась открывать, с глупой надеждой, что он вернулся. Но это была Танька.

— Чего это с тобой? — нахмурилась она. — Краше в гроб кладут.

— Кирилл, — пробормотала я и все-таки заревела, а Танька принялась утешать меня:

— Я думаю, он прав. Я даже думаю, что он тебя любит. Поэтому и не взял с собой. Добра тебе желает.

— Глупости не говори.

— Вовсе не глупости. Кто он такой вообще, а? И вдруг ты... это ж сделать тебя несчастной на всю жизнь. И он, как порядочный человек...

— Чепуха все это, — вытерев слезы, сказала я. — Когда любят, то просто любят и хотят быть вместе, хоть у черта в заднице, но вместе. А когда не хотят, придумывают всякие предлоги. Иногда очень благородные.

— Слушай, а приезжал-то он зачем?

— За деньгами, — брякнула я и только после этого поняла, какого дурака сваляла. Да поздно.

— За какими деньгами?

Врать и притворяться желания у меня не было, и я рассказала все, как есть, с минуты на минуту ожидая, что на меня обрушится Танькин гнев, а вместе с ним и все кары небесные. Но сестра повела себя загадочно.

— Ты отдала ему деньги? — спросила она тихо.

— Отдала. Конечно, я должна была отвезти их в милицию, но...

Она обняла меня и поцеловала в макушку.

— Я тобой восхищаюсь. Честно. Я бы сожмотничала, духу бы не хватило. А ты смогла. Хрен с ними, с деньгами. От них одна морока. Я тебе работу нашла. Пятьсот баксов, для начала. Если покажешь себя, обещали больше. И тачку мою возьмешь, хоть завтра. Она мне все равно надоела. Витька наследство получит, махнем в... куда захочешь, туда и поедем. Идет? Знаешь, я рада, что у меня такая сестра.

— Дурочка? — усмехнулась я сквозь слезы.

— Это он дурак. А ты... ты все правильно сделала.

Утром я пошла на собеседование в солидную дизайнерскую фирму. Всю ночь мы с Танькой не спали, разговаривали, лежа в темноте. И за эти несколько часов я узнала сестру лучше, чем за все годы. И поняла, что никого ближе и родней у меня нет. Кроме положительного аспекта ночного бдения, был еще и отрицательный: на следующий день после долгого общения с будущим начальством я еле стояла на ногах и мечтала лишь о том, чтобы поскорее оказаться в постели.

Я вошла во двор своего дома и сбилась с шага. Около моего подъезда стоял серебристый «Лексус», а возле него Кирилл. Он сосредоточенно смотрел перед собой, потом повернул голову и заметил меня.

— Привет, — сказал он без улыбки.

— Привет, — ответила я. — Ты не уехал?

— Почему? Уехал. Километров на триста. Потом сообразил, что свалял дурака, — вздохнул он. — Поедешь со мной?

Вот тут было самое время поинтересоваться: а куда, собственно, ехать? И что меня там ждет, и что я вообще знаю об этом парне? То есть знаю, конечно, но ничего хорошего.

— Поедешь? — спросил он, и его голос дрогнул.

— Само собой, — ответила я.

Литературно-художественное издание

Полякова Татьяна Викторовна
МАВР СДЕЛАЛ СВОЕ ДЕЛО

Ответственный редактор *О. Рубис*
Редактор *Г. Калашников*
Художественный редактор *С. Курбатов*
Художник *И. Варавин*
Технический редактор *Н. Носова*
Компьютерная верстка *Т. Комарова*
Корректоры *Е. Дмитриева, В. Назарова*

ООО «Издательство «Эксмо»
127299, Москва, ул. Клары Цеткин, д. 18, корп. 5. Тел.: 411-68-86, 956-39-21.
Home page: www.eksmo.ru E-mail: info@eksmo.ru

По вопросам размещения рекламы в книгах издательства «Эксмо»
обращаться в рекламный отдел. Тел. 411-68-74.

Оптовая торговля книгами «Эксмо» и товарами «Эксмо-канц»:
ООО «ТД «Эксмо». 142700, Московская обл., Ленинский р-н, г. Видное,
Белокаменное ш., д. 1. Тел./факс: (095) 378-84-74, 378-82-61, 745-89-16,
многоканальный тел. 411-50-74.
E-mail: reception@eksmo-sale.ru

Мелкооптовая торговля книгами «Эксмо» и товарами «Эксмо-канц»:
117192, Москва, Мичуринский пр-т, д. 12/1. Тел./факс: (095) 411-50-76.
127254, Москва, ул. Добролюбова, д. 2. Тел.: (095) 745-89-15, 780-58-34.
www.eksmo-kanc.ru e-mail: kanc@eksmo-sale.ru

Полный ассортимент продукции издательства «Эксмо» в Москве
в сети магазинов «Новый книжный»:
Центральный магазин — Москва, Сухаревская пл., 12
(м. «Сухаревская», ТЦ «Садовая галерея»). Тел. 937-85-81.
Москва, ул. Ярцевская, 25 (м. «Молодежная», ТЦ «Трамплин»). Тел. 710-72-32.
Москва, ул. Декабристов, 12 (м. «Отрадное», ТЦ «Золотой Вавилон»). Тел. 745-85-94.
Москва, ул. Профсоюзная, 61 (м. «Калужская», ТЦ «Калужский»). Тел. 727-43-16.
Информация о других магазинах «Новый книжный» по тел. 780-58-81.

В Санкт-Петербурге в сети магазинов «Буквоед»:
«Книжный супермаркет» на Загородном, д. 35. Тел. (812) 312-67-34
и «Магазин на Невском», д. 13. Тел. (812) 310-22-44.

Полный ассортимент книг издательства «Эксмо»:
В Санкт-Петербурге: ООО СЗКО, пр-т Обуховской Обороны, д. 84Е.
Тел. отдела реализации (812) 265-44-80/81/82/83.
В Нижнем Новгороде: ООО ТД «Эксмо НН», ул. Маршала Воронова, д. 3.
Тел. (8312) 72-36-70.
В Казани: ООО «НКП Казань», ул. Фрезерная, д. 5. Тел. (8432) 70-40-45/46.
В Киеве: ООО ДЦ «Эксмо-Украина», ул. Луговая, д. 9.
Тел. (044) 531-42-54, факс 419-97-49; e-mail: **sale@eksmo.com.ua**

Подписано в печать 25.02.2005.
Формат 84x108^1/$_{32}$. Гарнитура «Таймс». Печать офсетная.
Бум. газетная. Усл. печ. л. 18,48. Уч.-изд. 14,1.
Тираж 85 000. Заказ № 0502710.

Отпечатано
в ОАО «Ярославский полиграфкомбинат»
150049, Ярославль, ул. Свободы, 97

DAMAGE NOTED: *dirty edges*

DATE 1-18-11   INITIALS *dw*